PLEURER AU SUPERMARCHÉ

MICHELLE ZAUNER

PLEURER AU SUPERMARCHÉ

Traduit de l'anglais (États-Unis)
par Laura BOURGEOIS

CHRISTIAN BOURGOIS ÉDITEUR

Titre original :
Crying in H Mart

Publié aux États-Unis par Alfred A. Knopf,
une division de Penguin Random House LLC, New York.

ISBN : 978-2-267-04891-9

Pour

엄마

1

Je vais chez H Mart pour pleurer

Depuis que maman est morte, je pleure dans les rayons du H Mart.

H Mart est une chaîne américaine de supermarchés asiatiques. Le H évoque une expression coréenne, *han ah reum*, qui signifie plus ou moins « les bras chargés de victuailles ». H Mart, c'est le lieu de rassemblement de tous les jeunes venus étudier aux États-Unis, car ils y trouvent la marque de nouilles instantanées qui leur rappellera le goût du pays. C'est là que les familles coréennes achètent leurs pâtes de riz en rondelles pour le tteokguk – le bouillon de bœuf du Nouvel An. C'est le seul endroit où l'on puisse acquérir des bocaux géants d'ail égoussé, car c'est le seul supermarché qui a conscience de la quantité d'ail phénoménale nécessaire pour cuisiner nos plats. H Mart représente la liberté de s'échapper du rayon unique de la section « exotique » des épiceries classiques. Ici, personne ne range les boîtes de haricots en conserve Goya à côté des bouteilles de sriracha. En revanche, on peut m'y trouver en larmes du côté des réfrigérateurs à banchan, parce que je m'y serais souvenue du goût des œufs confits à la sauce soja et de la soupe de radis froide de ma mère.

Ça vaut aussi pour le rayon congélation où un sachet de disques à raviolis me rappellera toutes ces heures passées avec elle à la table de la cuisine, à replier la fine pâte de riz sur une garniture de porc émincé à la ciboulette. On peut également me voir sangloter dans le coin épicerie, torturée par cette question : suis-je encore Coréenne si je n'ai plus personne à qui demander la référence des algues déshydratées de mon enfance ?

Ayant grandi aux États-Unis avec un père caucasien et une mère coréenne, j'ai toujours compté sur ma mère pour l'accès à notre héritage culturel. Si elle ne m'a jamais vraiment appris à cuisiner (les Coréens ont tendance à renier les mesures universelles pour ne fournir que des instructions cryptiques dans la veine de « ajoute de l'huile de sésame jusqu'à obtenir le même goût que maman »), elle m'a transmis un appétit typiquement coréen. Cela implique un respect envers la bonne nourriture et une prédisposition à manger pour compenser mes émotions. À table, on avait le sens du détail : il fallait que le kimchi ait l'astringence parfaite, que le samgyeopsal grésille à souhait ; un ragoût digne de ce nom était forcément en ébullition. Le concept de prévoir en amont les repas de la semaine était un affront à notre mode de vie. Chez nous, les jours passaient au fil des envies culinaires. Il nous arrivait de nous nourrir exclusivement de soupe de kimchi pendant trois semaines d'affilée, jusqu'à ce que cette obsession soit remplacée par une autre. Notre appétit fluctuait en fonction des saisons et des fêtes.

À l'arrivée du printemps et des beaux jours, on installait le réchaud sur la terrasse pour faire frire des lamelles de poitrine de porc en plein air. La tradition voulait qu'on déguste du miyeok-guk pour mon anniversaire – un bouillon généreusement garni d'algues, chargé en nutriments, d'abord servi aux femmes après l'accouchement et que les enfants consomment ensuite en hommage à leur mère.

C'est en cuisine que ma mère exprimait son amour. Sous ses airs insensibles et ses critiques, malgré la pression de ses attentes irréalistes, sa tendresse irradiait des pique-niques qu'elle me préparait pour l'école et des plats qu'elle concoctait exactement comme je les aimais. Je parle à peine coréen, mais dans les rayons de chez H Mart, j'ai l'impression d'être bilingue. Je caresse les melons et les radis en prononçant leur nom à voix haute – chamoe, danmuji. Je remplis mon Caddie de tous les snacks aux paquets colorés et brillants décorés de cartoons familiers. Je pense à la fois où maman m'a montré comment plier en forme de pelle la petite carte en plastique fournie dans les sachets de Jolly Pong, pour piocher les grains de riz soufflés au caramel et les verser dans ma bouche – et sur mon t-shirt, et partout dans la voiture. Je la revois me décrire les friandises de son enfance, tandis que je l'imaginais à mon âge. Je voulais copier ses goûts, fusionner complètement avec elle.

Mon deuil m'engloutit par vagues, que vient souvent déclencher quelque chose de banal. Je suis capable de vous parler sans ciller de la période où j'ai vu les cheveux de ma mère tomber par poignées dans la baignoire, ou bien des cinq semaines passées à camper dans sa chambre d'hôpital. Mais croisez-moi chez H Mart, face à un gosse qui galope dans les rayons brandissant un long sachet en plastique transparent de ppeontwigi dans chaque main, et je craque. Ces mini-Frisbees de riz soufflé représentent toute mon enfance – époque heureuse où ma mère était encore là et où l'on grignotait après l'école ces sortes de disques à la texture du polystyrène, dont les petits morceaux friables comme des chips de calage se dissolvaient sur la langue.

Il me suffit pour pleurer de voir une mamie coréenne manger ses nouilles aux fruits de mer en se débarrassant des têtes de crevettes et des coquilles de moules dans le couvercle en métal du bol de riz de sa fille. Ses cheveux gris frisés, ses pommettes protubérantes comme le bombé de deux pêches, ses sourcils tatoués qui prennent une couleur rouille à mesure que l'encre s'efface… je me demande alors à quoi ma mère aurait ressemblé à soixante-dix ans, si elle avait fini avec la même permanente qu'adoptent toutes les grands-mères coréennes, comme si c'était l'évolution capillaire naturelle chez nous. Je visualise nos bras entrelacés, sa frêle silhouette appuyée contre la mienne dans l'escalator pour atteindre la cafétéria. Toutes deux vêtues de noir, « comme à New York », dirait-elle, avec son imaginaire new-yorkais figé à l'époque de *Diamants sur canapé*. Elle arborerait à l'épaule le sac en cuir matelassé Chanel dont elle avait rêvé toute sa vie, au lieu des contrefaçons qu'elle négociait dans les petites rues d'Itaewon. Ses mains et son visage colleraient légèrement sous l'effet des crèmes antirides d'une émission de téléachat. Elle porterait les baskets montantes à talons compensés dont je trouvais le goût douteux. « Michelle, en Corée, elles font fureur chez les stars. » Elle arracherait une peluche de mon manteau et ses critiques pleuvraient – ma mauvaise posture, mes chaussures trop usées, et ma peau qui aurait bien besoin que je me serve de ce soin à l'huile d'argan qu'elle m'a acheté – mais on serait ensemble.

À vrai dire, il y a beaucoup de colère en moi. J'en veux à cette vieille Coréenne que je ne connais pas, je lui en veux car elle est encore là alors que ma mère n'a pas cette chance, comme si la survie de cette inconnue avait un quelconque lien avec ma perte. Je lui en veux qu'une femme de l'âge de ma mère puisse encore avoir une mère. Pourquoi est-elle ici à aspirer bruyamment les nouilles pimentées de son jjamppong alors que ma mère n'est plus là ? Je ne suis probablement pas la seule à réagir ainsi. La vie est profondément injuste, et il est plus facile parfois d'en vouloir à une personne au hasard.

Mon deuil est une pièce sans porte dans laquelle je suis enfermée, seule. À chaque fois que je me souviens que ma mère est morte, j'entre en collision avec un mur qui refuse de céder. Il n'y a pas d'échappatoire, rien qu'une surface compacte que je ne cesse de percuter, encore et encore, un rappel d'une vérité immuable : je ne reverrai jamais ma mère.

Les supermarchés de la chaîne H Mart sont en général situés en périphérie de l'agglomération. Ils concentrent toute une zone commerciale de préfabriqués linéaires qui accueillent des boutiques et des restaurants asiatiques de bien meilleure qualité que ceux que l'on trouve en ville. Des établissements coréens généreux où la table croule sous les copieuses portions de banchan, forçant à jouer à un Tetris sans fin avec les douze minuscules assiettes d'anchois frits, de concombres farcis et de pickles de tous les légumes imaginables. Rien à voir avec le bouiboui asiatique minable près de votre bureau, où l'on vous sert un bibimbap avec du poivron et où l'on vous regarde de travers si vous osez réclamer une coupelle supplémentaire de leurs pousses de haricots mungo toutes flétries. Là on parle du vrai restau coréen.

Impossible de se tromper de direction, car des signes balisent le chemin. Au fil du pèlerinage, les lettres des enseignes commencent progressivement à se muer en symboles qui divisent ceux qui sont capables ou non de les déchiffrer. C'est là que mes connaissances niveau primaire en coréen sont mises à l'épreuve : suis-je encore assez rapide pour lire à voix haute les voyelles au volant ? Six ans de vendredis soir passés à apprendre le coréen au Hangul Hakkyo, et c'est tout ce dont je puisse me vanter : je suis en mesure de lire les panneaux des églises, d'un cabinet d'ophtalmologie et d'une banque. Encore quelques rues, et l'on arrive en plein cœur. Soudain, c'est un autre pays. Tout le monde ici est asiatique. Un essaim bourdonnant de différents dialectes qui se croisent comme des fils téléphoniques invisibles. Les seuls mots affichés en anglais universel sont « *HOT POT* » et « *LIQUORS* » – et même eux sont ensevelis sous un assortiment de glyphes et de graphèmes, décorés d'un dessin de tigre ou de hot-dog dansant.

À l'intérieur d'un centre commercial H Mart, on trouve toujours une sorte de cafétéria, une boutique d'électroménager et une pharmacie. En général, il y a aussi un comptoir de cosmétique, où l'on peut acheter du maquillage coréen et des crèmes à l'extrait de bave d'escargot ou d'huile de caviar, ou encore un masque soin du visage qui se réclame vaguement d'une composition au « placenta ». (Le placenta de qui ? On se le demande.) Il y a souvent une boulangerie pseudo-française, qui sert un café filtre insipide, du bubble tea, et propose un assortiment de pâtisseries luisantes de sucre qui ont toujours l'air meilleures qu'elles ne le sont.

Depuis quelque temps, je fréquente le H Mart de Elkins Park, une ville au nord-est de Philadelphic. Ma routine du week-end consiste à y déjeuner, puis y faire le plein de courses pour la semaine, et enfin de cuisiner au dîner ce que les arrivages de frais m'auront inspiré. Le H Mart d'Elkins Park s'étend sur deux niveaux ; le supermarché est au rez-de-chaussée, et la cafétéria au premier. À l'étage, on trouve plusieurs comptoirs, avec chacun sa spécialité. Un pour les sushis, et un strictement chinois. Un autre propose le traditionnel jjigae coréen : un ragoût en ébullition servi dans un ttukbaegi – une casserole en terre cuite qui fait l'effet d'un minichaudron et permet à la soupe de bouillir encore dix bonnes minutes à table. Un petit stand de street-food vend des ramen coréens (un simple pot de nouilles instantanées Shin Cup au piment, agrémentées d'un œuf cassé directement dans le gobelet en carton) ; des raviolis vapeur géants à la pâte moelleuse farcie de porc et de vermicelles de haricots mungo ; et du tteokbokki composé de rondelles épaisses de pâte de riz à la consistance élastique cuites dans un bouillon avec des bâtonnets de pâte de poisson, des flocons de piment et du gochujang – une pâte de soja fermenté au piment qui appartient à la triade mère des sauces utilisées dans quasiment tous les plats coréens. Enfin, mon comptoir préféré : la cuisine fusion sino-coréenne, qui sert du tangsuyuk – du porc frit nappé d'une sauce aigre-douce translucide orange et brillante –, de la soupe de nouilles aux fruits de mer, du riz sauté et des nouilles à la sauce de haricots noirs.

La cafétéria est l'endroit parfait pour observer les autres tout en aspirant les nouilles d'un jjajangmyeong bien gras et bien salé. Je pense alors à mes proches restés en Corée, quand ils étaient encore tous en vie. La cuisine sino-coréenne était toujours la première chose que l'on mangeait, ma mère et moi, en débarquant à Séoul après quatorze heures de vol. Ma tante téléphonait au restaurant chinois et vingt minutes plus tard son interphone diffusait la mélodie électronique de la *Lettre à Élise* pour annoncer l'arrivée du livreur. L'homme ne prenait pas le temps d'ôter son casque de moto et montait aussitôt, portant une grande boîte carrée en acier. Une fois devant l'appartement, il faisait coulisser la trappe de la boîte pour en sortir des bols empilés de nouilles et de beignets de porc, ainsi que les contenants de sauce. Les opercules en plastique concaves perlaient de condensation. On les arrachait des bols pour verser le délice noir de l'épaisse sauce de haricots sur les nouilles, et répandre celle luisante, collante, translucide et orange sur le porc frit. Assises en tailleur sur le sol de marbre froid, on engloutissait le tout à grand renfort de bruits de bouche, piochant allègrement dans les plats. Mes tantes, ma mère et ma grand-mère jacassaient en coréen. Je les écoutais sans rien y comprendre, embêtant régulièrement ma mère pour qu'elle traduise.

Parmi tous les clients de H Mart, je me demande sur lesquels pèse l'absence de leur famille. Combien pensent à leurs proches, en apportant à table leur plateau chargé. Je me demande s'ils mangent pour faire perdurer ce lien, pour rendre hommage à d'autres à travers la nourriture. Lesquels parmi eux n'ont pas pu rentrer au pays cette année ou cette décennie ? Lesquels, comme moi, pleurent des disparus à jamais ?

Des étudiants chinois expatriés déjeunent ensemble. Ils se sont regroupés dans le bus au départ du centre-ville et se sont enfoncés pendant quarante-cinq minutes dans la banlieue d'un pays étranger, tout ça pour une soupe de raviolis. À la table voisine, trois générations de femmes coréennes dévorent trois ragoûts différents : fille, mère et grand-mère plongent leurs cuillères dans tous les bols, tendent le bras pour atteindre le plateau d'en face, plantent leur coude dans le visage des autres pour picorer des banchan avec leurs baguettes. Aucune ne tient compte ni même ne semble avoir jamais songé au concept d'espace personnel.

Un jeune homme blanc et sa famille gloussent en chœur : ils s'essaient à prononcer le menu. Le fils explique à ses parents la composition de leurs plats. Peut-être un militaire en poste à Séoul ou un assistant de langue qui y a enseigné l'anglais. Peut-être est-il le seul des siens doté d'un passeport. Peut-être est-ce le moment où sa famille décidera qu'il est temps pour eux de voyager et de découvrir ces choses par eux-mêmes.

Il y a aussi un garçon asiatique, qui épate sa copine en lui ouvrant les portes d'un monde de saveurs et de textures nouvelles. Il lui apprend à déguster le mul naeng-myeon, une soupe de nouilles glacée qui a meilleur goût quand on y ajoute du vinaigre et de la moutarde chinoise au piment. Il lui raconte comment ses parents sont arrivés dans ce pays, évoque sa mère qui lui préparait ce plat à la maison – mais sans courgettes, qu'elle remplaçait par des radis. Un vieil homme boitille vers une table où il demandera la bouillie de poulet et ginseng qu'il mange probablement tous les jours ici. La sonnette retentit pour que les clients aillent récupérer leur commande. Derrière les comptoirs, des femmes coiffées de visières travaillent sans s'arrêter.

C'est un endroit merveilleux, sacré. Une cafétéria peuplée de gens du monde entier, déplacés dans un pays étranger, chacun portant une histoire singulière. D'où viennent-ils, quelle distance ont-ils parcourue ? Pourquoi sont-ils là ? Pour trouver le galanga qu'aucun supermarché américain ne vend afin de préparer le curry indonésien dont raffolait leur père ? Pour acheter les gâteaux de riz de la célébration de Jesa en l'honneur d'un proche défunt ? Pour assouvir, un jour pluvieux, une fringale de tteokbokki éveillée par le souvenir d'un encas de fin de soirée sous la tonnelle d'un pojangmacha dans le quartier de Myeong-dong ?

On ne parle pas de ça entre nous. Jamais un regard compatissant n'est échangé. On mange, en silence. Mais je sais ce qui nous réunit : l'envie commune de retrouver un peu de la maison ou un peu de notre identité. On en cherche la saveur dans les menus de la cafétéria et dans les ingrédients des rayons. Puis chacun rentre chez soi. Chacun rapporte son butin dans un dortoir de fac ou une cuisine de banlieue, pour recréer le plat qui n'aurait pas pu naître sans ce pèlerinage. Notre quête n'a pas de sens dans les rayons de Trader Joe's. H Mart, c'est là que les membres d'une communauté se rassemblent sous un même toit odorant, portés par la certitude d'y dénicher ce qu'ils ne trouvent nulle part ailleurs.

Dans la cafétéria d'H Mart, en cherchant l'inspiration pour le premier chapitre d'un essai sur ma mère, c'est mon identité que je retrouve. Je suis assise à côté d'une mère coréenne et de son fils, qui ont sans le savoir choisi la table voisine d'une fontaine à larmes. Le fils récupère sagement les couverts au comptoir et les place sur des serviettes en papier. Il a pris du riz sauté, et elle du seolleongtang, un bouillon d'os de bœuf. Il doit avoir la vingtaine, mais sa mère lui dispense toujours ses instructions sur la bonne manière de manger, comme la mienne le faisait avec moi. « Trempe l'oignon dans la sauce. » « Doucement avec le gochujang, ce sera trop salé. » « Pourquoi tu ne touches pas à tes haricots mungo ? » Certains jours, je trouvais insupportables ces remarques incessantes. *Arrête, laisse-moi manger tranquille !* Mais la plupart du temps, j'y voyais le témoignage ultime d'une tendresse maternelle à la coréenne, et je chérissais cet amour. Aujourd'hui, je donnerais n'importe quoi pour qu'on me le rende.

La mère du garçon transfère des morceaux de bœuf de sa cuillère à la sienne. Il a l'air fatigué et lui décroche à peine quelques mots. J'aimerais lui dire combien ma propre mère me manque. Qu'il ferait mieux d'être sympa avec la sienne et de garder en tête que la vie ne tient qu'à un fil, que celui-ci peut se rompre à tout moment. Je voudrais lui conseiller d'emmener sa mère chez le médecin pour vérifier qu'il n'y a pas une petite tumeur qui grossit en elle aussi.

En cinq ans, le cancer m'a pris ma tante et ma mère. Alors, quand je vais chez H Mart, ce n'est pas pour les seiches ou les cébettes à un dollar les trois bottes ; j'y cherche mon enfance ; des preuves que la Coréenne en moi n'est pas morte avec elles. H Mart est le pont qui me guide loin des visions cauchemardesques du crâne glabre de la chimio, des corps squelettiques et du décompte des doses d'hydrocodone. H Mart me rappelle les femmes belles et pleines de vie qu'elles étaient, avant, quand elles agitaient leurs dix doigts parés de céréales au miel Chang Gu en guise de bagues et m'apprenaient à aspirer la chair du raisin coréen sans la peau pour en recracher les pépins.

2

Garde tes larmes

Ma mère est morte le 18 octobre 2014, une date que j'oublie à chaque fois. Je ne sais pas pourquoi exactement – si par déni je refuse de m'en souvenir ou si, au vu de tout ce que nous avons enduré, le jour précis semble finalement insignifiant. Elle avait cinquante-six ans. J'en avais vingt-cinq, un âge qui, d'après ce qu'elle me répétait depuis des années, promettait d'être mémorable. C'est à cet âge qu'elle a rencontré mon père. L'âge de leur mariage, l'âge où elle a quitté sa terre natale, sa mère, ses deux sœurs, pour ouvrir un chapitre charnière de sa vie d'adulte. L'âge où elle a fondé la famille qui allait la définir. Pour moi, ce devait être l'âge où tout était censé s'arranger. L'année de mes vingt-cinq ans est celle où sa vie a pris fin, et la mienne s'est effondrée.

Parfois, je culpabilise d'hésiter encore sur cette date. Quand l'automne arrive, je remonte le fil de la pellicule de mon téléphone pour retrouver les photos de sa tombe et confirmer les chiffres gravés derrière les bouquets multicolores que j'y dépose depuis cinq ans. Ou bien je me résous à googler la nécrologie que j'ai oublié d'écrire moi-même, afin de me préparer obstinément à invoquer cette émotion qui n'est jamais tout à fait celle que je suis censée ressentir.

Mon père, quant à lui, a une obsession calendaire. Une sorte d'horloge interne qui vrombit sans faute à l'approche de chaque anniversaire de vie, de mort, de mariage, et au moment des fêtes. Son moral s'assombrit inconsciemment la semaine qui précède, et très vite il m'inonde de messages Facebook pour se lamenter sur l'injustice de la vie et sur cette douleur que je ne pourrais jamais comprendre d'avoir perdu sa meilleure amie. Puis il remonte en selle sur sa moto et arpente les rues de Phuket, où il a pris sa retraite un an après la mort de maman, pour combler le vide de son absence à l'aide de plages ensoleillées, de street-food à base de fruits de mer, et de jeunes filles incapables d'épeler le mot *problème*.

Ce que je n'oublie jamais, en revanche, c'est ce que mangeait ma mère. Presque toujours la même chose. La moitié d'un sandwich toasté de pain de seigle au steak haché et fromage fondu, avec des frites que l'on partageait au Terrace Cafe après une journée de shopping. Le thé glacé sans sucre, dans lequel elle déversait un demi-sachet d'édulcorant en poudre tout en jurant que jamais elle n'en consommait par ailleurs. Le minestrone de l'Olive Garden qu'elle commandait « bouilli », pas « bouillant », et allongé. Pour les grandes occasions, la demi-douzaine d'huîtres avec des miniatures de champagne et de la soupe à l'oignon « bouillie » commandée chez Jake's à Portland. Elle était peut-être la seule personne au monde à réclamer des frites « bouillies » au drive-in du McDonald's en toute naïveté. Il y avait aussi le jjamppong, la soupe de nouilles aux fruits de mer pimentée avec supplément légumes du Cafe Seoul, qu'elle appelait toujours le Seoul Cafe en transposant la syntaxe de sa langue maternelle. Elle adorait les châtaignes rôties en hiver, malgré les ballonnements qu'elles lui provoquaient. Elle aimait grignoter des cacahuètes salées pour accompagner une bière légère. Elle pouvait boire deux verres de chardonnay par jour, mais un troisième la rendait malade. Elle agrémentait sa pizza de piments confits. Au restaurant mexicain, elle réclamait des jalapeños émincés en garniture – et précisait toujours qu'il fallait que les condiments soient servis à part. Elle détestait la coriandre, les avocats et les poivrons. Elle était allergique au céleri. Elle mangeait rarement sucré, mais faisait une exception pour un gros pot de Häagen-Dazs goût fraise, un sachet de bonbons gélifiés à l'orange, une ou deux truffes au chocolat d'un coffret See's en période de Noël et le cheesecake à la myrtille de son anniversaire. Elle grignotait peu et ne prenait pas de petit-déjeuner. Elle préférait le salé.

Je me souviens très nettement de toutes ces choses, car c'était ainsi que ma mère témoignait de son amour. Pas avec de pieux mensonges ni avec des mots d'encouragement et d'affection. Mais par une observation fine de ce qui apportait de la joie aux autres. Elle conservait cette information soigneusement pour les mettre à l'aise et les choyer sans même qu'ils ne s'en rendent compte. Ceux qui préfèrent le ragoût noyé dans du bouillon, les sensibles au piment, ceux qui détestent les tomates, les allergiques aux fruits de mer, les grands mangeurs, elle n'oubliait rien. Elle se souvenait du banchan dont on avait vidé la coupelle en premier, de sorte qu'au prochain passage à la maison, elle en prévoyait une portion double, ainsi que de toutes ces prédilections qui constituent une identité.

En 1983, en réponse à une annonce publiée dans le journal *The Philadelphia Inquirer* qui proposait sobrement une « opportunité à l'étranger », mon père s'est envolé pour la Corée du Sud. Il s'est avéré sur place que cette opportunité consistait en une formation à Séoul pour vendre des voitures d'occasion à l'armée américaine. L'entreprise lui avait réservé une chambre au Naija Hotel, une institution sur le site de la base américaine du Yongsan District, où ma mère travaillait à la réception. Elle est, j'imagine, la première coréenne qu'il ait rencontrée.

Après trois mois à se fréquenter, à la fin de la formation, mon père lui a demandé sa main. Ils ont vécu dans trois villes de trois pays différents au milieu des années 1980, à Misawa, à Heidelberg, et de nouveau à Séoul, où je suis née. Un an plus tard, Ron, le frère aîné de mon père, lui a proposé de rejoindre sa société de transport et de logistique. Ce poste représentait une perspective de stabilité face à notre déménagement intercontinental bisannuel, et c'est ainsi que nous avons immigré quand j'avais tout juste un an.

Ma famille s'est installée à Eugene, dans l'Oregon, une petite ville étudiante sur la côte nord-ouest du Pacifique. L'agglomération se trouve près des montagnes Calapooya, source de la rivière Willamette qui court sur deux cent quarante kilomètres vers le nord pour se jeter dans le fleuve Columbia. Creusant ses sillons entre la chaîne des Cascades à l'est et la chaîne côtière de l'Oregon à l'ouest, la rivière trace une vallée fertile où des dizaines de milliers d'années plus tôt les crues de la période glaciaire ont déferlé depuis le lac Missoula, traversant l'est de l'État de Washington, et charriant dans leurs eaux un humus riche et des roches volcaniques qui maintenant composent des couches sédimenteuses de terres alluviales adaptées à une large variété de cultures agricoles.

La ville en elle-même est capitonnée de verdure. Collée contre les berges de la rivière, elle s'étend sur les collines abruptes et les forêts de pins du centre de l'Oregon. Le climat est doux, bruineux et gris pour l'essentiel de l'année, mais laisse place à un été luxuriant et radieux. Il pleut sans arrêt, et pourtant je n'ai encore jamais vu un seul Orégonien équipé d'un parapluie.

Fiers de l'abondance de leurs terres, les Eugéniens entretenaient déjà une passion pour les cultures locales, bio et de saison bien avant que cela ne redevienne tendance. Les pêcheurs à la ligne ne sont pas en reste dans les eaux fraîches peuplées de saumon chinook au printemps et de truite arc-en-ciel en été. Les estuaires offrent une réserve foisonnante toute l'année de tendres crabes du Dungeness. Les producteurs de la région se rassemblent tous les samedis en centre-ville pour écouler leurs légumes bio, leur miel, leurs récoltes de champignons des bois et de baies sauvages. La population démographique est majoritairement compostée de hippies qui boycottent les supermarchés Whole Foods au profit de coopératives à échelle locale, chaussent des Birkenstocks, tissent des tresses en coton qu'ils vendent sur des marchés artisanaux, et confectionnent leur propre beurre d'oléagineux. Parmi les prénoms les plus populaires pour hommes on trouve Herb et River, et les femmes s'appellent souvent Forest ou Aurora.

Quand j'avais dix ans, nous avons déménagé à dix kilomètres du centre-ville, après les sapinières de Noël et les sentiers de randonnée du parc naturel Spencer Butte, en plein milieu des bois. La nouvelle maison était entourée d'un domaine de deux hectares où des troupeaux de dindes sauvages se baladaient en quête d'insectes dans les hautes herbes et où, à l'abri des regards derrière des milliers de pins jaunes et sans le moindre voisin à des kilomètres à la ronde, mon père pouvait passer la tondeuse à poil si ça lui chantait. À l'arrière, ma mère avait planté des rhododendrons dans la clairière de pelouse. Plus loin, le terrain se transformait en collines d'herbes drues et d'argile rouge. L'étang artificiel d'eau boueuse et de limon regorgeait de salamandres et de grenouilles que je m'amusais à traquer, capturer et relâcher. Les mûriers sauvages poussaient dans tous les sens au début de l'été, et pendant la saison du brûlis mon père sortait de grandes cisailles de jardinage pour défricher de nouveaux sentiers entre les arbres, frayant ainsi un circuit dont il pouvait faire le tour avec sa moto tout-terrain. Une fois par mois, il mettait le feu à tous les branchages qu'il avait rassemblés et me laissait presser le bidon de liquide d'ignition pour arroser le bas du tas. Face au bûcher de deux mètres de haut qui s'embrasait, on admirait ensemble le résultat de son labeur.

J'adorais notre nouvelle maison, mais je la détestais aussi. Il n'y avait pas d'enfants avec qui jouer dans le voisinage, pas d'épiceries de quartier ou de parcs accessibles à vélo. J'étais isolée, seule et enfant unique, je n'avais personne d'autre vers qui me tourner que ma mère.

Coincée avec elle au milieu des bois, j'étais ensevelie sous l'attention et le temps qu'elle me consacrait – une dévotion qui, je l'ai compris plus tard, était un privilège heureux qui ne venait pas sans ses conséquences envahissantes. Ma mère était une femme d'intérieur. La construction du foyer familial était toute sa vie depuis ma naissance, et si elle était vigilante et protectrice, elle n'était pas débordante d'affection. Elle était loin de la « maman poule » que j'enviais à la plupart de mes amis. Une maman poule est une mère passionnée par tout ce que son enfant lui dit, même lorsqu'il est impossible que cet intérêt soit sincère, qui vous emmène illico chez le docteur au moindre bobo, qui vous affirme « qu'il est juste jaloux » si quelqu'un se moque de vous, que vous êtes « toujours belle à ses yeux » même si ce n'est pas le cas, ou bien qui s'extasie devant les cadeaux pourris que vous lui offrez à Noël.

Moi, à chaque fois que je me faisais mal, ma mère se mettait à hurler. Pas d'effroi : c'était bien moi qu'elle engueulait. Je ne comprenais pas. Quand mes amis se blessaient, leur maman poule les ramassait et leur promettait que tout allait bien se passer, ou alors elle les conduisait tout de suite chez le médecin – les familles blanches passaient leur temps chez le médecin. Mais si je me blessais, ma mère était furieuse, comme si j'avais intentionnellement dégradé sa propriété.

Une fois, alors que je grimpais à l'arbre dans le jardin, la branche dont je me servais comme appui a cédé sous mon pied. J'ai glissé sur soixante centimètres, ripant la peau de mon ventre nu sur l'écorce en tentant de me rattraper, avant de faire une chute d'un mètre quatre-vingts avec un atterrissage raté. Larmes, cheville foulée, t-shirt déchiré, ventre égratigné, et en sang de tous les côtés, je n'ai pas été dorlotée dans les bras de ma mère puis emmenée voir un professionnel de santé. Au lieu de ça, elle a foncé sur moi comme une nuée de corbeaux.

— COMBIEN DE FOIS MAMAN T'A DIT DE NE PAS MONTER DANS CET ARBRE ?

— Umma, j'ai mal à la cheville ! Ai-je sangloté. Il faut aller à l'hôpital !

Elle a surplombé mon corps recroquevillé en poussant des cris stridents alors que je me tordais de douleur sur des feuilles mortes. J'aurais juré avoir senti quelques coups de pied dans le tas.

— Maman, je saigne ! Arrête de me gronder !

— C'EST ÇA, CE QUE TU VOULAIS ? UNE CICATRICE À VIE ? *AY-CHAM WHEN-IL-EEYA* ?!

— Je suis désolée, d'accord ? Pardon !

Je me répandais en excuses ponctuées de sanglots théâtraux, de grosses larmes et de gémissements hoquetés. Je me traînais vers la maison en rampant sur mes coudes, agrippée aux feuilles mortes et à la terre sèche pour tirer ma jambe inerte vers l'avant.

— *Aigo ! Dwaes-suh* ! Ça suffit !

Qui aime bien châtie bien. C'était un amour brutal, d'une force industrielle. Un amour musclé qui ne laisse pas de place à la moindre faiblesse. L'amour qui voit ce qui est mieux pour vous avec dix coups d'avance et qui se fiche que vous ayez mal en attendant. Quand je me blessais, ma mère le ressentait dans sa chair, comme si ma douleur était sienne. Elle n'était coupable que de trop m'aimer. Je ne m'en rends compte que maintenant, avec le recul. Personne au monde ne m'aimera jamais autant que ma mère, et elle ne manquait pas de me le rappeler.

— Arrête de pleurer ! Garde tes larmes pour quand ta mère sera morte.

C'était un proverbe récurrent à la maison. À la place des dictons américains qu'elle n'avait jamais appris, elle inventait les siens. « Maman est la seule qui te dira toujours la vérité, parce que maman est la seule qui t'aime vraiment. »

Parmi mes premiers souvenirs, je la revois m'ordonnant en toutes circonstances de « réserver dix pour cent de moi ». Ce qu'elle voulait dire par là, c'était que malgré les sentiments que l'on éprouve pour quelqu'un, ou malgré tout l'amour que l'on pense recevoir d'une personne, il ne faut jamais s'abandonner complètement à l'autre. Réserver dix pour cent de soi, toujours, pour avoir de quoi retomber sur ses pieds. « Même avec ton papa, je garde des réserves », ajoutait-elle.

Ma mère essayait constamment de me façonner selon l'idéal de perfection qu'elle imaginait pour moi. Quand j'étais bébé, elle me pinçait le nez car elle craignait qu'il ne devienne plat. En primaire, estimant que j'étais trop petite, elle m'ordonnait tous les matins avant d'aller à l'école de m'agripper à la tête de lit et tirait sur mes jambes dans l'espoir de les allonger. Si je plissais le front ou souriais de toutes mes dents, elle lissait ma peau du bout des doigts et m'intimait « d'arrêter de fabriquer des rides ». Si je marchais le dos voûté, elle poussait sa paume entre mes omoplates et exigeait : « *Ukgae peegoo* ! Redresse-toi ! »

Obsédée par les apparences, elle passait des heures devant la chaîne de téléachat, qu'elle appelait pour commander des après-shampooings purifiants, des dentifrices spécialisés, des gommages à l'huile de caviar, des sérums, des crèmes hydratantes, des lotions toniques et des crèmes antirides. Elle avait une foi inébranlable en l'efficacité des cosmétiques portant le label de la chaîne QVC, et un zèle digne d'une adepte de la théorie du complot. Il suffisait de remettre en question la légitimité d'un produit pour qu'elle bondisse et en prenne la défense. Ma mère croyait dur comme fer que le tube de Supersmile éclaircissait l'émail de cinq tons et que le coffret de trois soins Belle Peau du Dr Denese ôtait dix ans à n'importe qui. Son meuble de salle de bains était un îlot de flacons en verre et de pots teintés à partir desquels elle trempait, tapotait, frottait, massait et lissait des crèmes sur son visage, suivant religieusement une routine en dix étapes qui impliquait un appareil à microcourant pour électrocuter les rides. Tous les soirs, depuis le couloir, j'entendais le son de ses paumes plaquées sur ses joues et le bourdonnement des pulsations électriques censées resserrer ses pores quand elle le passait avec énergie sur sa peau avant d'appliquer des couches et des couches de cosmétiques.

Pendant ce temps, les cartons de lotion tonique Proactiv s'entassaient au fond du placard sous vasque de ma salle de bains et les poils de ma brosse nettoyante Clarisonic restaient secs et intacts. J'étais de nature trop impatiente pour me plier aux régimes qu'essayait de m'imposer ma mère – une source de tension qui n'a fait qu'amplifier à mon adolescence.

Son perfectionnisme était rageant, et sa minutie un mystère. Elle était capable de conserver un vêtement pendant dix ans dans un état impeccable, comme s'il n'avait jamais été porté. Ses manteaux n'avaient jamais la moindre peluche, ses pulls ne connaissaient pas les bouloches, le vernis de ses chaussures en cuir ne se rayait pas, tandis que je m'attirais ses réprimandes incessantes à force de détruire ou de perdre du jour au lendemain mes affaires, même celles auxquelles je tenais le plus.

Elle appliquait cette méticulosité à l'entretien de la maison, toujours immaculée. Elle passait l'aspirateur quotidiennement, et une fois par semaine elle me faisait dépoussiérer toutes les plinthes au plumeau pendant qu'elle arrosait le parquet d'huile et l'astiquait au chiffon. Entre mon père et moi, elle devait avoir l'impression de cohabiter avec deux gros bébés s'étant donné pour objectif de détruire son univers parfait. Quand ma mère piquait une crise à cause d'un rien de désordre, mon père et moi suivions vaguement son regard sans avoir la moindre idée de ce qui était sale ou mal rangé. Si l'un de nous renversait quelque chose sur le tapis, elle réagissait comme si nous y avions mis le feu. Instantanément, elle lâchait un gémissement de douleur, se précipitait dans le placard sous l'évier où se trouvaient les flacons de spray détachant moquette miracle vu à la télé, et elle nous repoussait dans un coin de la pièce, par crainte que nous n'élargissions la souillure. On restait les bras ballants de gêne, à la regarder sottement alors qu'elle épongeait et vaporisait nos bêtises.

L'enjeu est monté d'un cran quand ma mère s'est mise à collectionner diverses petites babioles précieuses et délicates. Chaque assortiment avait son lieu d'exposition dédié : les théières multicolores miniatures Mary Engelbreit sur les étagères du couloir ; les figurines de danseuses en porcelaine sur la crédence de l'entrée, celle en troisième position avec ses deux doigts en moins – rappel quotidien des conséquences de ma sottise ; les maisons en bleu de Delft remplies de gin néerlandais sur le rebord de la fenêtre de la cuisine – dont les bouchons en liège renfoncés avec ivresse rappelaient à mon père la sienne. Des animaux en cristal Swarovski décoraient les étagères en verre de l'armoire du séjour. À chaque anniversaire ou Noël, un nouveau cygne, un porc-épic ou une tortue rutilants trouvait sa place sur le pan de mur, ajoutant à la lumière iridescente qui se déployait dans le salon au petit matin.

Ses règles et ses exigences étaient épuisantes, mais si je choisissais de m'éloigner d'elle, je me retrouvais isolée et unique responsable de mon propre divertissement. Ainsi ai-je passé toute mon enfance partagée entre deux impulsions : celle de céder aux lubies de garçon manqué qui m'attiraient les réprimandes de ma mère, et celle de m'accrocher à ses jupons, en quête éperdue de son approbation.

Parfois, quand mes parents me laissaient à la maison avec une baby-sitter, j'alignais les figurines sur un plateau et je lavais soigneusement chaque animal dans l'évier avec du liquide vaisselle, puis je les séchais avec de l'essuie-tout. J'époussetais ensuite les étagères, j'en nettoyais le verre au spray Windex, et je faisais de mon mieux pour tout réarranger de mémoire, avec l'espoir qu'à son retour ma mère me récompense de son affection.

J'ai développé cette obsession du ménage comme sorte de rituel protecteur à chaque fois que je ressentais l'ombre d'un abandon – dont la perspective tourmentait mon imagination enfantine. J'étais hantée par les cauchemars et par une paranoïa aiguë à l'idée que mes parents puissent mourir. Je craignais les cambrioleurs qui entreraient par effraction dans notre maison et je visualisais leur meurtre dans les détails les plus atroces. S'ils tardaient à rentrer le soir, j'étais convaincue qu'ils avaient eu un accident. J'étais tourmentée par ce rêve récurrent où mon père, frustré par les embouteillages, empruntait un raccourci qui n'en était pas un et qui conduisait leur voiture par-dessus le rebord du Ferry Street Bridge, pour les éjecter dans la rivière Willamette, où ils se noyaient, faute d'avoir pu ouvrir les portières du véhicule immergé.

À en juger par sa réaction positive à la routine hebdomadaire du plumeau et des plinthes, j'avais conclu que si ma mère trouvait à son retour une maison plus propre encore, elle me promettrait de ne jamais plus partir sans moi – ma piètre tentative pour l'amadouer. Une fois, pendant des vacances à Las Vegas, mes parents m'ont laissée à l'hôtel pendant quelques heures pour profiter des casinos. J'ai passé tout ce temps à ranger la chambre, à organiser leurs bagages, à essuyer les surfaces avec une serviette à mains. J'avais tellement hâte qu'ils rentrent et voient tout ce que j'avais accompli. Je suis restée assise sur le lit d'appoint, souriant à la porte dans l'attente de leur réaction. Je n'avais évidemment pas conscience que la femme de ménage viendrait au matin. À leur retour, puisqu'ils ne remarquaient aucun changement, je leur ai fait la visite des lieux, attirant leur attention sur mes bonnes actions, une par une.

J'attendais désespérément la moindre occasion qui me permettrait de briller, et dans ma quête de validation j'ai découvert que notre goût pour la nourriture coréenne faisait non seulement office de lien mère-fille, mais constituait aussi une source pure et durable d'approbation maternelle. C'est au Noryangjin Fish Market, lors de vacances d'été à Séoul, que cette notion a pris toute son ampleur. Noryangjin est un marché de grossistes où l'on peut choisir des poissons et crustacés encore vivants dans des aquariums, puis les faire préparer dans les restaurants à l'étage. Ma mère et moi étions avec ses deux sœurs, Nami et Eunmi. Ensemble, elles avaient sélectionné des kilos d'ormeaux, de Saint-Jacques, de concombres de mer, de sérioles à ceintures, de poulpe et de crabe royal, le tout à manger cru ou ébouillanté dans des soupes pimentées.

À l'étage, notre table s'est immédiatement retrouvée ensevelie de coupelles à banchan qui encerclaient le brûleur à butane destiné à accueillir notre bouillon. Le sannakji est arrivé en premier – un plat de pieuvre découpée vivante. Dans l'assiette pleine, des tentacules gris et blanc frétillaient, fraîchement amputés de leur tête, et chaque ventouse continuait à palpiter. Ma mère en a pris un, l'a trempé dans le gochujang et le vinaigre, l'a déposé entre ses lèvres et l'a mâché. Puis elle m'a regardée et a souri devant ma bouche bée.

— Essaie, m'a-t-elle encouragée.

Le contraste était flagrant avec les autres domaines d'exercice de son autorité parentale. Ma mère était laxiste quand il était question de nourriture. Si je n'aimais pas quelque chose, elle ne me forçait jamais à manger, et si je n'avalais que la moitié de ma portion, elle n'insistait jamais pour que je termine mon assiette. Elle estimait que la nourriture devait être savourée, et qu'élargir son estomac pour le gaver sans appétit était une forme de gâchis. Elle n'avait qu'une seule règle : il fallait tout goûter une fois.

Désireuse d'obtenir son approbation et d'impressionner mes tantes, j'ai pincé le tentacule le plus agité entre mes baguettes, je l'ai trempé dans la sauce comme ma mère, et l'ai glissé dans ma bouche. C'était salé, aigre et doux, à peine relevé par le piment du condiment, et très, très caoutchouteux. J'ai broyé le tentacule entre mes dents autant de fois que j'ai pu avant d'avaler, craignant que ses ventouses ne s'agrippent à mes amygdales en chemin.

— Bravo, mon bébé !

— *Aigo yeppeu* ! se sont écriées mes tantes. Joli !

Ma famille applaudissait mon intrépidité, je rayonnais de fierté, et quelque chose dans cet instant m'a ouvert une porte. Je me suis rendu compte que si j'avais du mal à rester sage, je pouvais en revanche me montrer courageuse. J'ai commencé à me délecter de la surprise des adultes devant mon palais raffiné, et du dégoût de mes pairs inexpérimentés, grâce à ce qui s'est révélé être un des plus beaux dons de la nature. À dix ans, je savais décortiquer un homard entier avec pour seul outil un casse-noisettes. Je dévorais des steaks tartares, des pâtés, des sardines, des escargots cuits au beurre d'ail. J'avais goûté crus des concombres de mer, des ormeaux, des huîtres. Le soir, ma mère grillait des seiches déshydratées sur un brasero dans le garage et les servait avec un bol de cacahuètes et une sauce à base de pâte de piment rouge et de mayonnaise japonaise. Mon père les déchirait en fines lamelles que l'on grignotait devant la télévision jusqu'à avoir mal aux mâchoires, et je faisais passer le tout avec des petites lampées de la Corona de ma mère.

Ni mon père ni ma mère n'ont de diplôme du supérieur. Je n'ai pas grandi dans une maison remplie de livres ou de vinyles. On ne m'a pas familiarisée avec les beaux-arts dès mon plus jeune âge, ni emmenée visiter des musées ou assister à des pièces de théâtre dans des institutions culturelles. Mes parents n'avaient pas les noms des écrivains que j'aurais dû lire ou des réalisateurs étrangers dont j'aurais dû voir les films. On ne m'a pas transmis de vieille édition de *L'Attrape-Cœur* quand j'étais préado, ni des vinyles des Rolling Stones, ni aucune matière historique qui aurait pu me faire la courte échelle vers la maturité culturelle. Mais mes parents connaissaient le monde, à leur façon, et avaient découvert ce qu'il avait à offrir à travers leurs nombreux voyages. Si la culture avec un grand C leur faisait défaut, ils compensaient cette lacune par une éducation gastronomique d'une rare finesse, dans laquelle passait leur argent durement gagné. Mon enfance a été riche en saveur – boudins, intestins de poisson, caviar. Ils aimaient la bonne chère, la cuisiner, la dénicher, la partager, et j'occupais la place d'honneur à leur table.

3

Paupière double

Un été sur deux, pendant que mon père restait travailler dans l'Oregon, ma mère m'emmenait passer six semaines à Séoul auprès de sa famille.

J'adorais aller en Corée. J'adorais la grande ville, la vie en appartement. J'aimais l'humidité de l'air et son odeur urbaine, même si d'après ma mère ce n'était qu'un mélange de poubelles et de pollution. J'adorais le parc en face de l'immeuble de ma grand-mère, les milliers de maemi qui volaient au-dessus de ma tête et le bruit de leurs ailes bavardes de cigales qui se fondait avec la rumeur de la circulation nocturne.

À Eugene, j'étais coincée au milieu des bois à dix kilomètres du centre-ville, et complètement dépendante du bon vouloir de ma mère pour sortir. À Séoul, c'était tout l'opposé. L'appartement d'Halmoni se trouvait à Gangnam, un quartier animé de la rive sud du fleuve Han. De l'autre côté du parc, il y avait un complexe commercial avec une papeterie, un magasin de jouets, une boulangerie, et un supermarché que je pouvais rejoindre à pied sans supervision.

Déjà petite, j'adorais les supermarchés ; explorer les différentes marques et leurs emballages brillants et fascinants, caresser les ingrédients et envisager les possibilités d'associations infinies. Je passais des heures à examiner les congélateurs remplis de bâtonnets de sorbet crémeux au melon et de glaces à la pâte de haricot rouge sucrée, à me balader dans les allées en quête des gourdes souples de lait aromatisé à la banane que je buvais tous les matins avec mon cousin Seong Young.

En tout, on s'entassait à six dans l'appartement trois chambres d'Halmoni. Impossible de faire cinq pas sans se cogner à quelqu'un. Seong Young dormait près de la cuisine, dans un cagibi juste assez large pour y caser une minuscule télévision carrée, une PlayStation, et dérouler un petit futon sous la tringle à vêtements suspendue au mur, face au poster de Mariah Carey qu'il avait scotché à sa porte.

Seong Young était le fils de Nami Emo, et mon seul cousin du côté maternel. Nami avait divorcé peu après sa naissance, et pendant qu'elle travaillait la journée c'était notre grand-mère qui l'élevait dans cet appartement rempli de femmes. De sept ans mon aîné, il était grand, solide, mais se mouvait sans énergie, dans une posture timide et efféminée qui détonnait avec son gabarit. Adolescent extrêmement complexé, rongé par la pression de l'école et la perspective du service militaire de deux ans obligatoire pour tous les jeunes hommes coréens, Seong Young souffrait d'une acné sévère qu'il traitait à l'aide d'un attirail de nettoyants et crèmes ciblées, en déployant des efforts considérables dont celui de ne se laver le visage qu'à l'eau minérale.

Je vénérais Seong Young et je passais mes vacances à le suivre partout. C'était un gentil garçon. D'une patience infinie quand je m'accrochais à ses jambes et à son dos pour le forcer à me porter au plus fort de la chaleur moite de l'été, alors que la sueur dégoulinait de son front et imprégnait son t-shirt. Bienveillant, lorsque je le suppliais de faire la course avec moi dans l'escalier pour remonter au vingt-troisième étage de l'appartement d'Halmoni.

De l'autre côté de la cuisine, il y avait la chambre de Nami Emo, attenante au petit balcon qui surplombait la rue. Elle était meublée d'une coiffeuse imitation jade, dont le plan croulait sous une centaine de flacons de vernis. À chaque début de vacances, elle m'invitait à choisir une couleur, et à l'issue de mes délibérations soigneuses elle me peignait les ongles sur un papier journal. À la fin, elle se servait d'un aérosol glacé pour les sécher plus vite. Le liquide formait une mousse sur mes cuticules, puis disparaissait comme un souffle de neige carbonique au bout de mes doigts.

C'était aussi la meilleure conteuse d'histoires au monde. Comédienne de doublage comme mon grand-père avant elle, Nami Emo prêtait sa voix à la narration de documentaires ou aux personnages d'anime que Seong Young et moi regardions en boucle sur VHS. Le soir, elle me lisait des *Sailor Moon* en coréen et interprétait tous les rôles. Sa tessiture malléable pouvait passer sans transition du caquètement d'une vilaine reine à la réplique culte et déterminée de l'héroïne, puis trembler avec les mises en garde apeurées d'un acolyte inutile, et terminer sur les mots doux d'un prince éblouissant. Alors ça n'avait aucune importance qu'elle ne puisse pas traduire le contenu des phrases en anglais.

Quand j'avais huit ans, Nami Emo a rencontré Mr Kim, que j'ai ensuite appelé Emo Boo après leur mariage. Emo Boo coiffait ses cheveux en une banane volumineuse que venait strier une mèche blanche comme celle de Pépé le putois. Il pratiquait la médecine chinoise et dirigeait sa propre clinique, où il procédait au séchage, au dosage et à l'extraction d'ingrédients naturels pour concocter des remèdes d'herboriste. L'arrivée d'Emo Boo a fourni à ma mère une nouvelle arme dans sa campagne de longue date pour me modeler suivant l'idéal de perfection qu'elle projetait sur moi. Il passait tous les matins à l'appartement avec un mélange de plantes spécialement préparé pour m'aider à grandir, et pendant que nous le laissions infuser il plantait ses aiguilles d'acupuncture sur ma tête dans le but de stimuler mon activité cérébrale afin que j'aie de meilleurs résultats à l'école.

Le thé vert foncé dégageait des effluves de réglisse et de baume du tigre. Il avait un goût de pelures de fruits macérées dans l'eau croupie d'un lac. Je n'avais jamais rien consommé d'aussi amer. Tous les jours, obéissante, je me pinçais le nez pour engloutir le plus possible du liquide sirupeux et bouillant avant le premier haut-le-cœur. Des années plus tard, à la vingtaine, je trouverais un goût similaire à l'amaro italien en vogue dans l'industrie de la restauration – le Fernet.

En face de la chambre de Nami, il y avait celle d'Eunmi Emo, la plus jeune des sœurs, la seule à être allée à l'université. Première de sa promo pendant ses études d'anglais, elle endossait le rôle d'interprète quand ma mère s'en lassait et voulait se reposer dans sa langue maternelle.

Elle n'avait que quelques années de moins que ma mère, mais peut-être parce qu'elle ne s'était jamais mariée ni n'avait même fréquenté d'homme je voyais en elle une copine plus qu'une adulte. Je passais une bonne partie de mes journées avec elle et Seong Young. Quand je ne parcourais pas leurs collections de CD, je les suppliais de m'accompagner à la papeterie qui regorgeait d'articles uniformément à l'effigie du nouveau personnage coréen à la mode chaque année – les Pajama Sisters, Blue Bear ou MashiMaro, le lapin sournois qui se promenait avec une ventouse sur la tête.

Le soir, ma mère et moi déroulions un futon dans le séjour pour nous allonger la tête à l'opposé des portes coulissantes en verre. J'avais horreur de passer la nuit seule et je savourais cette occasion de dormir proche d'elle sans avoir besoin d'une excuse. Vers trois heures du matin, le décalage horaire nous réveillait et on ne tenait plus en place. Elle suggérait alors : « Allons voir ce qu'il y a dans le frigo d'Halmoni. » À Eugene, je n'avais pas le droit de piocher dans les placards après vingt heures. Mais à Séoul ma mère redevenait enfant, et c'était elle qui menait la danse. Plantées devant le plan de travail, on ouvrait tous les tupperwares de banchan faits maison pour les grignoter dans la pénombre bleutée de la cuisine humide. Des graines de soja noires caramélisées dans une sauce soja sucrée, des pousses de haricots mungo fraîches, jaunes et croquantes, agrémentées de cébettes et d'huile de sésame, et un kimchi de concombre juteux et salé que l'on engloutissait entre chaque pleine cuillérée d'un kong bap violet puisé encore tout chaud dans l'autocuiseur à riz. Entre les gloussements et les « chut », on s'empiffrait de ganjang gejang à mains nues.

Il fallait aspirer le crabe mariné de sa coquille et aller chercher la chair crémeuse dans les fissures du bout de la langue, et pour finir lécher nos doigts collants de sauce soja. Mâchonnant une feuille cuite de perilla, ma mère me disait « tu vois, c'est à ça que je reconnais en toi une vraie petite Coréenne ».

En général, ma mère passait ses soirées dans la chambre d'Halmoni. Il m'arrivait de les épier depuis le couloir. Ma mère s'allongeait à côté de la sienne, sur son matelas en granite à même le sol. Devant les programmes de divertissement coréens, Halmoni fumait cigarette sur cigarette et épluchait des poires asiatiques avec un grand couteau qu'elle tirait vers elle dans un geste fluide pour détacher la peau en une seule bande continue. Elle lui donnait les quartiers parfaitement tranchés et grignotait le trognon pour que rien ne soit gâché – exactement comme le faisait ma mère lorsqu'elle coupait des fruits pour moi à la maison. Jamais je n'ai pensé en les regardant qu'elle essayait de rattraper toutes ces années passées loin d'elle, aux États-Unis. J'avais tellement de mal à me dire que cette femme était la mère de ma maman, que j'étais à des années-lumière d'imaginer que leur relation servirait de modèle pour le lien qui m'unirait à elle pour le restant de mes jours.

Halmoni me faisait peur. Elle parlait d'une voix sèche et forte, et n'avait pas plus de quinze mots de vocabulaire en anglais, si bien qu'elle avait l'air éternellement énervée. Elle ne souriait jamais sur les photos, et son rire était un caquètement qui se terminait en raclements et quinte de toux. Son dos voûté avait la courbe d'une poignée de parapluie et elle portait toujours un pantalon de pyjama à carreaux avec un chemisier dans une matière rugueuse et brillante. Mais je craignais surtout une arme en particulier qu'elle brandissait fièrement – le ddongchim. *Ddongchim* signifie littéralement « pipette à caca ». Le principe est de joindre ses deux paumes tout en repliant les doigts, sauf les index, pour imiter un pistolet dont on se sert pour pénétrer par surprise l'anus de la victime. Le concept est scandaleux, dit comme ça, mais c'est une pratique culturelle banale relevant davantage du bizutage de cours de récré que d'une forme insolite d'agression sexuelle – l'équivalent coréen d'une olive. Pourtant, cette blague me traumatisait. À chaque fois qu'elle était dans les parages, je me cachais derrière ma mère ou Seong Young, ou bien je m'éloignais furtivement en gardant le postérieur plaqué au mur, pétrie d'appréhension à l'idée qu'Halmoni pique ses index entre mes fesses pour s'étouffer de rire devant ma panique soudaine.

Halmoni adorait fumer, boire, parier, et surtout s'adonner aux trois autour d'un jeu de hwatu. Les hwatu sont des petites cartes en plastique dur de la taille d'une boîte à allumettes. Leur dos est d'un rouge vif et lumineux, et les faces sont décorées d'illustrations colorées d'animaux, de fleurs et de feuilles. On s'en sert pour le godori, aussi appelé go-stop, dont le but est de faire correspondre les cartes en main avec celles disposées par terre sur une couverture. Les roses vont avec les roses, les chrysanthèmes avec les chrysanthèmes, et chaque catégorie correspond à un nombre de points. Deux cartes drapeau valent un point, mais trois cartes oiseau en valent cinq. Cinq kwang – les cartes décorées d'un petit cercle rouge et d'un caractère chinois qui signifie lumière – valent carrément quinze points. Au go-stop, une fois qu'on a obtenu trois points, on peut choisir de continuer – *go* – et d'essayer d'amasser plus de sous, au risque d'être détroussé par un autre joueur, ou alors de se coucher – *stop* – et de mettre fin à la partie pour récolter ses gains.

Le soir, Halmoni déroulait la couverture polaire kaki, sortait son porte-monnaie, son cendrier, quelques bouteilles de soju et de bière, et la partie pouvait commencer. En général, les cartes sont un temps calme où il faut lentement construire son jeu, analyser, observer, avant de révéler sa main de sang-froid. Le godori n'a rien à voir avec tout ça. Dans ma famille du moins, les parties étaient bruyantes et rapides. Ma marraine, Jaemi, prenait un élan d'au moins un mètre de haut pour abattre son bras et plaquer sa carte avec la puissance nécessaire pour faire rebondir un Pog. Le dos rouge de sa carte fouettait la face de sa jumelle dans un CLAC épique. Elles criaient *PPEOK !* et *JOH TAH !* après chaque coup, et rassemblaient des petites tours argentées de wons coréens sonnants et trébuchants, qui s'élevaient et s'amenuisaient au cours de la partie.

Pendant que les adultes jouaient aux hwatu, je jouais à la serveuse. Pour accompagner l'alcool, les Coréens grignotent divers encas que l'on appelle tous par un terme générique, anju. Je déversais des sachets de calamar séché, de cacahuètes et de biscuits salés dans des bols, et j'apportais le tout à mes tantes et à ma marraine. Je proposais des bières et je remplissais les verres de soju, ou bien je leur faisais un massage coréen qui, au lieu de pressions circulaires et douces sur les épaules, consiste à marteler le dos avec l'arrière de ses poings serrés. Quand la partie se terminait, les adultes me remerciaient avec un peu d'argent de poche pioché dans leurs gains. J'effleurais avidement la barbe de Yi Sun-Sin en relief sur la pièce de cent wons ou, les jours de chance, la grue en plein vol sur la grosse pièce de cinq cents wons.

À chaque voyage, nous avions rendez-vous avec mon grand-père, toujours dans le même restaurant chinois, Choe Young Loo. C'était un homme grand, mince, avec une mâchoire carrée et des traits masculins et doux. Dans sa jeunesse, il habillait sa silhouette svelte de vestes de couturier sur mesure, accessoirisées de foulards bariolés, et relevait ses cheveux noirs en une banane gominée. C'était un célèbre comédien de doublage, connu pour avoir interprété le roi Sejong le Grand dans un feuilleton radiophonique populaire. Quand ma mère était petite, sa famille était très riche – la première du quartier à acquérir un poste de télévision en couleurs que les gamins de la rue essayaient de regarder par la fenêtre du séjour en s'agglutinant derrière la clôture du jardin.

Mon grand-père avait le physique pour percer à l'écran, mais il avait du mal à mémoriser son texte. Quand la télévision est devenue de plus en plus populaire, sa carrière a commencé à s'étioler. Ma mère me racontait qu'il avait ce que les Coréens appellent « l'oreille légère », ce qui faisait de lui une girouette ballottée au gré des conseils des autres. Une série de mauvais investissements lui a fait perdre toutes les économies de la famille, à l'époque où ma mère finissait à peine l'école primaire.

Pour trouver un complément de revenu, ma grand-mère s'est mise à fabriquer des bijoux et à les vendre sur les étals des marchés de rue. En semaine, elle cuisinait des quantités industrielles de yukgaejang avec des kilos de poitrine de bœuf, de racines de fougères, de radis, d'ail et de pousses de haricots mungo, qui mijotaient dans un bouillon piquant d'effiloché de bœuf, qu'elle répartissait ensuite à la louche dans des sachets en plastique pour les vendre à des employés de bureau pendant leur pause déjeuner.

Mon grand-père a fini par quitter ma grand-mère pour une autre femme et couper les ponts avec sa famille. Il n'a repris contact avec ses filles que des années plus tard, pour leur réclamer de l'argent. Quand Halmoni avait le dos tourné, ma mère lui glissait une enveloppe après le dîner et me confiait que c'était un secret.

Au restaurant chinois, Nami Emo réservait une salle où trônait une grande table avec en son centre un gigantesque plateau tournant sur lequel étaient disposés des petits pichets en porcelaine de vinaigre et de sauce soja, ainsi qu'une sonnette ronde en marbre pour appeler les serveurs. On commandait un succulent jjajangmyeon, toujours plus de raviolis noyés dans leur bouillon savoureux, du porc tangsuyuk avec des champignons et des piments, ainsi que du yusanseul – un concombre de mer gélatineux avec du calamar, des crevettes et des courgettes. Halmoni fumait cigarette sur cigarette et regardait de loin, en silence, son mari prendre des nouvelles des enfants qu'il avait abandonnées.

Seong Young m'emmenait sur la mezzanine pour voir le bébé alligator dans son vivarium de deux mètres de long. L'animal est resté là, année après année, à cligner des paupières sur ses yeux ensommeillés, jusqu'à devenir gros au point de ne plus pouvoir avancer d'un centimètre. Puis il a disparu.

Au cours d'une de ces visites bisannuelles, à l'âge de douze ans et approchant de l'apogée de mon manque de confiance en moi paralysant, j'ai été confrontée à une agréable découverte : à Séoul, j'étais jolie. Partout où nous allions, des inconnus me traitaient comme si j'étais une sorte de superstar. Les vieilles dames des boutiques arrêtaient ma mère pour s'émerveiller : « Elle a un si petit visage ! »

— Pourquoi les ajummas n'arrêtent pas de dire ça ?

— En Corée, les gens aiment les petits visages, m'a expliqué ma mère. C'est plus joli en photo. C'est pour cette raison qu'à chaque fois qu'on prend une photo de groupe, tout le monde se met en retrait. LA Kim me pousse toujours au premier plan.

LA Kim était une des plus vieilles amies de ma mère, qu'elle avait gardée du lycée. C'était une grande femme joviale, qui, pour plaisanter, tendait le cou pour l'allonger et donner l'illusion d'une petite tête.

— C'est comme les paupières doubles. En Corée, c'est ce que tout le monde préfère, a ajouté ma mère en traçant une ligne entre son œil et son sourcil.

Avant ça, je n'avais jamais remarqué qu'elle n'avait pas de pli, que la peau de sa paupière était lisse et plate. Je me suis alors précipitée vers le miroir pour y inspecter mon reflet.

Après avoir maudit les dents en bataille et la fossette trop longue entre le nez et la bouche que j'avais héritées de mon père, j'étais enfin satisfaite d'un de nos traits communs. Je rêvais de ressembler à ma mère plus tard, d'avoir sa peau parfaitement lisse, ses jambes aux trois ou quatre poils à peine, qu'il suffit d'arracher à la pince à épiler. Mais en cet instant, ce que je voulais plus que tout, c'était avoir la paupière double.

— Je l'ai ! J'ai la paupière double !

— En Corée, beaucoup de femmes se font opérer pour l'avoir. C'est ce qu'ont fait Eunmi et Nami Emo. Mais ne va pas leur répéter que je te l'ai dit.

Avec le recul, j'aurais dû faire le lien entre cette information et l'obsession de ma mère pour l'apparence, son affection pour les marques de cosmétiques, les heures qu'elle consacrait aux soins du visage, et j'aurais dû reconnaître à l'origine de son attitude une différence culturelle légitime plutôt que d'y voir le caprice de ses propres remarques superficielles. Comme la nourriture, la beauté faisait partie intégrante de sa culture. De nos jours, la Corée du Sud détient le plus haut taux de chirurgies esthétiques au monde, avec une estimation d'une femme sur trois dans leur vingtaine ayant subi une opération – une situation générale dont les graines sont profondément plantées dans le langage et les mœurs du pays. À chaque fois que je mangeais bien ou que je m'inclinais correctement devant mes aînés, ma famille me félicitait d'un « *Aigo Yeppeu* ». *Yeppeu*, qui signifie « jolie », était souvent employé comme synonyme de « sage » ou « bien élevée », et la fusion entre l'approbation morale et esthétique était une introduction précoce à la valeur de la beauté et à la manière dont elle serait récompensée plus tard.

Je n'avais pas les armes à cet âge pour m'interroger sur l'origine de mon envie complexe d'être blanche. Dans la ville d'Eugene, j'étais une des rares enfants métisses de mon école et tout le monde me rangeait dans la case des Asiatiques. Je me sentais différente, indésirable, et personne ne me complimentait jamais sur mon apparence.

À Séoul, les Coréens partaient du principe que j'étais caucasienne, jusqu'à ce que ma mère se plante à mes côtés, qu'ils fassent le lien avec la moitié d'elle qu'elle m'avait transmise, et que soudain je prenne sens. Soudain, mon allure « exotique » devenait admirable.

Plus tard dans la semaine, cette révélation esthétique a atteint des nouveaux sommets égotiques lorsque Eunmi nous a emmenées visiter le Village Traditionnel Coréen, un musée vivant à ciel ouvert au sud de Séoul. Des répliques de hanoks au toit de chaume bordent ses routes de terre, le long desquelles des centaines de hangari sont éparpillées, des piments rouges sèchent sur des nattes, et à côté de tout ça des comédiens en tenue traditionnelle incarnent des paysans et des seigneurs de la dynastie Joseon.

Ce jour-là coïncidait avec le tournage d'un K-drama historique. Entre deux prises, le réalisateur m'a repérée et a envoyé son assistant nous trouver. Ma mère a hoché poliment la tête et accepté la carte de visite qu'on lui tendait, puis a éclaté de rire avec ses sœurs.

— Umma, qu'est-ce qu'il a dit ?

— Il m'a demandé quels étaient tes talents.

Les images d'une vie d'idole coréenne ont défilé devant mes yeux. Mes futurs abdos ondoyant sur une chorée synchronisée avec quatre autres K-idols en crop-tops de couturier assortis, les bulles de dialogue surgissant à l'écran pendant mes apparitions sur des talk-shows, des files interminables d'adolescentes déferlant pour accueillir l'arrivée de ma limousine.

— Qu'est-ce que tu lui as répondu ?

— Qu'on vit en Amérique et que tu ne parles même pas coréen.

— Je peux apprendre le coréen ! Maman ! Si je reste en Corée, je vais devenir célèbre !

— Tu ne pourras jamais devenir célèbre ici, car tu ne seras jamais la poupée de personne.

Ma mère a passé un bras autour de mes épaules et m'a attirée contre sa hanche. Un convoi nuptial a lentement défilé devant nous, en tenue traditionnelle. Le marié portait un gwanbok bordeaux et un haut chapeau noir rigide en bambou et crin de cheval, ajusté avec de fins rubans qui pendaient de part et d'autre de son visage. La mariée était en bleu et rouge, drapée dans un ample manteau de soie qui couvrait son hanbok et dont les longues et larges manches semblaient n'en former qu'une en dissimulant ses mains jointes. Ses joues étaient fardées de deux cercles écarlates.

— Tu n'aimes déjà pas quand maman te dit de mettre ton chapeau.

C'était ma mère, toujours avec dix coups d'avance. En une seconde, elle pouvait voir clairement une vie de solitude et de régimes amincissants, une flopée d'hommes et de femmes me tripotant les cheveux et le visage, sélectionnant mes vêtements, m'ordonnant quoi dire, comment me tenir, quoi manger. Elle savait ce qui valait mieux pour moi : accepter la carte et ne jamais donner suite.

Ainsi, elle a piétiné mes espoirs de destin d'idole coréenne. Mais pendant un bref instant, j'étais devenue jolie à Séoul, et peut-être même assez pour tenter ma chance comme célébrité de seconde zone. Sans ma mère, j'aurais pu finir tel cet alligator en captivité du restaurant chinois, que l'on admire dans sa prison dorée et dont on se débarrasse sans cérémonie quand il devient trop grand pour le vivarium.

Le temps passé parmi toutes ces femmes et avec mon cousin était comme une bulle de perfection, mais le rêve a pris fin avec le décès d'Halmoni. J'avais quatorze ans, j'avais cours. Alors je suis restée aux États-Unis tandis que ma mère prenait un avion pour se rendre au chevet de la sienne à l'hôpital. Halmoni est morte le jour de son atterrissage, comme si elle l'attendait, pour être entourée de ses trois filles. Dans sa chambre, elle avait emballé les préparatifs pour ses obsèques dans une étoffe de soie. La tenue dans laquelle elle souhaitait être incinérée, le cadre avec la photographie qu'elle voulait que l'on expose sur son cercueil, de l'argent pour les frais d'enterrement.

Ma mère est revenue des funérailles dévastée. Recroquevillée par terre, la tête secouée de sanglots sur les genoux de mon père assis sur le canapé pour partager sa peine, elle poussait ce gémissement si typiquement coréen et ne cessait d'appeler « Umma, Umma ». Ma mère me faisait peur à cette époque, et je l'observais timidement de loin, comme je l'avais épiée avec Halmoni. Je n'avais jamais été témoin de ses émotions si éhontément exprimées. Je ne l'avais jamais vue perdre ainsi le contrôle telle une enfant. Je n'arrivais pas à saisir l'ampleur de son chagrin comme maintenant. Je n'étais pas encore de l'autre côté, je n'avais pas pénétré avec elle le royaume du deuil profond. Je n'imaginais pas le poids de sa culpabilité d'avoir passé toutes ces années aussi loin de sa mère, d'avoir quitté la Corée. Je ne connaissais pas les paroles de réconfort qu'elle désespérait d'entendre, comme moi à présent. Je ne soupçonnais même pas l'effort colossal qu'il lui fallait mobiliser pour simplement se lever.

Seuls les derniers mots qu'Halmoni m'avait adressés avant notre retour aux États-Unis me restaient.

— Dire que tu étais si pétocharde ! Petite, tu ne voulais jamais me laisser te torcher les fesses.

Puis elle avait poussé un gloussement retentissant, m'avait claqué le derrière, et m'avait serrée dans ses bras osseux.

4

Comme à New York

Quand j'ai appris que ma mère était malade, j'avais fini l'université depuis quatre ans et j'étais tout à fait consciente de ne pas avoir accompli grand-chose depuis. J'étais titulaire d'un diplôme en création littéraire et en cinéma dont je ne faisais aucun usage. Je jonglais entre trois petits temps partiels, et j'étais guitariste et chanteuse dans un groupe de rock qui s'appelait Little Big League, dont personne n'avait jamais entendu parler. Je louais une chambre à trois cents dollars dans les quartiers nord de Philly, la ville qui avait vu grandir mon père et qu'il avait fuie pour s'envoler vers la Corée, à peu près à mon âge.

Ce n'est que par pure coïncidence que je me suis retrouvée à Philadelphie. Comme n'importe quelle gosse coincée dans une petite ville, j'ai commencé par m'ennuyer, puis j'ai fini par suffoquer. Arrivée au lycée, mon désir d'indépendance alimenté par une flopée d'hormones insidieuses a métamorphosé l'enfant qui ne pouvait pas s'endormir sans sa maman en une adolescente qui ne supportait pas que sa mère la touche. À chaque fois qu'elle arrachait une peluche de mon pull, pressait sa paume entre mes omoplates pour que je me tienne droite, ou qu'elle frottait ses doigts sur mon front pour me prémunir des rides, ma réaction était épidermique. Du jour au lendemain, la moindre suggestion s'est mise à provoquer ma surchauffe, et ma rancœur à fleur de peau enflait, bouillonnant jusqu'à l'explosion. Saisie d'un réflexe incontrôlable, je bondissais loin d'elle pour m'écrier : « Arrête de me tripoter ! », « Tu ne peux pas me laisser tranquille pour une fois ? », « Peut-être que j'ai envie d'avoir des rides. Peut-être que je veux garder la preuve que j'ai *vécu.* »

Avec l'université se présentait à moi l'occasion de partir le plus loin possible de mes parents, alors j'ai candidaté pour des écoles sur la côte est. Un conseiller d'orientation a estimé qu'une petite faculté de lettres et sciences sociales, surtout dans un établissement exclusivement féminin, conviendrait bien à quelqu'un comme moi – pinailleuse et en manque permanent d'attention. Nous avons entrepris un voyage de quelques jours pour faire les portes ouvertes de plusieurs écoles. Bryn Mawr, avec son architecture de pierre qui s'élevait sur décor de début d'automne de la côte est, semblait à la mesure de l'idéal immuable qu'est censée incarner l'expérience universitaire américaine.

C'est un miracle que j'ai pu intégrer cette école en ayant à peine obtenu mon diplôme de lycée. Mon année de terminale était une suite d'absentéisme, de séances de psy et de médicaments, du fait d'une dépression nerveuse dont ma mère était restée persuadée qu'elle n'était que ma tentative frontale de la contrarier. Malgré tout, j'ai réussi à franchir le cap. Bryn Mawr nous convenait à toutes les deux, et j'en suis même sortie diplômée avec les félicitations du jury. La première de ma famille à achever des études supérieures.

J'ai décidé de m'installer du côté de Philadelphie, parce que c'était la solution de facilité, parce que la vie y était moins chère, et parce que j'étais convaincue que Little Big League connaîtrait un jour le succès. Mais quatre ans se sont écoulés, et le groupe ne montrait toujours pas le moindre véritable signe d'une percée hors de l'anonymat. J'ai été virée du restaurant de cuisine fusion mexicaine où j'étais serveuse depuis un peu plus d'un an – mon record en matière d'emploi. J'y travaillais avec Peter, mon copain, que j'avais à l'origine entraîné là-bas dans une stratégie de long terme visant à sortir de la friendzone, où je croyais être cantonnée à perpétuité. Bref, peu de temps après avoir enfin réussi à le conquérir, on m'a virée et on l'a promu. Quand j'ai appelé ma mère pour un peu de réconfort, scandalisée qu'un restaurant puisse se séparer d'une employée aussi bosseuse et charmante que moi, elle m'a rétorqué : « Tu sais, Michelle, tout le monde peut porter un plateau. »

Depuis, je travaillais trois matins par semaine dans la boutique de comics d'un ami à Old City, les quatre jours restant comme assistante marketing pour une boîte de distribution de films avec des bureaux sur Rittenhouse Square, et les soirs de week-end dans un bar karaoké-yakitori de Chinatown, dans l'espoir de financer ainsi une tournée de deux semaines en août pour notre groupe. La tournée visait à promouvoir notre deuxième album, que nous venions tout juste d'enregistrer – même si personne n'avait témoigné de grand intérêt pour le premier.

Ma nouvelle maison était à des années-lumière de celle de mon enfance, où tout était impeccablement propre et rangé avec un mobilier et une décoration soigneusement sélectionnés pour répondre au cahier des charges de ma mère. Ici, la bibliothèque du salon était faite de planches en contreplaqué empilées sur des parpaings que Ian, le batteur du groupe et mon coloc, avait fièrement récupérés d'un tas de détritus. En guise de canapé, on avait démonté la banquette arrière du van quinze places qui nous servait pour les tournées.

Ma chambre se trouvait au troisième étage. De l'autre côté du couloir, un petit balcon surplombait un terrain de base-ball et on y fumait des cigarettes en regardant les championnats juniors en été. Ma chambre au dernier étage me plaisait. Son seul point réellement négatif était le plafond du dressing inachevé qui laissait voir la charpente et le toit. Ce détail ne m'avait jamais dérangée avant qu'une famille d'écureuils ne s'y réfugie et entreprenne d'y copuler et d'y installer son nid. Parfois, le raffut de leurs courses effrénées et de leurs activités nocturnes nous réveillait, Peter et moi, ce qui n'était encore pas trop grave jusqu'à ce qu'un d'eux tombe dans l'interstice entre deux murs et que, incapable de s'en échapper, il agonise lentement de faim. Sa carcasse dégageait une puanteur rance et palpable dans ma chambre, ce qui encore une fois n'était pas si traumatisant, jusqu'à ce que dans les entrailles invisibles de la maison des milliers d'asticots colonisent la pourriture et engendrent une nuée de mouches apparue d'un coup, un matin, alors que j'ouvrais la porte du dressing.

J'avais fini par faire exactement ce contre quoi ma mère m'avait mise en garde : je pataugeais dans la réalité de ma vie d'artiste ratée.

En mars de cette année-là, j'ai fêté mes vingt-cinq ans, et arrivée à la deuxième semaine de mai je ne tenais plus en place. J'ai décidé d'aller voir Duncan, un pote de fac devenu rédacteur pour la revue musicale *The Fader* à New York. Secrètement, je nourrissais le semi-espoir que lorsque le temps viendrait d'abandonner enfin mes tentatives de percer au sein d'un groupe de rock, mon intérêt pour la musique me conduirait vers une carrière à succès en tant que journaliste. Et en l'état, cette perspective semblait se rapprocher. Deven, le bassiste de Little Big League, avait récemment rejoint un autre groupe qui gagnait en notoriété. Ils étaient programmés pour jouer ce même week-end dans un petit club du Lower East Side, exclusivement pour la presse, ce qui en soi était un signe assez fiable que Deven ne compterait plus parmi les nôtres très longtemps. Ils étaient, pour citer Deven, « à deux doigts du plateau de Jimmy Fallon ». Je n'étais pas prête à l'admettre, mais si je partais pour New York ce week-end-là c'était en partie pour poser les bases d'un plan B.

La semaine précédente, ma mère se plaignait de problèmes digestifs. Sachant qu'elle avait rendez-vous chez le médecin, j'ai envoyé plusieurs messages dans l'après-midi pour prendre des nouvelles de sa consultation. Son silence ne lui ressemblait pas.

À bord du car direction Chinatown, New York City, j'avais un mauvais pressentiment. Ma mère avait déjà mentionné des douleurs au ventre en février, mais je n'y avais pas accordé plus d'attention que ça. D'ailleurs, pour rire, je lui avais même demandé en coréen si elle avait la diarrhée : « *Seolsa isseoyo ?* » C'était un mot dont je me souvenais toujours car à la prononciation, le « *seo* » de *seolsa* était proche du « *sau* » de *sauce*, et disons que la similarité de texture rendait la mémorisation du vocabulaire plus facile.

Convaincue que la plupart des maux guérissaient tout seuls, ma mère allait rarement chez le médecin. Elle était d'avis que les Américains prenaient trop de précautions, trop de médicaments, et elle m'avait inculqué cette croyance depuis le plus jeune âge, si bien que lorsque Peter avait fait une intoxication alimentaire à cause d'une conserve de thon périmée et que sa mère a suggéré que je le conduise aux urgences, il m'avait fallu beaucoup d'efforts pour réprimer mon hilarité. Dans ma famille, en cas d'intoxication alimentaire, il n'y avait rien d'autre à faire que de vomir. L'intoxication alimentaire était un rite initiatique. On ne pouvait pas s'attendre à bien manger sans encourir quelques risques et en assumer les conséquences deux fois par an.

Pour que ma mère décide de consulter, il fallait que ses symptômes soient plutôt sérieux. Mais je n'avais jamais envisagé qu'ils puissent être létaux. Eunmi était morte d'un cancer du côlon deux ans plus tôt, impossible que ma mère développe le même. La foudre ne frappe jamais deux fois au même endroit. Le silence de mes parents était louche.

Le car est arrivé tôt dans la soirée. Duncan avait proposé qu'on se retrouve au Cake Shop, un petit bar du Lower East Side avec une scène au sous-sol. En remontant Allen Street, chargée de mon sac à dos trop lourd dans lequel j'avais fourré en vrac des vêtements pour le week-end, je me suis sentie immédiatement mal fagotée et puérile.

Le printemps laissait place à l'été, et les New-Yorkais qui sortaient des bureaux enlevaient aussitôt leur veste pour la plier sur leur avant-bras. Une sensation familière s'instillait en moi. Ce désir d'aventure – quand les journées rallongent et qu'une balade dans Manhattan devient agréable à toute heure, quand l'envie naît de courir ivre en baskets dans une rue déserte et d'abandonner toutes ses responsabilités au bord de la route. Mais pour la première fois, j'avais l'impression que je devais me détourner de cette impulsion. Je savais qu'il n'y avait plus de vacances d'été pour moi, plus de jours d'oisiveté. Il fallait que j'accepte que bientôt quelque chose allait devoir changer.

Duncan avait vingt minutes de retard et je suis arrivée au bar bien avant lui. J'en ai profité pour appeler ma mère, qui n'a pas décroché. Appel aussitôt suivi d'un texto – « Qu'est-ce qui se passe ??? » – tant j'étais vexée d'être ignorée. J'ai calé mon sac à dos sous un tabouret haut pour parcourir les vinyles exposés dans la vitrine.

Je n'avais jamais été particulièrement proche de Duncan. Il avait deux ans de plus que moi et on s'était rencontrés pendant sa dernière année à Haverford. Des cars reliaient toute la journée nos campus respectifs, et les élèves de nos deux facultés non mixtes pouvaient s'inscrire aux divers cours et clubs dans l'une ou l'autre des structures. Duncan était l'un des cinq membres du FUC, un comité responsable de la programmation musicale sur les campus. C'était lui qui avait soutenu ma candidature pour intégrer le comité, et maintenant j'espérais un nouveau coup de pouce de sa part.

J'ai senti mon téléphone vibrer. C'était ma mère, enfin. J'ai attrapé mon sac à dos et je suis sortie dans la rue pour répondre.

— Maman, qu'est-ce qui se passe ?

— Bon, ma chérie. On sait que tu es à New York ce week-end. On voulait attendre que tu rentres à Philadelphie pour que tu sois à la maison avec Peter.

En général, sa voix grésillait à l'autre bout de la ligne, mais ce soir-là c'était comme si elle parlait depuis une chambre insonorisée. J'ai entrepris de faire le tour du pâté d'immeubles.

— S'il y a un problème, dites-le-moi franchement. Vous ne pouvez pas me cacher des choses comme ça, ce n'est pas juste.

Il y a eu un grand blanc, qui indiquait clairement que ma mère avait appelé avec l'intention de me faire patienter jusqu'à ce que je sois rentrée à la maison, mais qu'elle hésitait maintenant.

— On m'a trouvé une tumeur dans le ventre, a-t-elle enfin annoncé, et le mot est tombé comme une enclume. Apparemment elle est cancéreuse, mais les médecins ne savent pas à quel stade. Ils doivent faire plus d'examens.

Je me suis figée dans ma marche, le souffle coupé. De l'autre côté de la rue, un homme s'engouffrait chez le barbier. Un groupe d'amis installé à une table en extérieur commandait à boire dans la bonne humeur. Des clients hésitaient devant le menu des entrées. Partout des gens se taxaient des cigarettes, allaient déposer du linge au pressing, ramassaient les crottes de leurs chiens, annulaient leurs plans à la dernière minute. Le monde continuait de tourner sans interruption en cette agréable journée de mai, pendant que, muette et confuse sur le trottoir, j'apprenais que ma mère était en grave danger de mort à cause d'une maladie qui avait déjà emporté quelqu'un que j'aimais.

— Essaie de ne pas trop t'inquiéter, a-t-elle conclu. On va trouver une solution. Va donc voir ton ami.

Comment ? Quelle solution ? Comment une femme en parfaite santé qui consulte pour un mal de ventre se retrouve-t-elle avec un diagnostic de cancer ?

Duncan est apparu à l'angle de la rue, au loin. Il m'a fait signe alors que je raccrochais. J'ai ravalé la boule dans ma gorge, passé la lanière de mon sac sur mon épaule, puis j'ai souri. Garde tes larmes pour quand ta mère sera morte.

Un verre acheté un verre offert à l'happy hour, alors on a commandé deux Miller High Life, et une autre tournée pour plus tard, avant de se faire le résumé mutuel de nos vies après la fac. Lui venait de terminer un reportage sur Lana Del Rey. Puisque je voulais absolument des détails, il m'a raconté qu'elle avait enchaîné cigarette sur cigarette et qu'elle avait enregistré toute l'interview sur son iPhone pour se prémunir des fausses citations. J'ai trouvé ça touchant.

À la deuxième bière, je lui ai confié que l'idée de déménager à New York me tentait bien. Je parlais comme on joue un rôle, totalement consciente du déni de l'information qui m'avait été transmise à peine une heure plus tôt. Tous les projets que j'aurais pu avoir étaient désormais caducs, et j'allais probablement devoir rentrer à Eugene pendant la convalescence de ma mère. Ce secret me rendait folle. C'était contre ma nature de taire une information aussi monumentale, mais ça me semblait aussi complètement déplacé de l'aborder avec une vague connaissance, et je ne voulais pas prendre le risque de fondre en larmes si je m'aventurais à prononcer les mots à voix haute.

Duncan approuvait cette idée de déménagement et m'a encouragée à le recontacter le moment venu. On s'est séparés, et j'ai appelé Peter depuis ce même trottoir où j'avais appris deux heures auparavant que ma mère avait un cancer.

Peter était le premier de mes petits copains que ma mère aimait bien. Ils s'étaient rencontrés pour la première fois en septembre, un an plus tôt. Mes parents fêtaient leurs trente ans de mariage en Espagne et avaient prévu un détour par Philadelphie. Cela faisait trois ans qu'ils n'étaient pas venus me voir sur la côte est – depuis ma remise de diplôme. Avec l'intention de les impressionner par ma connaissance de la ville et mon autonomie – piètre illusion d'une vie de jeune adulte – j'avais passé des semaines à faire des recherches pour réserver des tables dans les meilleurs restaurants et j'avais organisé une journée à Elkins Park pour y montrer à ma mère le quartier coréen.

Peter nous a conduits jusqu'à Jong Ga Jib, un établissement réputé pour son soondubu jjigae, un ragoût pimenté de tofu soyeux. Le visage de ma mère s'est illuminé à la lecture du menu, tant elle était excitée par la variété qui manquait aux restaurants de Eugene, et elle s'est empressée de sélectionner des plats pour mon père. Puisque Peter se remettait d'un rhume, elle lui a suggéré du samgyetang, un bouillon au ginseng dans lequel trône un poulet entier farci au riz gluant. Pour toute la table, elle a commandé du haemul pajeon « *basak basak* », une cuisson qu'elle précisait toujours pour que les bords des galettes aux fruits de mer soient aussi croustillants que possible. Devant un soondubu jjigae et des tranches épaisses de galette frite, j'ai mentionné le spa coréen du quartier, apparemment similaire aux bains publics que nous fréquentions à Séoul.

— Ils ont même le gommage ! ai-je insisté.

— Vraiment ? Ils ont le gommage aussi ? Dans ce cas qu'est-ce qu'on attend pour y aller ? a répliqué ma mère en pouffant.

— Ça a l'air sympa, a commenté Peter.

Les jjimjilbangs sont des bains publics non mixtes, complétés d'espaces de détente communs qu'hommes et femmes peuvent fréquenter vêtus d'un pyjama en coton large obligatoire et fourni à l'entrée. À l'étage des bains, tout le monde est nu. Une après-midi au jjimjilbang avec Peter impliquait que mon père et lui se retrouvent à poil en tête à tête, un peu moins de vingt-quatre heures après leur première rencontre.

Peter a sagement mangé son poulet, a bu son bouillon, remerciant ma mère pour sa recommandation, et a pioché allègrement dans les banchan de la table – miyeok muchim, une salade d'algues gluantes salées au vinaigre et à l'ail ; calamar séché à la sauce sucrée et pimentée ; gamja jorim, des pommes de terre mijotées dans une sauce soja sucrée –, des accompagnements pour lesquels il s'était découvert une passion depuis que nous avions commencé à nous fréquenter. Une des choses que j'aimais le plus chez Peter, c'est la façon dont il fermait les yeux quand il appréciait vraiment un aliment. Comme si se priver d'un sens amplifiait les autres. Il avait de l'audace dans l'appétit et ne me donnait jamais l'impression que les plats que je mangeais étaient bizarres ou dégoûtants.

— Il mange comme un Coréen ! s'est émerveillée ma mère.

Quand Peter s'est éclipsé aux toilettes, mes parents se sont penchés sur la table pour me parler tout bas.

— On parie qu'il va se dégonfler en arrivant aux bains ? a dit mon père.

— Cent dollars qu'il va y aller, a contré ma mère.

Le lendemain, dans le hall d'entrée du spa, au moment de séparer le groupe, Peter s'est dirigé vers les vestiaires des hommes sans ciller. Ma mère a adressé un sourire triomphant à mon père et a frotté ses doigts avec son pouce pour lui rappeler de sortir ses billets.

Les bains étaient plus petits que ceux que nous fréquentions à Séoul. Il y avait trois températures – froid, tiède et chaud – et, de l'autre côté, une dizaine de douches ouvertes où des femmes se rinçaient assises sur des tabourets en plastique miniatures. Tout au fond se trouvait un sauna et un bain de vapeur. Après la douche, ma mère et moi avons doucement pénétré dans le bassin le plus chaud, pour nous asseoir côte à côte sur la faïence bleue glissante. Dans un coin, à part, trois ajummas en sous-vêtements exfoliaient énergiquement leurs clientes. Dans la chaleur et le calme de la salle, les seuls bruits provenaient de la cascade qui se jetait depuis le plafond dans le bain froid, et du claquement occasionnel d'une main gantée pour le gommage sur le dos nu d'une inconnue.

— Tu t'es rasé le *boji tul* ? m'a dit ma mère.

J'ai croisé les jambes, mortifiée.

— Juste tondu, ai-je répondu en rougissant.

— Ne recommence pas. Ça fait vulgaire.

— D'accord.

Je me suis enfoncée plus profondément dans l'eau. Je la sentais recenser avec mécontentement les tatouages accumulés en dépit de sa désapprobation véhémente.

— J'aime bien Peter, a-t-elle finalement déclaré. Il a des manières sophistiquées. Comme à New York.

N'importe quel habitant de New York aurait rechigné à revendiquer Peter parmi les siens. Malgré des études à NYU, Peter n'avait rien du piquant et du rythme à mille à l'heure que les gens de la côte ouest attribuent généralement à ceux de la côte est. Il était patient et doux. Il m'équilibrait de la même manière que ma mère tempérait mon père, qui comme moi était toujours impulsif et susceptible d'abandonner une tâche pour la déléguer à la moindre complication. Ce que ma mère voulait dire, c'était qu'elle était contente que Peter se révèle déjà un type bien.

* * * *

— Je te rejoins à New York, m'a dit Peter au téléphone. Dès que je termine, j'arrive.

On était vendredi soir, et il couvrait le dernier service au bar. Sous le soleil couchant, le ciel se teintait de rose. Je lui ai répondu que ce n'était pas la peine en me dirigeant vers le métro. Il ne quitterait pas le boulot avant deux heures du matin et ça ne valait pas le coup de faire le voyage pour la nuit alors que j'avais déjà prévu de prendre un car de retour le lendemain matin.

J'ai pris la ligne M en direction de Bushwick, le quartier de Brooklyn dans lequel habitait Greg, l'ami chez qui j'avais prévu de squatter. Batteur dans le groupe LVL Up, il vivait dans un entrepôt connu sous le nom de David Blaine's The Steakhouse, une scène indé de la débrouille. Les six colocs dormaient sous les combles dans de minuscules chambres en placo construites de leurs propres mains. La mezzanine m'évoquait les cabanes dans les arbres des Garçons perdus de *Peter Pan.* Sur le canapé du salon, comme engourdie, je me suis demandé ce que leurs mères pensaient de l'endroit lorsqu'elles leur rendaient visite, des conditions dans lesquelles vivaient les musiciens en échange d'un loyer minime et de la liberté de poursuivre leurs passions non conformistes.

Après notre gommage au jjimjilbang, ma mère avait voulu faire le plein de courses chez H Mart, pour préparer un plat de côtes marinées et me laisser le goût de la maison après son départ. J'avais retenu mon souffle quand elle avait franchi le seuil de mon domicile délabré, attendant qu'elle se mette à critiquer sa sordidité ou me gratifie du même type de sagesse acerbe à laquelle j'avais eu droit après mon licenciement. Mais au lieu de ça, elle s'est dirigée vers la cuisine sans un mot, se frayant un chemin sans ciller à côté des vélos entassés dans le couloir. Elle a généreusement ignoré le trou béant dans le mur du fond, que notre propriétaire avait creusé au marteau dans une tentative de réchauffer la tuyauterie gelée, révélant au passage l'absence criante de mousse isolante rose.

Elle n'a pas fait de commentaire sur les placards encombrés d'ustensiles dépareillés, sur notre vaisselle chinée pour une part, et récupérée chez les parents de mes colocs pour l'autre. Elle a trouvé tout ce qu'elle m'avait donné au fil des ans – les tupperwares coréens LocknLock, les casseroles américaines Calphalon – puis a retroussé ses manches et a disposé la viande achetée chez H Mart sur une planche pour l'attendrir avec un maillet.

J'attendais toujours qu'elle marmonne une critique dans sa barbe. Je savais qu'elle voyait tout, et plus encore que son regard acéré descendait en flammes les meubles usés, les coins oubliés par l'aspirateur, les assiettes dépareillées et ébréchées, de la même façon qu'elle attaquait mon poids, mon teint et ma posture.

Elle avait passé toute mon existence à essayer de me protéger de ce genre de conditions de vie, mais à présent elle s'affairait, souriante, dans la cuisine, pour émincer des ciboules, verser du 7Up et de la sauce soja dans un saladier, y tremper son doigt puis le lécher – tout en restant imperturbable devant les pièges à cafards installés sur le plan de travail et les traces de mains grasses sur le frigo. Elle avait pour seul but de laisser un peu du goût de la maison derrière elle.

Soit ma mère avait baissé les bras et renoncé à ses efforts de me modeler en une personne que je ne voulais pas devenir, soit elle avait adopté une stratégie plus subtile, consciente qu'il était peu probable que je tienne un an de plus dans ce capharnaüm avant de me rendre compte qu'elle avait raison depuis le début. Ou peut-être était-elle simplement heureuse de passer du temps avec moi, maintenant que cinq mille kilomètres nous séparaient. Peut-être avait-elle enfin accepté que j'avais tracé ma propre route, trouvé quelqu'un qui m'aimait totalement, et croyait désormais que j'allais à peu près m'en sortir.

Peter a quand même pris le volant pour New York. Après avoir fait la fermeture du restaurant à deux heures du matin, il est arrivé chez Greg à quatre heures, encore collant des margaritas à l'orange sanguine, le jean maculé de frijoles refritos séchés. Il s'est serré contre moi sur le canapé tandis qu'immobile je pleurais sur son t-shirt gris au logo de la fac, libérant le tourbillon d'émotions réprimées toute la journée, soulagée qu'il ne m'ait pas écoutée lorsque je lui avais dit que ça ne valait pas la peine de venir. Ce n'est que bien plus tard qu'il m'a avoué que c'était lui que mes parents avaient appelé en premier. Qu'il avait reçu la nouvelle de la maladie de ma mère avant moi, et qu'il leur avait promis qu'il serait là pour me soutenir quand je l'apprendrais à mon tour. Qu'il serait là tout du long.

5

Y a pas du vin ?

— Pourquoi vous ne me laissez jamais venir avec vous ?

À m'entendre chouiner dans mon téléphone portable, on aurait pu croire aux jérémiades d'une gamine exclue par sa grande sœur ou que l'on n'aurait pas invitée à un goûter d'anniversaire.

— Il faut que tu fasses ta vie, a répondu ma mère. Tu as vingt-cinq ans. C'est une année importante. Ton père et moi, on peut gérer ça tous les deux.

D'autres résultats étaient tombés, et aucun n'était de bon augure. Le Dr Lee, une oncologue d'Eugene, avait diagnostiqué un cancer du pancréas de stade IV. Trois pour cent de chances de survie sans l'intervention chirurgicale. Et l'opération, suivie de longs mois de convalescence, ne lui laissait que vingt pour cent de chances de rémission. Mon père se démenait pour obtenir un second avis au centre médical spécialisé MD Anderson à Houston. Au téléphone, quand elle m'en parlait, la prononciation de ma mère me faisait entendre cancer « pan-créative » et centre « Andy Anderson », me portant à croire que notre seul espoir reposait entre les mains d'un personnage de *Toy Story*.

— Je *veux* venir, ai-je insisté.

— Maman a peur que vous vous chamailliez, a admis mon père plus tard. Elle sait qu'il faut qu'elle concentre tous ses efforts sur sa guérison.

Jusque-là, j'étais persuadée que les sept ans passés loin du foyer familial avaient résorbé les blessures entre nous, que les tensions accumulées durant mon adolescence étaient oubliées. Les cinq mille kilomètres qui séparaient Eugene de Philadelphie avaient suffi pour que ma mère lâche enfin du leste en matière d'autorité, et de mon côté, libre d'explorer mes pulsions créatives sans sa critique constante, j'en étais venue à apprécier tout le travail qu'elle accomplissait au quotidien et qui brillait maintenant par son absence. Nous étions plus proches que jamais, mais l'aveu de mon père me révélait qu'il restait des souvenirs que ma mère était incapable de laisser couler.

Dès ma naissance, je promettais d'être une enfant difficile – d'après le récit familial. À trois ans à peine, Nami Emo me surnommait déjà « la fameuse chipie ». Ma spécialité : foncer tête baissée. Dans les balançoires, les chambranles des portes, les pieds de chaises, les gradins en métal d'où l'on observait les parades de la fête nationale. Je garde sur l'os de mon crâne une aspérité datant de la première fois où je me suis précipitée tête la première sur le coin de notre table de cuisine en verre. Si l'on entendait une gosse pleurer lors d'un goûter d'anniversaire, c'était forcément moi.

Pendant des années, j'ai soupçonné mes parents d'exagérer ou d'entretenir des attentes irréalistes sur le comportement normal d'un enfant. Mais j'ai lentement fini par accepter, sur la base des souvenirs unanimes de nombreux membres de la famille, que j'étais une petite fille assez pénible.

Pourtant le pire restait à venir, et c'est à ces années de tension adolescentes auxquelles pensait mon père. L'année de mes seize ans, ce qui avait pu passer jusque-là pour une crise d'ado banale a dégénéré en une dépression plus profonde. J'avais du mal à m'endormir et j'étais fatiguée en permanence ; je trouvais difficile de mobiliser assez de volonté pour accomplir quoi que ce soit. Mes notes ont chuté, et ma mère et moi étions constamment en conflit.

— Tu tiens ça de moi, malheureusement, m'a dit mon père un matin au petit-déjeuner. Je parie que tu es une insomniaque comme moi.

Installé à la table de la cuisine, il buvait le lait de ses céréales en lisant le journal. Je me remettais d'une énième dispute avec ma mère.

— Il se passe trop de choses là-dedans, a-t-il dit en tapotant sa tempe sans détacher son regard de la page sport.

Mon père était un ancien toxicomane qui avait souffert d'une adolescence bien plus perturbée que la mienne. À dix-neuf ans, alors qu'il vivait à moitié sous la promenade du front de mer d'Asbury Park, il s'était fait choper en train de vendre de la méthamphétamine à un policier. S'en étaient suivies six semaines en prison avant son transfert au centre de désintoxication de Camden County, où il avait servi de cobaye pour de nouveaux traitements de psychothérapie. On l'avait forcé à porter une pancarte autour du cou qui annonçait « je veux plaire à tout le monde » et assigné à des activités absurdes, censées fortifier sa fibre morale par la frustration. Ainsi, chaque samedi il devait creuser un trou dans la cour derrière l'établissement, et chaque dimanche on l'obligeait à le combler. Alors évidemment, tous mes problèmes semblaient futiles en comparaison.

Il a tenté de consoler ma mère, de la convaincre que c'était une phase normale, dont les adolescents entraient et sortaient dans la douleur, mais elle refusait de l'accepter. J'avais toujours eu des bonnes notes à l'école, et ce changement intervenait par un hasard beaucoup trop louche au moment où il fallait songer à candidater pour l'université. Elle voyait mon mal-être comme un luxe financé par leurs efforts. Mes parents m'avaient trop donné, et à présent, pourrie gâtée, je m'apitoyais sur mon sort.

Elle a mis les bouchées doubles pour surveiller le moindre de mes faits et gestes. Elle s'agaçait de mon poids, de l'épaisseur de mon eye-liner, de l'état de mon acné, de mon manque d'assiduité dans l'application des lotions toniques et exfoliantes qu'elle me commandait sur la chaîne QVC. Tout ce que je portais était sujet à dispute. Je n'avais pas le droit de fermer la porte de ma chambre. En semaine, après l'école, quand mes copines se rejoignaient chez l'une ou l'autre pour des soirées pyjama, on m'envoyait à des activités extrascolaires, puis je me retrouvais coincée à la maison au milieu des bois, où je ne pouvais que ruminer dans ma chambre, porte ouverte.

Une fois par semaine, j'avais le droit de dormir chez mon amie Nicole – seul répit à la supervision étouffante de ma mère. La relation de Nicole à sa mère était à l'opposé de la mienne. Colette laissait Nicole libre de prendre ses propres décisions, et toutes les deux semblaient apprécier le temps qu'elles passaient ensemble.

Leur trois-pièces aux murs peints dans des couleurs vives et audacieuses regorgeait de meubles vintage et de vêtements chinés. Des planches de longboard datant de l'adolescence de Colette en Californie étaient empilées près de la porte d'entrée et des bibelots ramenés de son année de césure à enseigner l'anglais au Chili ornaient les rebords de fenêtres. Une balancelle était suspendue au plafond du salon par des chaînes entrelacées de fleurs en plastique.

J'admirais leur relation, elles avaient davantage l'air d'amies que d'une mère et de sa fille ; et j'enviais leurs virées brocante à Portland. Leur quotidien semblait si idyllique quand je les regardais cuisiner ensemble dans leur appartement. Elles confectionnaient des ferratelle en pressant de la pâte à biscuit maison entre les deux lourdes plaques de fer héritées de la grand-mère italienne de Colette pour y imprimer les dizaines de motifs géométriques et former des gaufrettes dentelées, le tout en rêvassant au café que Colette ouvrirait un jour, un endroit où elles vendraient leurs pâtisseries et qu'elles décoreraient exactement comme cet appartement que je trouvais si créatif et charmant.

En observant Colette, je m'interrogeais sur les rêves de ma mère. Son absence d'ambition me paraissait de plus en plus anormale, douteuse, même antiféministe. Je condamnais naïvement sa vocation maternelle de se consacrer à mon éducation, reléguant son travail énergivore et invisible au niveau de menues préoccupations d'une femme au foyer qui n'aurait pas pris la peine de développer une passion ou un éventail de compétences pratiques. Ce n'est que des années plus tard, après mon départ pour l'université, que j'ai commencé à mesurer l'ampleur des efforts nécessaires pour entretenir et nourrir un foyer, et combien j'avais pris le nôtre pour acquis.

Mais l'ado fraîchement obsédée par la quête d'une vocation trouvait inconcevable qu'une vie ait du sens sans carrière, ou même sans passion, sans loisir. Pourquoi les intérêts et les ambitions de ma mère ne semblaient-ils jamais remonter à la surface ? Pouvait-elle réellement se satisfaire de son identité de femme au foyer ? J'ai commencé à m'interroger sur ses compétences et à les analyser. Je lui ai suggéré différentes voies : des cours du soir à l'université en décoration d'intérieur ou en mode ; peut-être qu'elle aurait pu ouvrir un restaurant ?

— C'est trop d'efforts ! Tu te souviens que la maman de Gary a ouvert un restaurant thaï ? Maintenant elle ne fait que courir partout ! Elle n'a jamais plus le temps de rien.

— Quand je suis à l'école, qu'est-ce que tu fais toute la journée ?

— J'ai beaucoup de choses à faire ! Tu ne t'en rends pas compte parce que tu es trop gâtée. Quand tu partiras de la maison, tu comprendras tout ce que maman fait pour toi.

Je voyais bien qu'elle était jalouse de Colette – non pas à cause de ses ambitions fantaisistes, mais parce que j'idolâtrais ses objectifs décousus – et plus je muais en adolescente cruelle et capricieuse, plus je me servais de ma relation avec Colette comme moyen de jouer avec les sentiments de ma mère. J'estimais que ce n'était que justice, en rétribution de sa propre exploitation de mes émotions.

Dans le vaste vide de mon indifférence, la musique s'est engouffrée pour remplir l'abîme. Elle a fissuré une brèche, fendu une nervure de la faille déjà précaire et grandissante entre ma mère et moi ; elle allait former un gouffre menaçant de nous engloutir tout entières.

Rien n'était aussi vital que la musique – seul réconfort à mon angoisse existentielle. Je passais mes journées à télécharger des chansons une par une sur LimeWire et à m'empêtrer dans des débats échaudés sur la messagerie instantanée AIM pour savoir si la version acoustique de « Everlong » des Foo Fighters était meilleure que l'originale. J'épargnais mon argent de poche et les sous de la cantine pour les dépenser exclusivement en CD de chez House of Records, j'analysais les paroles des livrets, je dévorais avec obsession les interviews des grands noms dans le top indie rock du Pacifique nord-ouest, et je mémorisais des listes entières de labels comme K Records et Kill Rock Stars, tout en notant les dates qui m'intéressaient.

Si d'aventure un groupe passait par Eugene, il y avait deux salles pour l'accueillir. C'est au WOW Hall que j'ai vu la plupart des concerts de mon adolescence. Menomena, Joanna Newsom, Bill Callahan, Mount Eerie, et les Rock'n'roll Soldiers – ce qu'Eugene avait de plus proche d'une star locale. Ils portaient des bandeaux sur le front, leur veste en cuir à franges s'ouvrait sur leur torse nu, et on les admirait parce qu'ils étaient les seules personnes du coin à avoir accompli quelque chose – soit à avoir signé un contrat avec un grand label et une pub pour un opérateur de téléphonie. Personne ne s'est jamais demandé si leur œuvre était vraiment si géniale ni pourquoi ils revenaient si souvent en ville pour jouer.

Les plus gros groupes se produisaient au McDonald Theatre, où j'ai vu Modest Mouse et où j'ai sauté dans la foule pour la première fois (après trente secondes de paralysie sur le bord de la scène le temps de m'assurer que quelqu'un au premier rang comptait bien me rattraper). Isaac Brock était un dieu à nos yeux. La rumeur disait que son cousin vivait deux villes plus loin, sur le parc à caravanes qui aurait inspiré la chanson « Trailer Trash », et grâce à cette proximité potentielle on pouvait plus facilement s'identifier à lui – le revendiquer comme de chez nous. Autour de moi, tout le monde connaissait par cœur chaque mot de son catalogue grandissant de plus de cent morceaux, y compris ceux de ses projets parallèles et des faces B, des albums convoités sur lesquels on essayait constamment de mettre la main pour les graver et glisser les copies dans les pochettes en plastique de nos classeurs à CD. Ses paroles saisissaient l'essence de l'adolescence dans une petite ville grise de la côte nord-ouest du Pacifique. Étouffer lentement d'ennui. Ses opus en crescendo de onze minutes et ses hurlements à vous glacer le sang servaient de BO pour meubler la langueur des longs trajets en voiture.

Mais rien ne m'a marquée aussi profondément que la première fois où j'ai tenu entre mes mains un DVD du live des Yeah Yeah Yeahs au Fillmore. Karen O, leader du groupe, était la première icône du monde de la musique qui me ressemblait. Mi-coréenne, mi-blanche, elle faisait preuve d'une présence spectaculaire et sans égale qui anéantissait le stéréotype de la femme asiatique docile. Célèbre pour ses frasques, elle recrachait ses gorgées d'eau vers le ciel, sautait d'un bord à l'autre de la scène, et plongeait son micro dans sa gorge avant de le faire tournoyer au-dessus de sa tête, se servant du câble tel un lasso. Bouche bée devant ces images, je me suis retrouvée dans un état étrange d'ambivalence. Première pensée : *Comment devenir comme elle ?* Puis la seconde : *Si une Asiatique occupe déjà ce créneau, il n'y aura pas de place pour moi.*

À l'époque, je n'avais jamais entendu parler des conséquences du manque de diversité sur les croyances limitantes. Le débat autour de la représentation des minorités dans la musique était à ses tout débuts, et parce que je ne connaissais personnellement aucune fille qui jouait d'un instrument j'ignorais que d'autres comme moi étaient en proie aux mêmes complexes. Je n'avais pas la capacité analogique d'imaginer un garçon blanc qui, en regardant un DVD du live des Stooges, se dirait : « Puisqu'il y a déjà un Iggy Pop, comment pourrait-il y avoir de la place pour un autre mec blanc dans le rock ? »

Néanmoins, grâce à Karen O, la musique me semblait plus accessible, elle me montrait qu'il était possible pour une fille comme moi de créer quelque chose qui parle à d'autres. Animée par ce nouvel élan d'optimisme, j'ai harcelé ma mère pour qu'elle m'achète une guitare. S'étant déjà délestée d'une sacrée somme pour la longue liste d'activités extrascolaires que j'avais sommairement abandonnées, l'idée ne l'emballait pas. Mais elle a fini par céder et j'ai reçu pour Noël une Yamaha acoustique à cent dollars dans son carton au logo Costco. L'action était si haute qu'il fallait enfoncer les cordes de toutes ses forces sur au moins un centimètre pour leur faire toucher les frettes.

J'ai commencé à suivre des cours une fois par semaine à l'endroit le plus gênant où l'on puisse apprendre la guitare : au Lesson Factory. Le Lesson Factory, c'est un peu le supermarché des leçons de guitare. Il était mitoyen de la chaîne Guitar Center, et à l'intérieur on trouvait dix box insonorisés, chacun équipé de deux chaises, de deux amplis et de son propre musicien raté recruté parmi les annonces en ligne de Craiglist. J'ai eu la chance de tomber sur un prof que j'aimais bien et qui devait me considérer comme une pause bienvenue au milieu de tous ces garçons prépubères qui n'étaient là que pour jouer du GreenDay et l'intro de « Stairway to Heaven ».

Les leçons de guitare n'auraient pas pu arriver à un meilleur moment. Cette même année, Nick Hawley-Gamer s'est assis à côté de moi en cours d'anglais et j'avais l'impression d'avoir gagné au loto. Je le connaissais de nom, c'était le voisin et ex-petit copain de Maya Brown. Je n'avais pas de cours en commun avec Maya, mais tout le monde voyait qui elle était parce que tous les garçons de mon âge avaient un crush sur elle. Bien qu'incontestablement jolie et populaire, elle se prenait pour une originale tourmentée – c'était rageant. Elle avait teint ses cheveux bruns en noir corbeau, portait un pantalon en velours caramel et notait des phrases au stylo sur son avant-bras pour ne pas les oublier, des pensées qu'elle recopiait ensuite sur son LiveJournal – blog que je lisais assidûment même si on n'était pas amies dans la vraie vie. Ses billets – mélanges de paroles de la chanson « Bright Eyes » avec ses propres trouvailles romantiques et ruminations nébuleuses – étaient pour l'essentiel rédigés à la deuxième personne et adressés à un anonyme qui lui avait fait du mal ou dont elle était éperdument amoureuse. À mes yeux, elle incarnait l'une des plus grandes poétesses américaines de notre génération.

Nick avait des cheveux blonds hirsutes, se vernissait les ongles au Tipp-ex et avait une oreille percée d'une boucle en argent. En classe, il était calme et terriblement lent, comme défoncé en permanence. Il n'arrêtait pas de me redemander la date de rendu des devoirs et s'il pouvait m'emprunter mes notes – des requêtes naïves auxquelles je m'empressais de répondre car elles alimentaient ma mission personnelle de devenir son amie. Au collège, Nick avait monté un groupe qui s'appelait The Barrowites. Je ne connaissais personne d'autre qui jouait dans un groupe, et rien que ça relevait du cool suprême. Avant leur dissolution, ils avaient sorti un EP que j'avais consciencieusement traqué et obtenu via un ami d'ami. C'était un CD gravé à l'intérieur d'une enveloppe décorée de dessins au marqueur. Dès que j'étais rentrée à la maison, j'avais glissé le disque dans le lecteur boom box posé sur mon bureau. Assise sur mon fauteuil à roulettes, la pochette en papier encore entre mes mains moites, j'avais analysé attentivement les paroles, imaginant le passé expérimenté et sexuellement débridé de Nick Hawley-Gamer. Il y avait cinq pistes, et la dernière était une chanson intitulée « Molly's Lips ». Je me demandais si Molly était une autre de ses nombreuses ex ou bien un pseudo pour désigner Maya Brown. J'étais trop bête pour savoir que « Molly's Lips » était simplement une cover de Nirvana, et j'aime à croire maintenant que Nick était lui aussi trop stupide pour savoir que Nirvana l'avait repris des Vaselines.

Un jour, j'ai enfin trouvé le courage de lui demander s'il voulait « faire un jam ». On s'est retrouvés pendant la récré du midi, sous un arbre près des terrains de football. Il n'a pas fallu longtemps pour révéler ma nullité. Je n'avais jamais « fait de jam » avec personne. Nick a commencé à chanter, et je n'avais aucune idée de la clé dans laquelle il était, ni de comment l'accompagner. J'ai cherché timidement les bonnes notes, tentant une mélodie basique vaguement ancrée dans les gammes que je pensais connaître, avant de finir par m'excuser et baisser complètement les bras. Nick n'a pas sourcillé. Il s'est montré patient, sans la moindre critique, et a proposé plutôt de chanter sur les morceaux que je connaissais déjà. On a passé le reste de la pause à reprendre des couplets de « We're Going to Be Friends » des White Stripes et « After Hours » du Velvet Underground. C'était le plus grand miracle romantique de ma vie d'adolescente.

Après avoir composé quelques chansons moi-même, j'ai décidé de m'inscrire pour une soirée open mic au Cozmic Pizza, un restaurant du centre-ville pourvu de tables de café et d'une scène côté bar. Le sol était en béton ciré, les plafonds étaient hauts, et le lieu organisait souvent des soirées jazz et musiques du monde. J'avais invité mes amis à venir me voir jouer. La salle était majoritairement vide, mais on entendait à peine ma guitare acoustique de supermarché sur le cliquetis des pintes, le bruit du four à pizza que l'on ferme et les caissiers qui criaient le nom des clients pour qu'ils récupèrent leur commande. J'étais sur un petit nuage pendant mes sept minutes de gloire. Parce que j'amenais un groupe d'amis, la soirée open mic est progressivement devenue mon propre concert, ouvert à d'autres amateurs du coin. Je prenais des photos de moi pour la presse dans ma salle de bains en utilisant le compte à rebours de l'appareil, je les scannais sur le poste d'ordinateur de mon père, et je me servais de Microsoft Paint pour éditer des flyers publicitaires. J'ai acheté une agrafeuse pour les fixer aux poteaux téléphoniques dans le centre-ville, et je demandais à tous les petits commerçants l'autorisation de scotcher mes affiches sur leur vitrine. J'ai ouvert un MySpace sur lequel je chargeais les chansons que j'enregistrais sur GarageBand. J'envoyais par mail le lien aux groupes du coin et aux organisatcurs en les suppliant de m'ajouter à leur programmation. À force de me produire dans les kermesses des lycées, j'ai développé un public local, composé majoritairement de mes amis et de mes camarades de classe que je harcelais pour qu'ils viennent, jusqu'à ce qu'enfin je « perce » assez pour décrocher quelques minutes sur scène au WOW Hall en première partie de Maria Taylor.

Le jour du concert, Nick est arrivé plus tôt pour m'apporter un soutien moral et a attendu avec moi dans les loges jusqu'à mon entrée en scène. Je n'avais jamais mis les pieds en coulisses auparavant, mais même sans élément de comparaison, ça n'avait rien de glamour. Éclairée d'une lumière vive, la pièce, de la taille d'une penderie, était meublée de deux bancs et d'un mini-frigo posé sur une table en bois. Nick et moi étions assis face à la porte quand Maria Taylor est entrée avec un musicien en chemise de flanelle. Facilement identifiable à son nez proéminent, à sa silhouette élancée et à ses longs cheveux bruns et ondulés encadrant son visage aux traits affirmés, elle était impressionnante. J'ai retenu mon souffle. Elle a marmonné « Y a pas du vin ? » et elle est partie.

Mes parents se sont installés côte à côte au fond de la salle. J'ai joué environ six morceaux à la guitare acoustique, perchée sur une chaise pliante métallique, dans mon t-shirt à rayures arc-en-ciel de chez Forever 21 et mon jean délavé dont le bas en trompette était rentré dans mes santiags marron – une tenue que je croyais cool à l'époque. Heureusement, j'avais au moins monté en gamme avec une guitare Taylor reliée à un ampli SWR, modèle Strawberry-Blond choisi uniquement pour sa couleur fraise-vanille. Je triturais maladroitement les accords majeurs, et je changeais le capo à chaque morceau pour pouvoir réutiliser les mêmes doigtés. Je chantais des chansons d'ado qui parlaient de la nostalgie des temps plus simples, sans me rendre compte que c'était précisément ces temps-là qu'elles décrivaient. À la fin de mon set, mes parents m'ont gratifiée d'un « c'est bien, ma chérie », et m'ont généreusement permis de rester jusqu'à la fin du concert.

Maria Taylor jouait sur une Gretsch semi-acoustique rouge qui semblait ridiculement large sur sa frêle carrure. J'ai pris Nick par l'épaule dans un élan d'enthousiasme quand elle a plaqué les premiers accords de « Xanax », le single phare de son nouvel album que j'avais enregistré sur toutes mes compils. La chanson commençait comme le tic-tac d'une horloge, les baguettes claquaient sur la caisse claire tandis qu'elle dressait la liste de ses anxiétés et de ses phobies. « *Afraid of an airplane, of a car swerving in the lane… of the icy mountain roads we have to take to get to the show.* » « J'ai peur de prendre l'avion, en voiture des collisions… du verglas sur les routes de montagne inévitables pour aller chanter. » Elle s'est pliée en deux sur ce dernier accord, et les musiciens, jusque-là immobiles pendant la totalité des deux premiers couplets, l'ont rejointe en chœur pour le refrain.

J'avais beau entonner à tue-tête une chanson qui parlait très spécifiquement des défis constants du quotidien des artistes, témoin d'un groupe se produisant devant une brochette d'au mieux trente spectateurs dans une petite ville dans laquelle ils regrettaient probablement de s'être arrêtés, rien que de voir une chanteuse qui parcourait le pays pour jouer ses compositions était une révélation. J'avais foulé la même scène qu'elle, je m'étais assise à soixante centimètres d'elle, dans la même pièce. J'avais aperçu quelques secondes de la vie d'une artiste, et pendant un instant cette voie m'avait semblé un tout petit peu plus à ma portée.

Après le concert, Nick m'a raccompagnée dans la Nissan Maxima de ses parents. Il était fier de moi, et ça me faisait du bien que quelqu'un que j'admirais me voie sous un autre jour.

— Tu devrais vraiment enregistrer un album avec toutes tes chansons, m'a dit Nick. Renseigne-toi auprès du studio où on a fait notre démo avec The Barrowites.

Le lendemain matin, ma mère m'a emmenée déjeuner au Seoul Cafe, le restaurant près de l'université que tenait un couple de Coréens. Le mari travaillait en salle tandis que la femme s'affairait en cuisine. Le seul défaut était la lenteur du service, car l'homme était vite dépassé dès qu'il avait plus de trois tables à gérer. Pour s'épargner cette attente, ma mère appelait le restaurant depuis la voiture alors que nous étions à mi-chemin et passait notre commande à l'avance.

— Tu veux du bibimbap aujourd'hui ? m'a-t-elle demandé, serrant le volant d'une main et parcourant le répertoire de son Motorola à clapet rose de l'autre.

— Oui, pourquoi pas.

— *Ah ne ! Ajeossi... ?*

À chaque fois que ma mère parlait coréen, j'avais l'impression de voir défiler devant moi un texte à trous.

Des mots qui m'étaient intimement familiers mélangés à de longs blancs que je ne parvenais pas à remplir. Je savais qu'elle commandait du jjamppong avec en accompagnement des légumes, parce que je connaissais ces mots et parce qu'elle commandait toujours la même chose. Quand elle aimait un plat, elle s'y tenait, en mangeait quotidiennement avec la même avidité, jusqu'au jour où elle passait à autre chose sans explication.

À notre arrivée, ma mère a salué le vieux monsieur au comptoir avec un grand sourire et s'est lancée dans une discussion en coréen pendant que je nous versais sagement du thé chaud à disposition dans une carafe en métal, et que je disposais nos serviettes, cuillères et baguettes en inox sur la table. Elle a payé à la caisse, puis a récupéré un magazine coréen pour le rapporter à notre table.

— Ils sont très gentils, mais ils sont si lents. C'est pour ça que maman appelle toujours en avance, a-t-elle chuchoté.

Elle a feuilleté le magazine en sirotant son infusion d'orge pour passer en revue les actrices et les mannequins coréennes.

— Je crois que cette coiffure t'irait bien, a-t-elle dit en pointant son doigt sur une actrice coréenne aux mèches parfaitement ondulées.

Elle a tourné la page de nouveau.

— Ce genre de veste militaire est très à la mode en Corée. Maman voudrait bien t'en acheter une, mais tu ne mets que des trucs moches.

Le vieux monsieur a fait rouler son chariot jusqu'à nous pour disposer nos plats et les banchan sur la table. Le riz grésillait au fond de mon dolsot brûlant et la soupe de nouilles aux fruits de mer de ma mère soufflait une vapeur sur sa surface rouge vif.

— *Masitge deuseyo*, a dit l'homme en s'inclinant légèrement pour nous souhaiter un bon repas.

Puis il a poussé son chariot vers le comptoir.

— Qu'est-ce que tu as pensé de mon concert hier ? ai-je demandé en pressant la bouteille de gochujang au-dessus de mon bibimbap.

— Chérie, doucement avec le gochujang, ça va être trop salé.

Elle a écarté ma main de mon bol. J'ai reposé la bouteille en plastique rouge, obéissant pour la forme.

— Nick connaît un studio où je pourrais enregistrer mes chansons. Je me dis que puisque c'est juste chant et guitare, il ne me faudrait que deux ou trois jours pour faire un album. Ça ne serait pas plus de deux cents dollars pour la location du studio, et pour le reste je pourrais graver les CD à la maison.

Ma mère a soulevé une longue mèche de nouilles, puis l'a laissée retomber dans le bouillon. Elle a posé ses baguettes en travers du bol, a fermé son magazine et m'a regardé droit dans les yeux.

— J'attends le moment où tu abandonneras cette lubie, a-t-elle déclaré.

J'ai baissé les yeux sur mon riz et j'ai percé le jaune d'œuf avec ma cuillère pour l'étaler sur les légumes. Ma mère s'est penchée sur la table et a entrepris de verser des cuillérées de la soupe dans laquelle baignaient les haricots mungo sur mon bibimbap. Le liquide a grésillé au contact des bords du bol en pierre.

— Je n'aurais jamais dû te laisser suivre ces cours de guitare. Tu devrais être en train de penser à l'université, pas à ce truc bizarre.

Je me suis mise à agiter le genou gauche nerveusement, pour me retenir d'exploser. Ma mère a saisi ma cuisse sous la table.

— Arrête de secouer ta jambe, tu vas chasser la chance.

— Et si je ne veux pas aller à l'université ? ai-je répliqué effrontée, m'arrachant à sa prise.

J'ai enfourné une cuillérée du riz brûlant dans ma bouche, le faisant tourner avec ma langue pour créer une poche d'air et laisser s'échapper la vapeur. Ma mère a jeté un coup d'œil nerveux autour d'elle, comme si je venais tout juste de professer ma foi à une communauté satanique. Puis elle a tenté de se ressaisir.

— Je me fiche de ce que tu veux. Tu iras à l'université.

— Tu ne me connais pas du tout. Ce truc bizarre, comme tu dis, c'est *ma passion.*

— D'accord, très bien. Tu n'as qu'à aller vivre chez Colette ! s'est-elle écriée.

Elle a attrapé son sac à main et s'est levée en chaussant ses gigantesques lunettes noires.

— Je suis sûre qu'elle acceptera de t'accueillir. Et comme ça, tu pourras faire tout ce que tu voudras là-bas, puisque moi je suis si méchante.

Quand je suis arrivée sur le parking, elle était déjà installée dans la voiture et se servait du miroir du pare-soleil pour enlever le gochugaru entre ses dents avec le coin replié d'un reçu bancaire. Elle attendait que je l'arrête dans son élan – que je lui coure après et la supplie de me pardonner. Mais je refusais de céder. Je pouvais vivre sans eux, pensais-je alors avec l'arrogance naïve de mon adolescence. J'étais capable de trouver du travail. Je pouvais crécher chez des amis. Je pouvais continuer à donner des concerts jusqu'à ce qu'un jour la salle soit remplie.

Ma mère a froissé le reçu en boule dans le porte-gobelet, a refermé le pare-soleil et a baissé sa vitre. Je suis restée plantée sur le parking, m'efforçant de ne pas trembler alors qu'elle me regardait de haut derrière ses verres teintés.

— Tu veux devenir une artiste fauchée ? a-t-elle dit. Dans ce cas, tu peux commencer maintenant.

* * * *

La vie d'artiste fauchée a vite perdu de son attrait. J'ai d'abord dormi quelques nuits chez Nicole et Colette, puis chez mon amie Shanon, qui avait un an de plus et ne vivait plus chez ses parents. On traînait dans une maison punk surnommée le Flower Shop, qui n'était rien de plus qu'un squat. Des amateurs de crust punk y dormaient par terre, jetaient des bouteilles en verre dans la rue depuis le toit, et s'amusaient à lancer des couteaux de cuisine dans le mur en placo quand ils étaient bourrés.

Sans ma mère pour me recadrer, j'ai fui plus encore les responsabilités qui faisaient l'objet de nos disputes depuis un an. Les dossiers de candidature pour les universités que je devais compléter ont stagné au stade de fichiers à moitié remplis sur le bureau de l'ordinateur de mon père et je me suis laissée entraîner dans un cycle vicieux d'absentéisme. Je séchais les cours, je ne rendais pas mes devoirs et, honteuse d'avoir pris autant de retard, je continuais à sécher pour ne pas avoir à soutenir le regard des professeurs qui s'intéressaient sincèrement à moi. Souvent, le matin, je restais assise par terre sur le parking du lycée à fumer, pétrifiée à l'idée d'en franchir les portes. J'avais des fantasmes de mort. Tous les objets qui m'entouraient m'apparaissaient comme un moyen de l'atteindre. L'autoroute devenait une solution pour finir réduite en bouillie, un immeuble de cinq étages m'évoquait la hauteur parfaite pour sauter. Devant des flacons de produit à vitre, je me demandais combien il aurait fallu en avaler. J'imaginais me pendre avec les petites ficelles qui actionnent les stores.

Quand mon bulletin a révélé que je n'avais la moyenne nulle part et que mon score pour le secondaire avait sombré, ma mère a pris rendez-vous chez le conseiller d'orientation et l'a supplié de m'aider. Elle s'est mise à rassembler frénétiquement tous les documents nécessaires, y compris mes brouillons de dossiers de candidature, et les a envoyés à toutes les universités pour lesquelles j'avais un jour témoigné un intérêt. J'ai fini par rentrer à la maison et j'ai commencé à voir une psychiatre qui m'a prescrit un traitement pour me donner « l'espace émotionnel pour respirer » et qui a rédigé un courrier pour accompagner certaines de mes candidatures, expliquant que ce changement brutal de comportement et de résultats scolaires constituait les symptômes d'une dépression nerveuse.

Les mois qui me restaient à Eugene ont été marqués par un silence tendu. Ma mère allait de pièce en pièce en m'ignorant. Quand j'ai décidé de ne pas participer au bal de fin d'année, elle m'a à peine gratifiée d'une remarque en passant, alors qu'on avait déjà acheté une robe pour cette occasion, quasiment un an plus tôt.

Je voulais désespérément qu'elle me parle, mais je m'efforçais de rester impassible, très consciente que ma constitution était bien plus faible que la sienne. Elle ne semblait pas affectée par notre distance. Jusqu'au jour où j'ai fait mes valises pour Bryn Mawr et qu'enfin elle a rompu le silence.

— Quand j'avais ton âge, j'aurais tout donné pour avoir une mère qui m'achète de jolis vêtements.

J'étais assise en tailleur sur la moquette, où je pliais une salopette en patchwork de différents tissus à carreaux que j'avais dénichée en seconde main chez Goodwill. J'ai rangé la salopette dans ma valise, à côté de ma collection de pulls moches et d'un t-shirt trop grand avec une sérigraphie de Daniel Johnston dont j'avais découpé les manches.

— Je devais m'habiller avec les vêtements dont ne voulait plus Nami, alors qu'Eunmi avait droit à des neufs quand venait son tour d'en hériter. Sur la côte est, tout le monde va penser que tu es une SDF.

— Contrairement à toi, ai-je répliqué, j'ai mieux à faire que de me préoccuper de mon apparence.

D'un seul geste, ma mère m'a attrapée par les hanches et m'a retournée pour claquer mes fesses avec sa paume. Ce n'était pas la première fois qu'elle me frappait, mais en grandissant la punition semblait de plus en plus anormale. À cet âge, j'étais plus lourde qu'elle et la fessée ne m'avait pas vraiment fait mal. Le seul blessé était mon ego humilié par cette pratique à mon âge.

En entendant le raffut, mon père est monté à l'étage et a passé une tête par la porte.

— Tape-la ! a ordonné ma mère.

Immobile, il la regardait bêtement.

— Tape-la ! a-t-elle crié de nouveau.

— Si tu me frappes, j'appelle la police !

Mon père m'a attrapée par le bras et a levé la main, mais avant qu'il n'ait le temps de l'abattre, je me suis dérobée de sa prise et j'ai couru vers le téléphone pour composer le 911.

Ma mère m'a toisée comme si j'étais un asticot, une saleté qui dévorait le fruit de tous ses efforts. Je n'étais plus la petite fille qui s'agrippait à ses jupes au supermarché, ni celle qui la suppliait de la laisser dormir sur le sol à côté de son lit. Le combiné à l'oreille, je lui ai lancé un regard de défi, mais en entendant une voix à l'autre bout de la ligne j'ai paniqué et j'ai raccroché. Ma mère a profité de mon hésitation pour se jeter sur moi. Elle a serré ses poings sur mes avant-bras, et pour la première fois nous étions inséparables, luttant chacune pour plaquer l'autre au sol. J'ai essayé de me débattre, mais j'ai découvert qu'il y avait une violence que je ne pouvais pas mobiliser, une force dont je me savais capable mais que je n'arrivais pas à utiliser. Je l'ai laissée bloquer mes poignets et s'asseoir sur mon ventre.

— Qu'est-ce qu'on a fait pour mériter une fille pareille ? Après tout ce qu'on a sacrifié pour toi, c'est comme ça que tu nous traites ?

Elle hurlait. Ses larmes et ses postillons pleuvaient sur mon visage. Elle avait un parfum d'huile d'olive et de citron. Ses mains douces et glissantes de crème hydratante poussaient mes poignets contre la moquette rêche. Écrasée sous elle, je sentais comme un bleu dans mon ventre. Planté à côté de nous, impuissant, mon père se demandait comment sa gosse avait pu devenir si pitoyable.

— Tu étais une enfant si terrible que j'ai avorté pour ne pas en avoir d'autres comme toi !

Elle a relâché sa prise et a libéré mon corps de son poids pour sortir de la chambre, avec un claquement de langue contre son palais – mimique navrée face à tant de potentiel gâché, comme lorsque l'on passe devant les ruines d'un bâtiment à l'architecture magnifique.

Voilà. C'était presque comique la manière dont elle avait réussi à me cacher un secret si impressionnant toute ma vie, pour me le balancer dans un tel moment. J'avais bien conscience de ne pas être réellement responsable de son IVG. Je savais qu'elle n'avait dit ça que pour me blesser à la mesure de toutes mes cruautés monstrueuses. J'étais surtout choquée qu'elle ait dissimulé une information aussi monumentale.

J'enviais et je craignais sa capacité de rétention de l'intime, alors que chaque secret que j'avais essayé de garder pour moi me rongeait. Elle possédait un talent rare pour les secrets, même envers nous. Elle n'avait besoin de personne. Elle était surprenante, dans son indépendance. Toutes ces années où elle m'avait conseillé de réserver dix pour cent de ma personne, je n'avais pas compris que cela signifiait que moi non plus je n'avais pas entièrement accès à elle.

6

La matière noire

C'était peut-être ma chance, pensais-je, de me faire pardonner. Du fardeau que je leur avais imposé en tant qu'enfant hyperactive, du vitriol que j'avais répandu dans mon adolescence torturée. De m'être cachée dans les rayons des grands magasins, d'avoir tapé des crises en public, d'avoir détruit tous ses objets préférés. D'avoir volé la voiture, d'être rentrée ivre, défoncée aux champignons, et d'avoir atterri dans le fossé.

J'allais irradier d'une joie et d'un optimisme qui la guériraient. Je m'habillerais comme il lui plairait, j'accomplirais toutes les corvées sans protester. J'apprendrais à cuisiner pour elle – toutes ces choses qu'elle aimait manger, et je l'empêcherais à moi seule de dépérir. Je rembourserais ma dette. Je serais tout ce dont elle aurait besoin au point de lui faire regretter de ne pas avoir voulu de ma présence. J'incarnerais la fille parfaite.

Dans les deux semaines qui ont suivi, mon père a obtenu un rendez-vous au MD Anderson, et mes parents ont pris l'avion pour Houston. Avec une meilleure imagerie, il est apparu que ma mère n'avait pas un cancer du pancréas, mais une forme rare d'un carcinome épidermoïde de stade IV qui avait son origine dans les voies biliaires. Les médecins leur ont expliqué que s'ils avaient procédé à la chirurgie préconisée en premier lieu, ma mère serait morte d'une hémorragie au bloc opératoire. Le plan d'action était maintenant de rentrer à la maison avec un cocktail Molotov de trois médicaments, puis de poursuivre le traitement avec des radiations si le résultat s'avérait encourageant. Ma mère n'avait que cinquante-six ans, et à part ça elle était en relativement bonne santé. Ils estimaient qu'en frappant fort elle avait une chance de vaincre le cancer.

De retour à Eugene, elle m'a envoyé une photo de sa nouvelle coupe à la garçonne. Elle qui depuis plus de dix ans arborait un mi-long lisse, juste sous les épaules. Je la voyais parfois nouer ses cheveux en queue-de-cheval basse et les coiffer d'une visière ou d'un chapeau en été, et d'un bonnet ou d'une casquette au gavroche en automne, mais à part pour la permanente de sa jeunesse, je ne lui connaissais pas d'autre coupe.

« Ça te va bien ! » ai-je répondu par SMS avec un enthousiasme que traduisait un grand nombre d'emojis animés de cœurs.

« Tu fais plus jeune !!! On dirait Mia Farrow !!! »

Et j'étais sincère. Sur la photo, elle souriait et posait devant le mur blanc du salon, près du comptoir de la cuisine où mes parents rangeaient leurs clés de voiture et le téléphone fixe. Sur sa poitrine dépassait une chambre à cathéter en plastique fixée par du scotch médical. Elle avait presque l'air faussement modeste. La posture légèrement penchée, son expression irradiait d'un espoir que, en la voyant ainsi, je partageais.

Sans écouter les protestations initiales de ma mère, j'ai démissionné de mes trois jobs, sous-loué mon appartement, et mis le groupe en pause. Mon plan était de passer l'été à Eugene et de rentrer à Philadelphie en août pour notre tournée de deux semaines. D'ici là, j'aurais une idée plus précise de ce que ma famille allait traverser et de la nécessité ou non de déménager à la maison de manière plus permanente. Entre-temps, Peter viendrait me rendre visite.

J'ai atterri à Eugene dans l'après-midi, le lendemain de la première séance de chimiothérapie de ma mère. Pour avoir l'air adulte, soignée, j'avais passé toute mon escale à l'aéroport de San Francisco devant le miroir des toilettes. Me rincer le visage au lavabo, le tamponner délicatement avec les serviettes en papier à disposition. Me brosser les cheveux. Réappliquer mon maquillage – le trait d'eye-liner tracé en une virgule la plus fine possible. Sortir le rouleau adhésif de mon bagage cabine pour épousseter mon jean et arracher les bouloches de mon pull. Lisser mes ridules avec la paume de mes mains. J'avais déployé plus d'efforts pour ressembler à quelque chose avant de voir ma mère que pour n'importe quel rendez-vous amoureux ou entretien d'embauche.

Je préparais nos retrouvailles ainsi depuis l'université, à l'époque où je rentrais à la maison pour Noël et les vacances d'été. En décembre, la première année, j'avais méticuleusement ciré la paire de santiags qu'elle m'avait envoyées. Il fallait pour ça tremper le chiffon doux dans la pâte fournie avec, l'étaler sur le cuir, puis lustrer le tout en petits cercles à l'aide d'une brosse en bois et crin.

Même si ma mère et moi ne nous étions pas séparées en bons termes, une fois par mois d'énormes cartons arrivaient par la poste, pour me rappeler qu'elle ne m'oubliait pas. Des céréales de riz soufflé au miel, vingt-quatre paquets d'algues séchées et assaisonnées dans des sachets individuels, du riz à cuire au micro-ondes, des chips à la crevette, des boîtes de biscuits au chocolat Pepero, et des gobelets de nouilles instantanées Shin Cup dont je me nourrissais pendant des semaines pour éviter la cantine le soir. Elle m'envoyait le tout dernier défroisseur à vapeur, des rouleaux antipeluches, des BB crèmes, des lots de chaussettes. Une nouvelle jupe – « c'est une bonne marque » – trouvée en solde chez T. J. Maxx. Les santiags étaient arrivées dans un de ces colis, après les vacances de mes parents au Mexique. Quand je les avais enfilées, j'avais découvert qu'elles étaient déjà faites. Pendant une semaine, ma mère les avait portées une heure par jour à la maison avec deux paires de chaussettes pour casser la semelle plate, la modeler à la forme de son pied, et assouplir le cuir ferme afin de m'épargner des ampoules.

Devant le miroir de ma chambre d'étudiante, je m'analysais en quête d'erreurs, je cherchais le moindre accroc ou fil qui dépasserait. J'essayais de me soumettre au radar de ma mère, de trouver les points qu'elle détaillerait. Je voulais l'impressionner, lui prouver que j'avais grandi et que je pouvais m'épanouir sans elle. Je voulais rentrer à la maison en adulte.

Ma mère avait sa propre manière de préparer nos retrouvailles : en faisant mariner un plat de côtes pendant deux jours. Elle remplissait le frigo de mes banchan préférés, achetait mon kimchi de radis plusieurs semaines en amont, et le sortait du frigo un jour avant pour qu'il soit parfaitement affiné et salé à mon arrivée.

Les côtes de porc, marinées dans l'huile de sésame, le sirop de sucre, le soda, puis caramélisées à la poêle, imprégnaient la cuisine d'un alléchant parfum fumé. Ma mère rinçait des feuilles fraîches de laitue rouge et les posait sur la table basse en verre devant moi, puis apportait les banchan. Des œufs durs marinés dans la sauce soja et coupés en deux, des haricots mungo croquants assaisonnés d'oignons verts et d'huile de sésame, un doenjang jjigae avec un supplément de bouillon, et du chonggak kimchi fermenté à la perfection.

Pendant que grillait le galbi que j'associerais toujours avec le goût de la maison, Julia, le golden retriever adopté quand j'avais douze ans, se roulait sur le dos, pattes en l'air, exhibant son immense poitrail dans une pose que ma mère appelait « Ventre à l'air ! ».

— Julia a grossi, ai-je remarqué en passant ma main sur son ventre protubérant. Tu la nourris trop.

— Je ne lui donne que ses croquettes… et un tout petit peu de riz ! C'est un chien coréen, elle aime le riz !

Comblée, j'ai tendu la paume pour la couvrir d'une feuille de laitue et la composer comme je l'aimais : un morceau luisant de côte de porc, une cuillérée de riz chaud, un soupçon de sauce ssampjang, une fine tranche d'oignon cru. Je l'ai repliée en un parfait petit paquet pour l'enfourner dans ma bouche. J'ai fermé les yeux et savouré les premières mastications, l'éveil de mes papilles et de mon estomac privés pendant des mois de repas maison. Le riz seul constituait des retrouvailles miraculeuses. L'autocuiseur avait doté chaque grain d'une texture individuelle qui les distinguait des bols de riz agglutiné que je faisais cuire au micro-ondes de ma résidence universitaire pour subsister. Ma mère guettait ma réaction.

— C'est bon ? *Masisseo* ?

Elle a ouvert un paquet d'algues séchées qu'elle a placé à côté de mon bol de riz.

— *Jinjja masisseo* ! ai-je répondu, la bouche encore pleine, mimant un coma de satisfaction.

Ma mère s'est assise derrière moi sur le canapé, a rassemblé mes cheveux dans mon dos pour dégager mon visage alors que je dévorais ce festin abondant. C'était une caresse familière, ses mains fraîches et collantes de crème, une caresse que je ne fuyais plus, mais à laquelle je m'abandonnais désormais volontiers. Comme si je possédais un nouveau centre de gravité qui tendait vers son affection, et dont la force d'attraction se rechargeait au fil du temps que je passais loin de son champ magnétique. Je voulais à nouveau lui plaire, savourer son rire quand je lui racontais mes premières confrontations à la vie adulte, évoquant les détails de mon inaptitude. Comment j'avais fait rétrécir de deux tailles un pull à la machine, comment pour mon premier bon restaurant en solo j'avais accidentellement dépensé douze dollars en eau pétillante, en croyant qu'elle était offerte. Des aveux qui lui disaient : « Maman, tu avais raison. »

En descendant l'escalator de l'aéroport d'Eugene, je m'attendais à moitié à voir ma mère m'accueillir comme avant, seule dans le terminal juste après la sécurité, et à me faire signe dès que je serais en vue. C'était toujours elle qui venait me chercher, élégante, toute de noir vêtue, avec un grand gilet en fausse fourrure et d'immenses lunettes de soleil en écaille, elle se distinguait de la foule des autres habitants d'Eugene en sweat-shirt vert trop large aux couleurs de l'équipe de football américain des Oregon Ducks.

Mais ce jour-là, c'est mon père qui m'attendait dehors, garé près de la sortie du retrait des bagages.

— Salut, gamine, a-t-il dit.

Il m'a prise dans ses bras et a soulevé ma valise pour la ranger dans le coffre.

— Comment va-t-elle ?

— Pas trop mal. Elle a commencé la chimio hier. Elle se sent juste un peu fatiguée.

Dans le silence de l'habitacle, j'ai baissé la vitre pour respirer une bouffée de l'air de l'Oregon. C'était un air chaud au parfum d'herbe coupée en ce début d'été. On a roulé sur les longues étendues de routes qui traversaient les champs déserts, le long des grandes masses cubiques des centres commerciaux à l'approche de la ville, puis devant la maison désormais repeinte et clôturée d'une meilleure amie d'enfance dont je n'avais plus de nouvelles.

Comme d'habitude, la conduite de mon père était agressive. Il s'insérait et sortait des files à une vitesse qui détonnait avec le rythme naturellement lent de la petite ville étudiante. C'était bizarre d'être avec lui sans ma mère. Nous n'avions jamais vraiment passé de temps en tête à tête.

Mon père était heureux dans son rôle de pourvoyeur de la famille. Sa simple présence dans nos vies suffisait comme preuve qu'il avait transcendé sa propre éducation et dépassé ses addictions, et ce n'était pas rien.

Enfant, j'étais fascinée par les anecdotes de son passé, son machisme et son cran. Il me divertissait avec les récits des bagarres de sa jeunesse, sans m'épargner les détails. Comment il avait éborgné un homme, s'était retrouvé menacé d'un couteau, était resté vingt-trois jours en descente de speed sous la promenade en bois du front de mer. Il roulait en Harley, arborait une boucle à l'oreille, et sa carrure épaisse me faisait toujours me sentir en sécurité et protégée. Et il savait tenir l'alcool. Après le travail, il descendait au Highlands, le bar qui faisait l'angle de la rue de son bureau. Il s'enfilait des shots de téquila et une demi-douzaine de bières sans ciller, et le lendemain se réveillait en apparence parfaitement frais.

Contrairement à ma mère, il a tenté de m'élever dans l'indifférence du genre, m'a appris à correctement fermer le poing pour frapper, et à allumer un feu de camp. Quand j'avais dix ans, il m'a acheté une minimoto Yamaha 80 cm^3 de bike-cross pour que je puisse le suivre sur le circuit de terre à l'arrière de la maison.

Mais pour l'essentiel de mon enfance, il était absent, au travail ou au bar. Et lorsqu'il était là, il passait l'essentiel de son temps à rugir au téléphone, à traquer des palettes manquantes de fraises ou à comprendre pourquoi une cargaison de laitue romaine avait trois jours de retard sur la livraison. Avec les années, nos conversations ont commencé à ressembler aux explications qu'on donne à quelqu'un qui débarque trente minutes avant la fin d'un film.

Mon père blâmait souvent sa carrière pour le fossé qui s'était élargi entre nous. Quand j'avais dix ans, il a repris l'entreprise de son frère et sa charge de travail a quasiment doublé. Mais la vérité, c'est que son nouveau poste coïncidait avec l'achat du premier ordinateur de la famille et avec le moment où je suis tombée pour la première fois sur le détail de ses relations rémunérées avec des femmes rencontrées en ligne. C'est un secret que j'ai caché à ma mère toute sa vie.

Pourtant jeune, j'ai vite rationalisé l'infidélité de mon père. C'était un homme avec des besoins, et j'ai supposé que mes parents avaient une sorte d'accord. Mais en grandissant, le secret a commencé à suppurer. Ses anecdotes, encore et toujours les mêmes, devenaient répétitives et lassantes, son passé de violence m'évoquait moins des exploits héroïques que des excuses pour ses défauts. Son ébriété perpétuelle n'avait plus rien de charmant, et sa conduite en état d'ivresse après le travail relevait de l'irresponsable. Ces mêmes choses que j'admirais enfant devenaient des manquements à ce que j'attendais d'un père, une fois adulte. Nous n'étions pas si intrinsèquement liés comme je l'étais avec ma mère, et maintenant qu'elle était malade j'ignorais comment nous allions traverser cela ensemble.

Nous avons remonté Willamette Street, débouché sur la colline escarpée, le long du cimetière en pente. Le trottoir changeait à l'endroit où un panneau marquait la fin du périmètre de la ville, et le paysage que j'avais déjà vu des milliers de fois a défilé. Toujours les mêmes virages d'où les biches risquaient de jaillir, les lignes droites sur lesquelles mon père tentait de doubler les Volvo et Subaru trop lentes qui se dirigeaient vers Spencer Butte. Puis la route en lacet et sa glissière, la clairière, où les collines d'herbe jaunie s'étendaient à l'ouest, jusqu'au soleil couchant. Plus haut, encore plus haut, les pins prenaient le dessus, obscurcissant les habitations derrière eux, puis la butte et la pépinière Duckworth's Nursery, où les paons se baladaient en liberté dans les bosquets d'arbres en pots et d'arbrisseaux, après la ferme à sapins de Fox Hollow Road, et enfin le sentier de gravier abrité par une canopée d'arbres, de fougères et de mousse qui poussent ensemble et se tissent comme un treillis jusqu'à ce que ces murs luxuriants s'ouvrent sur notre maison.

Papa a garé la voiture et je me suis précipitée à l'intérieur, prenant soin de ranger nettement mes chaussures dans le sas avant d'entrer par la cuisine. Je l'ai appelée dès que mon pied a franchi le seuil, et elle s'est levée du sofa.

— Bonjour, mon bébé ! m'a-t-elle lancé.

En la serrant prudemment dans mes bras, j'ai senti le porte-cathéter en plastique entre nous. J'ai effleuré ses cheveux courts.

— Ça te va si bien. J'adore.

Elle s'est rassise et j'ai glissé du canapé en cuir pour m'installer sur le tapis entre elle et la table basse. Julia haletait à côté de nous, passant sa langue sur la canine manquante que mon père avait accidentellement fait tomber quelques années plus tôt, en jouant au golf dans l'allée. J'ai serré les mollets de ma mère dans mes bras, et j'ai posé ma tête sur ses genoux. Je m'attendais à des retrouvailles pleines d'émotion, mais elle semblait calme et insensible.

— Comment tu te sens ?

— Très bien. Un peu fatiguée, mais ça va.

— Il faut que tu manges pour garder toutes tes forces. Je vais apprendre à cuisiner tous les plats coréens que tu adores.

— Ah, oui, c'est vrai que tu es devenue une grande cuisinière d'après les photos que tu m'envoies. Tu pourrais me préparer mon jus de tomate demain matin. Qu'est-ce que tu en dis ? D'habitude, j'achète deux ou trois tomates bio et je les passe au Vitamix avec du miel et des glaçons. C'est si bon. Je m'en fais souvent ces derniers temps.

— Du jus de tomate, compris.

— Dans deux semaines, Kye va venir ici. Peut-être qu'elle pourra te montrer la cuisine coréenne.

Kye était une amie de l'époque où mes parents vivaient au Japon. De quelques années son aînée, elle avait pris ma mère sous son aile pendant que mon père travaillait dans les concessions de véhicules d'occasion à Misawa. Elle lui a montré les meilleurs endroits où faire ses courses, où boire un verre, elle lui a appris à conduire et à gagner de l'argent en revendant au marché noir des articles achetés au PX – le grand magasin discount de la base militaire. Lait en poudre pour adoucir le café, produit vaisselle, alcool étranger en bouteilles en plastique, steaks de jambon en conserve… ma mère achetait ces denrées rares détaxées au PX pour un dollar et les revendait à cinq.

Elles avaient perdu contact après le déménagement de mes parents en Allemagne, puis avaient renoué bien des années plus tard. Kye vivait maintenant en Géorgie avec Woody, son mari. Je ne l'avais jamais rencontrée et j'avais hâte d'apprendre d'elle, de prouver à ma mère que j'étais capable de me rendre utile. Je me projetais déjà dans la préparation des plats délicieux que nous allions réaliser ensemble et qui me permettraient d'enfin rembourser ma dette, et de lui rendre un peu de l'amour et du soin que j'avais pris pour acquis pendant tant d'années. Des plats qui la réconforteraient et lui rappelleraient la Corée. Des plats préparés exactement comme elle les aimait, qui lui remonteraient le moral, nourriraient son corps et lui donneraient la force dont elle avait besoin pour guérir.

Nous avons regardé la télévision ensemble pendant un moment, épouillant en silence les petits chardons emmêlés dans le pelage de Julia, et cherchant les tiques à cramer pendant qu'elle haletait, allongée sur le flanc, et jouait avec nos poignets pour attirer notre attention à chaque fois que nos regards se tournaient vers l'écran. Ma mère est allée se coucher tôt et j'ai monté ma valise à l'étage.

Ma chambre se trouvait au-dessus de celle de mes parents, un grand rectangle prolongé par de petites alcôves sous les arêtes du toit. Dans la première était niché mon bureau, et la seconde était meublée de ma commode à vinyles, mes enceintes, d'une banquette matelassée de bleu calée sous la fenêtre. Les alcôves étaient peintes en orange vif, et les murs principaux en vert menthe – autant proclamer au mégaphone depuis le coin tout en haut de la maison : « Une adolescente est passée par là. »

« Arrête de faire des trous ! » me réprimandait ma mère depuis l'escalier quand je clouais des tapisseries psychédéliques au plafond et punaisais des posters gigantesques de Janis Joplin et de *Star Wars* sur mon mur. J'avais trouvé un vieux tourne-disque et ses enceintes en bois hideuses pour trois fois rien chez Goodwill. « On peut les repeindre ! » m'étais-je enthousiasmée à l'idée de partager un projet créatif avec ma mère. Mais une fois les avoir rapportés à la maison, je m'étais retrouvée livrée à moi-même. Sur du papier journal étalé par terre dans le garage, j'avais bombé le meuble en noir. Trop impatiente pour attendre que la peinture sèche correctement, j'avais immédiatement apposé de gros pois blancs, qui, évidemment, avaient coulé en taches difformes, donnant l'impression d'une vache fondue. Ce meuble m'évoquait toutes mes idées foireuses d'adolescente – la pépite étant la fois où en voulant écouter un vieil album de Leonard Cohen, je m'étais rendu compte qu'il ne pouvait se lire qu'en mono.

J'ai ouvert la fenêtre, dont j'avais ôté la moustiquaire pour la fourrer dans un débarras quelques années plus tôt, et j'ai grimpé sur le toit. Allongée sur le papier goudron rugueux, j'ai calé mes pieds au-dessus de la gouttière pour garder mon équilibre sur la pente. Il y avait tellement d'étoiles dans le ciel, plus vives que dans mon souvenir, préservées des lumières de la ville. Le chant des criquets et des crapauds résonnait d'en bas. Au lycée, j'attendais que mes parents s'endorment pour traverser le toit, me laisser glisser sur une colonne du portique, et atterrir dans le jardin. Il me suffisait alors de remonter l'allée en gravier jusqu'à mes libérateurs, dont le moteur tournait, et j'étais libre.

Il n'y avait pas grand-chose pour s'occuper quand on faisait le mur. La plupart du temps, les gosses que je persuadais de venir me chercher n'étaient pas des amis particulièrement proches, juste des camarades de classe qui s'ennuyaient ou des ados plus vieux titulaires du permis, encore debout et désœuvrés. De temps en temps, il y avait une rave dans les bois et on se parait de costumes élaborés pour danser parmi une foule de hippies anonymes qui planaient à l'ecstasy. Parfois, je chipais de l'alcool à mes parents – restes des fêtes de fin d'année – et, telle une laborantine minutieuse, je siphonnais plusieurs bouteilles dans des proportions discrètes pour ne pas éveiller les soupçons, et je mélangeais le tout avec du soda pour boire au parc. Mais la plupart du temps, on se contentait de rouler en écoutant des CD, voire de s'aventurer à une heure de route, jusqu'au lac artificiel Dexter ou à celui de Fern Ridge, juste pour s'asseoir sur le quai et regarder les eaux sombres, noires comme le pétrole dans la nuit, étendue sinistre qui servait d'oreille à l'expression de notre confusion identitaire et émotionnelle.

Certains soirs, on roulait jusqu'à Skinner Butte pour admirer le panorama de cette ville rasoir qui nous gardait en otage, on buvait du café et on mangeait des galettes de pomme de terre râpée au IHOP ouvert vingt-quatre heures sur vingt-quatre, ou bien on se faufilait en douce sur le terrain d'un inconnu prisé pour sa balançoire en corde. Une fois, on a même roulé jusqu'à l'aéroport pour observer le terminal et ses voyageurs qui s'envolaient vers des destinations que nous rêvions d'atteindre, nous, la paire d'ados insomniaques liés par une inexplicable et profonde solitude – et par la messagerie instantanée d'AOL.

Le contraste avec la situation actuelle était frappant. Je me retrouvais de nouveau ici, cette fois de mon plein gré, et je n'étais plus en train de fomenter ma fuite en douce pour rejoindre l'obscurité, mais j'espérais de tout cœur que la noirceur n'entrerait pas.

7

Le remède

Au début, le temps s'écoulait dans le calme et le silence. Dans l'appréhension. Comme si quelque chose de sinistre planait autour de la maison, en traçait lentement le périmètre. Pourtant, elle se sentait bien. Au bout de trois jours, j'ai commencé à me dire que ce ne serait peut-être pas aussi horrible que ça.

Chaque matin, je lavais et je coupais trois tomates bio pour les mixer avec du miel et des glaçons, suivant ses instructions. Pour les autres repas, c'était plus compliqué. Je ne savais pas cuisiner beaucoup de plats coréens, et les rares que j'avais appris à préparer étaient trop copieux pour son état. Je me sentais perdue. Je lui demandais constamment si elle pouvait penser à une recette, mais elle n'avait aucun appétit, aucune envie, et écartait mollement toutes mes suggestions. La seule chose qu'elle me réclamait était la soupe instantanée crémeuse de la marque Ottogi, que l'on trouvait à l'épicerie asiatique – une poudre à diluer fade et facile à digérer.

Il n'y avait pas de H Mart à Eugene. Alors, quand j'étais petite, ma mère et moi allions faire nos courses en ville deux fois par semaine au Sunrise Market, un supermarché de proximité tenu par une famille coréenne. Le père, un petit homme au teint hâlé derrière ses larges lunettes aviator et sous ses gants de travail jaunes, était perpétuellement essoufflé d'avoir porté les nouveaux arrivages à l'intérieur. Jolie et fluette, avec une permanente courte, la mère était aimable et douce et s'occupait en général de la caisse. De temps en temps, une de leurs trois filles aidait à remplir les sacs de courses des clients et à réapprovisionner les étagères. Au fil des ans, la cadette devenait assez grande pour remplacer son aînée partie faire ses études, et j'entendais alors le nom d'une prestigieuse université qui ressortait dans les phrases en coréen échangées avec ma mère en bipant le code-barres des haricots mungo et du tofu.

À l'entrée de l'épicerie, des sacs de riz gigantesques étaient empilés sur les étagères industrielles qui faisaient le tour d'un réfrigérateur sans porte contenant dix sortes de kimchi et de banchan. Il y avait les rangées de nouilles instantanées et de currys au centre, et des congélateurs pleins de fruits de mer et de raviolis de l'autre côté. Dans un coin au fond, une section VHS proposait des bibliothèques de cassettes de contrefaçon de films coréens, dans leurs boîtiers anonymement blancs, avec le titre écrit à la main sur le dos. C'était là que ma mère louait les K-dramas vieillots que ses amis et sa famille à Séoul avaient déjà vus et dont ils lui parlaient depuis des années. Si j'étais sage, ma mère m'offrait une friandise exposée près de la caisse, en général un yaourt à boire Yakult, un berlingot de gelée de fruit, ou bien un sachet de mochis que l'on partageait sur le trajet du retour en voiture.

Quand j'avais neuf ans, le Sunrise Market a déménagé sur une plus grande surface. Ma mère examinait joyeusement les arrivages inédits qui comblaient les mètres carrés supplémentaires : de la rogue de colin surgelée dans des petits cageots en bois ; des paquets de nouilles instantanées parfum haricot noir Chapagetti ; des bungeo-ppang, sortes de gaufres en forme de poisson fourrées à la glace et à la confiture de haricots rouges. Chaque article faisait revivre ses lointains souvenirs d'enfance et menait à des recettes nouvelles qui réveillaient des saveurs anciennes.

C'était très étrange de me rendre seule dans un lieu où nous avions coutume d'aller ensemble. J'avais tellement l'habitude de la suivre aveuglément alors qu'elle comparait les sachets surgelés de mélanges de fruits de mer et de préparations toutes faites pour pajeon, tentant certainement de repérer ceux qui ressemblaient le plus aux produits qu'achetait Halmoni. Détachée du Caddie de ma mère, j'ai parcouru les étagères en quête de la soupe instantanée qu'elle m'avait réclamée, déchiffrant lentement les lettres coréennes pour trouver la bonne marque.

J'ai appris à lire et à écrire le coréen à l'école de langue coréenne, Hangul Hakkyo. Chaque vendredi, pendant toute ma primaire, ma mère m'emmenait à l'église presbytérienne coréenne. Un petit bâtiment au fond du parking abritait deux ou trois salles de classe divisées par niveaux de difficulté. Les murs étaient décorés d'illustrations de scènes de la Bible restées là après l'école religieuse du dimanche. En haut de la côte, un plus grand bâtiment accueillait les cuisines et une autre salle de classe, puis à l'étage l'église où avaient lieu les assemblées une ou deux fois par an.

Les mères se relayaient toutes les semaines pour fournir le dîner. Si certaines s'acquittaient de cette tâche religieusement, s'emparant de cette occasion de préparer la chère traditionnelle coréenne, d'autres la voyaient comme une corvée routinière et se contentaient sans scrupule de commander dix pizzas au Little Caesar's du coin, pour le plus grand plaisir des élèves.

« Je n'arrive pas à croire qu'ils aiment le fast-food que l'umma de Grace achète parce qu'elle est trop paresseuse pour cuisiner », marmonnait ma mère sur le trajet du retour.

Toutes les mères coréennes perdaient leur nom propre. La maman de Jiyeon devenait l'umma de Jiyeon. La maman d'Esther était l'umma d'Esther. Je n'ai jamais su leurs vrais prénoms. Leur identité était complètement absorbée par celle de leurs enfants.

Quand c'était au tour de ma mère, elle préparait des gimbap. À la maison, après l'école, elle faisait cuire une grande quantité de riz, et passait des heures à façonner, à l'aide d'une natte en bambou, des rouleaux parfaits fourrés au radis jaune vinaigré, aux carottes, épinards, bœuf et lamelles d'omelette. Puis elle les coupait en petits disques colorés. Avant le cours, on grignotait toutes les deux les entames des rouleaux, d'où les légumes dépassaient en franges sur le côté.

Je ne connaissais pas d'enfants coréens en dehors de l'Hangul Hakkyo. Pendant la pause du dîner, je ne me sentais souvent pas à ma place, alors j'errais autour du parking, qui servait de cour de récré pendant une demi-heure. Il y avait un panier de basket, que les grands réquisitionnaient. Tous les autres enfants s'asseyaient sur le bord du trottoir en essayant de s'occuper. La plupart étaient nés de deux parents coréens, et j'avais du mal à comprendre l'attitude obéissante qui semblait les posséder, inculquée par les forces unies de deux parents immigrés. Ils portaient sans protester la visière achetée par leur mère, et tous allaient à l'église le dimanche, une pratique dont ma mère s'était détachée très vite, malgré le rôle central que jouait le protestantisme dans notre éparse communauté coréenne. Peut-être était-ce dû à la nature de mon éducation mixte, mais j'ai toujours eu l'impression d'être une mauvaise graine, ce qui me rendait plus dissipée encore. Quand je n'étais pas sage, les professeurs m'envoyaient au coin, bras au-dessus de la tête, pendant que les autres continuaient leur leçon. Je n'ai jamais réussi à parler couramment le coréen, mais j'ai tout de même appris à le lire et à l'écrire.

« *Keu-reem seu-peu* », ai-je articulé doucement en konglish. Pour quelqu'un qui comme moi, savait à peine déchiffrer, le konglish était un laissez-passer salutaire ouvrant l'accès à un large répertoire de vocabulaire. C'est une fusion du coréen et de l'anglais, *Korean* et *English*, qui se soumet aux règles de prononciation coréennes. Puisque le *z* n'existe pas dans l'alphabet hangul, les mots anglais qui contiennent la lettre *z* la voient remplacée par le son *j*, ainsi *pizza* devient *pee-jah*, *amazing* devient *ama-jing*, et un mot comme *cheese*, le fromage, dans lequel le *s* en anglais a une valeur de *z*, devient *chee-jeu*, puisque l'on prononce même les *e* muets au point d'en ajouter après chaque consonne qui ne serait pas suivie d'une voyelle en anglais. Dans ce cas précis, le *r* est remplacé par le son *l*. « *Keu-reem seu-peu* », ai-je chuchoté. *Cream soup*, en anglais, avec l'accent coréen. Le paquet était orange vif et jaune, et sur le logo un bonhomme faisait un clin d'œil en se léchant les babines. J'en ai acheté plusieurs goûts, ainsi que quelques bols de porridge coréen de la même marque, et un paquet de mochis avant de rentrer à la maison.

Après m'être lavé les mains, j'ai placé un mochi rose sur une petite soucoupe pour le lui apporter au lit.

— Non, merci, ma chérie, a-t-elle dit. Ça ne me dit rien.

— Allez, maman. Juste la moitié.

Je me suis assise à côté d'elle, j'ai attendu. Elle a grignoté une bouchée à contrecœur et a reposé le mochi sur la soucoupe, époussetant la fine poudre de riz de ses doigts avant d'écarter l'ensemble sur sa table de chevet. Je suis sortie de la pièce pour aller préparer la soupe instantanée à la crème.

J'ai mélangé la poudre déshydratée avec trois mesures d'eau, et j'ai réchauffé le tout en essayant de me remémorer les conseils pour aidants que j'avais lus dans mes recherches. Proposer de petites quantités de nourriture fréquemment, restituer une ambiance plaisante autour des repas. Les plats peuvent sembler plus attrayants s'ils sont dressés dans de la grande vaisselle, créant l'illusion de portions réduites et moins intimidantes. J'ai versé le contenu de la casserole dans un joli bol bleu, assez large pour donner à la soupe des proportions de goutte d'eau dans un puits. Malgré cette astuce, elle n'en a consommé que quelques cuillérées.

Plus tard, ce soir-là, j'ai eu l'idée géniale de lui préparer du gyeran jjim, des œufs cuits à la vapeur et servis en général comme accompagnement dans les restaurants coréens qui souhaitent élever le niveau gastronomique. Plat bourré de nutriments, avec une saveur douce et réconfortante, c'était un de mes préférés quand j'étais enfant.

J'ai consulté la recette en ligne. J'ai cassé quatre œufs dans un petit bol et je les ai battus à la fourchette. Puis j'ai fouillé les placards de la cuisine, déniché une cocotte en céramique, l'ai placée sur le feu, et j'ai mélangé les œufs, le sel, avec trois verres d'eau. J'ai refermé le couvercle, et après quinze minutes je l'ai retiré. La mixture s'était transformée en une texture tremblante et aérienne, comme du tofu soyeux jaune pâle.

Je l'ai posé sur un dessous-de-plat, et j'ai entraîné ma mère avec empressement dans la cuisine.

— Regarde, j'ai fait du gyeran jjim !

Ma mère a grimacé et a détourné la tête avec dégoût.

— Oh non, mon bébé, a-t-elle dit. C'est vraiment la dernière chose dont j'ai envie en ce moment.

J'ai tâché de modérer ma frustration, de transformer ma déception en une patience anxieuse digne d'une jeune mère face à un nourrisson coliqueux. Combien de fois avait-elle dû s'accommoder de mes caprices puérils ?

— Umma, je l'ai préparé pour toi. Il faut au moins que tu goûtes, c'est ce que tu m'as toujours dit.

J'ai ainsi réussi à la forcer à manger une bouchée avec cet argument, une seule avant qu'elle ne se replie dans son lit.

Au matin du quatrième jour, ma mère a vomi pour la première fois. Je ne pouvais pas m'empêcher, de manière très égoïste, de penser à tout mon dur labeur évacué par la chasse d'eau. J'ai essayé de la maintenir hydratée, insistant pour qu'elle boive toute la journée, mais toutes les heures elle se précipitait aux toilettes, incapable de supporter l'absorption de la moindre goutte. À seize heures, je l'ai retrouvée recroquevillée sur la cuvette, les doigts enfoncés dans la gorge pour soulager sa nausée. Mon père et moi l'avons soulevée pour la ramener au lit. Nous l'avons réprimandée, lui disant que si elle ne faisait pas plus d'efforts pour garder la nourriture dans son estomac, son état n'allait pas s'améliorer.

Le soir arrivant, j'ai appelé le Seoul Cafe pour commander du tteokguk, des pâtes de riz dans un bouillon de bœuf. Je songeais que si elle ne souhaitait pas manger ce que je préparais, peut-être qu'un plat de son restaurant préféré la tenterait. À la maison, je l'ai transvasé dans un énorme bol et je le lui ai apporté au lit. À nouveau, elle a résisté, ne tolérant que quelques cuillérées qu'elle a vomies plus tard dans la nuit.

Nous espérions qu'il s'agisse du pic d'effets secondaires, mais le lendemain fut pire encore. Épuisée, elle était désormais trop faible pour se lever jusqu'aux toilettes, et je devais accourir à son chevet avec la bassine en forme de cœur en plastique rose qui contenait mes jouets de bain quand j'étais petite. J'avais à peine le temps de la rincer dans la baignoire qu'il fallait la lui rapporter aussitôt. Au sixième jour, ses symptômes ont commencé à sembler anormaux. Elle avait un rendez-vous de contrôle avec l'oncologue dans l'après-midi, et nous avons décidé de l'y conduire plus tôt.

C'est à ce moment-là que nous avons compris que ma mère avait perdu la tête. Elle ne tenait plus debout. Elle ne pouvait plus parler, seulement gémir doucement, et se balançait d'avant en arrière comme en pleine hallucination. Mon père et moi l'avons portée dans la voiture, enroulant ses bras autour de nos deux cous pour supporter son poids. Nous l'avons calée à l'avant, et je me suis installée à l'arrière pendant que mon père conduisait. Je voyais ses yeux se révulser. C'était comme si sa personnalité avait complètement disparu et qu'elle entrait dans un autre espace mental. Dans une tentative de fuir l'enfer qu'elle vivait, elle s'est agrippée violemment à la portière pour l'ouvrir. Mon père lui a hurlé d'arrêter. Main gauche sur le volant, il la bloquait de son bras droit en travers de son buste.

— Arrête la voiture ! ai-je crié, terrifiée à l'idée qu'elle échappe à sa prise et bascule sur la chaussée.

Mon père l'a portée à l'arrière, où je l'ai tirée sur la banquette par les aisselles. J'ai superposé son corps sur le mien et je l'ai serrée contre moi alors qu'elle gémissait et se tortillait pour s'extirper de mon étreinte. Quand nous sommes enfin arrivés à la clinique d'oncologie, il leur a suffi d'un regard pour nous dire de l'emmener directement aux urgences.

Au Riverbend Hospital, mon père a refermé ses bras autour des épaules de ma mère et l'a tirée sur un fauteuil roulant. Deux hommes en blouse bleue à l'accueil nous ont demandé de patienter. Il n'y avait pas de salle d'examen disponible. Ils ont jeté un coup d'œil indifférent à ma mère et moi, qui tentait de l'empêcher de basculer du fauteuil. Elle gémissait, se ballottait et tendait les bras devant elle comme pour lutter contre une force invisible. Mon père a claqué ses paumes sur le comptoir.

— REGARDEZ-LA ! ELLE VA MOURIR SI VOUS NE FAITES RIEN.

Il avait l'air enragé. Une écume blanche s'était formée au coin de ses lèvres, et pendant un instant j'ai cru qu'il allait bondir pour frapper un des deux hommes.

— Là-bas ! ai-je signalé en repérant une salle vide. Cette salle est vide ! S'il vous plaît !

Ils ont cédé et nous ont conduits dans la pièce. Après ce qui nous a semblé être une éternité, un médecin est enfin arrivé. Déshydratation et taux de magnésium et de potassium dangereusement bas. Elle allait devoir passer la nuit à l'hôpital. Des infirmières l'ont emmenée sur un lit roulant dans une chambre à l'étage, où on l'a branchée à une ribambelle d'intraveineuses pour stabiliser son état. Mon père m'a dépêchée à la maison pour aller lui chercher des affaires.

Quand j'ai quitté l'hôpital, il faisait déjà nuit. Seule dans l'intimité de la voiture, j'ai enfin laissé le choc s'évacuer par les larmes. Tout ce que j'avais accompli dans ma vie me semblait soudain monumentalement égoïste et insignifiant. Je me détestais de n'avoir pas envoyé de message à Eunmi tous les jours de sa maladie, de ne pas l'avoir appelée plus souvent, de ne pas avoir compris ce qu'avait enduré Nami Emo en tant qu'aidante. Je m'en voulais de ne pas être arrivée à Eugene plus tôt, de ne pas avoir assisté aux consultations, de ne pas savoir quels symptômes guetter et, peut-être dans une tentative désespérée de fuir ma part de responsabilité, ma colère s'est insidieusement dirigée vers mon père, pour toutes les alertes qu'il avait manqué et toute la souffrance qui aurait pu être évitée si seulement il l'avait emmenée à l'hôpital dès l'apparition des premiers signaux.

J'ai essuyé mon visage de ma manche et j'ai baissé les vitres de la voiture. En cette première semaine de juin, la brise était chaude. La lune avait la finesse d'une cuticule luminescente, le croissant favori de ma mère. Je me moquais d'elle à chaque fois qu'elle s'en émerveillait, lui rappelant que c'était une préférence un peu arbitraire dans la mesure où il n'y avait que trois phases parmi lesquelles choisir. J'ai emprunté la I-5 après Lane Community College et j'ai accéléré sur Willamette Street pour tenter d'écarter mes pensées et de me concentrer sur la route devant moi, à l'affût des biches au tournant.

À la maison, j'ai récupéré un plaid douillet dans le salon ; les produits cosmétiques de ma mère, son nettoyant visage, sa lotion tonique, son sérum et son stick à lèvres sur le comptoir de la salle de bains ; un gilet moelleux dans son placard. J'ai préparé un petit sac de mes propres affaires pour passer la nuit à l'hôpital, et une tenue de rechange pour elle, quand elle serait autorisée à sortir. À mon retour à Riverbend, elle dormait. Mon père a suggéré qu'on rentre ensemble à la maison, mais je ne supportais pas l'idée qu'elle se réveille seule, sans savoir comment elle s'était retrouvée là. Je lui ai dit d'aller se reposer et de revenir au matin, et je me suis allongée sur la banquette sous la fenêtre.

Cette nuit-là, dans sa chambre d'hôpital, je me suis souvenue de l'habitude que j'avais, enfant, de glisser mes pieds froids entre les cuisses de ma mère pour les réchauffer. Elle frissonnait sous le contact glacé, et me chuchotait qu'elle serait toujours prête à souffrir pour mon confort et que c'était à cela que l'on reconnaît quelqu'un qui vous aime vraiment. J'ai songé aux santiags qu'elle avait préportées pour m'épargner des ampoules. Cette nuit-là, plus que jamais, je désespérais de trouver un moyen de transférer sa douleur à moi, de lui prouver combien je l'aimais, j'aurais voulu me glisser dans son lit d'hôpital et serrer mon corps contre le sien pour absorber son fardeau. Cela n'aurait été que justice, que la vie me présente une telle occasion de prouver ma piété filiale. Que les mois durant lesquels ma mère avait été mon vaisseau, où ses organes avaient bougé et s'étaient tassés pour faire de l'espace à mon existence, et que l'agonie qu'elle avait endurée pour ma délivrance soient repayés en portant la douleur à sa place. Un sacrement de fille unique. Mais je nc pouvais rien faire de plus que m'allonger dans la même pièce, prête à la défendre, et à écouter le lent et constant bip des machines et le doux son de sa respiration.

Il a fallu des jours entiers pour que ma mère parle à nouveau. Elle est restée à l'hôpital pendant deux semaines. Mon père lui tenait compagnie la journée, et je la veillais le soir et la nuit.

Ce nouveau roulement n'augurait rien de bon pour mon père. S'il avait le luxe de pouvoir poser des congés pour l'accompagner pendant son traitement, il n'était pas un aidant né ; un défi fatidique, peut-être, pour un homme qui n'avait pas été élevé avec le privilège qu'on prenne soin de lui.

Il n'avait jamais connu son propre père, parachutiste pendant la Seconde Guerre mondiale. La légende prétendait que lors d'un atterrissage forcé à Guam son parachute se serait retrouvé coincé dans un arbre, et il y serait resté pendant des jours, témoin du massacre de la totalité de son unité avant d'être enfin sauvé. À son retour aux États-Unis, il n'était plus le même homme. Il battait ses enfants. Il les obligeait à s'agenouiller sur des bris de verre et saupoudrait leurs plaies de sel. Il violait sa femme – mon père en est la conséquence. Elle l'a finalement quitté juste avant sa naissance.

Élevé par une mère célibataire qui n'avait ni le temps ni la capacité émotionnelle de se consacrer au benjamin d'une fratrie de quatre, mon père a grandi sans véritable supervision. Ses frères, Gayle et David, avaient dix et onze ans de plus que lui, et ne vivaient déjà plus sous le même toit quand il est entré à l'école primaire. Ron, de six ans son aîné, reproduisait sur lui les maltraitances infligées par leur père, le tabassait jusqu'à ce qu'il perde connaissance et lui faisait ingérer des comprimés d'acide quand mon père n'avait que neuf ans, juste pour le divertissement.

Une adolescence perturbée s'en est suivie, avec pour point culminant son arrestation, sa cure de désintox et une poignée de rechutes alors qu'il travaillait comme exterminateur dans le début de sa vingtaine. C'est son déménagement hasardeux à l'étranger qui finalement l'a sauvé. Si ce livre était le récit des mémoires de mon père et non le mien, il aurait probablement pour titre *Le Meilleur Vendeur de voitures d'occasion du monde.* Plus de trente ans après, rien ne l'enthousiasme autant que de parler de ses années sur la base militaire, à gravir les échelons d'une société implantée à Misawa, Heidelberg et Séoul. Pour cet homme parti de rien, la vie de concessionnaire d'occasions à l'étranger était la définition du succès.

C'étaient les années où mon père vivait le rêve américain dans un pays étranger. S'il avait peu de compétences et encore moins de diplômes, il compensait largement avec une résilience pure et dure et une conviction à toute épreuve. Il n'existait pas une tâche que l'orgueil aurait pu l'empêcher d'exécuter – quoi qu'il en coûte, il ne lâchait rien.

Il a ramené avec lui cette nouvelle discipline acquise. À Eugene, il est devenu excellent négociant, et adorait s'attaquer à des problèmes et déléguer des tâches. Après un quart de vie d'échecs, il avait enfin trouvé un domaine dans lequel il était bon, et il s'y donnait à fond. Une partie de ce sacrifice signifiait qu'il menait une vie de lévrier – toujours à l'affût, lorsqu'il flairait le sang il détalait à toute vitesse.

Mais la maladie de ma mère n'était pas un problème auquel il pouvait échapper par la négociation, ni résoudre par des heures sup. Alors avec le sentiment d'impuissance est venue la fuite.

Quand je suis rentrée à la maison à midi un jour, mal lunée et épuisée par une nouvelle nuit sur la banquette de l'hôpital, je l'ai trouvé assis à la table de la cuisine. La maison sentait le cramé.

— Ce n'est pas moi, marmonnait-il dans sa barbe.

Le nez dans le détail de son assurance auto, il secouait la tête. Téléphone à l'oreille, il attendait de résoudre son deuxième accrochage de la semaine – dont il était entièrement responsable comme du premier. Dans la poubelle se trouvaient deux tranches de toast calcinées ; dans le grille-pain une troisième commençait à fumer.

J'ai fait sauter la tranche et à l'aide d'un couteau à beurre, j'ai gratté les miettes noircies au-dessus de l'évier. Je l'ai posée sur une assiette à table côté de lui.

— Ça ne me ressemble pas, a-t-il insisté.

Ce soir-là, avant de repartir pour l'hôpital, je l'ai laissé au même endroit, somnolent, marmonnant des phrases incohérentes. En marcel et en slip blanc.

Il était vingt et une heure, il avait déjà sifflé deux bouteilles de vin et tétait un bonbon au cannabis acheté au dispensaire pour ma mère.

— Elle n'arrive même plus à me regarder, m'a-t-il dit en pleurant. On n'arrive même plus à se regarder sans chialer.

Son grand corps était secoué de sanglots. Le vin avait taché d'un violet sombre les crevasses de ses lèvres gercées. J'avais l'habitude de voir mon père pleurer. C'était un type sensible, malgré sa niaque. Incapable de contenir ce qu'il ressentait. Contrairement à ma mère, il ne cachait pas dix pour cent de lui-même.

— Promets-moi que tu seras là pour moi, m'a-t-il demandé. Promets-le-moi, d'accord ?

Il a tendu la main pour refermer ses doigts sur mon poignet. Ses yeux mi-clos cherchaient à être rassurés. De son autre main, il tenait une tranche de Jarlsberg à moitié entamée, qui ploya mollement alors qu'il se penchait vers moi. J'ai résisté à l'impulsion de me dérober. Je savais que j'étais censée ressentir de la sympathie ou de l'empathie, de la solidarité ou de la compassion, mais seule la rancœur bouillonnait en moi.

Il était un partenaire indésirable dans une partie aux enjeux cruciaux et aux probabilités de gagner insurmontables. C'était mon père, et j'attendais de lui qu'il reste sobre et me rassure, pas qu'il me pousse à naviguer seule sur ce chemin démoralisant. Je ne pouvais même pas pleurer en sa présence, par peur qu'il n'accapare mon effondrement, compare sa douleur à la mienne dans une compétition à qui aimait le plus ma mère, et qui avait le plus à perdre. Plus que tout, j'étais secouée jusqu'au plus profond de moi-même qu'il ait osé prononcer à voix haute ce que je considérais comme l'innommable. La possibilité qu'elle ne s'en sorte pas et qu'il existe un jour un *nous* sans elle.

Deux semaines plus tard, ma mère a enfin été autorisée à rentrer à la maison. J'ai installé un chauffage d'appoint dans la salle de bains et je lui ai fait couler un bain, vérifiant l'eau régulièrement pour obtenir la température parfaite. Je l'ai aidée à passer lentement de son lit à la baignoire. Elle était faible et avançait comme s'il lui fallait réapprendre à marcher. J'ai tiré sur son pantalon de pyjama et j'ai soulevé son t-shirt, comme elle faisait avec moi quand j'étais enfant. « *Man seh* », ai-je plaisanté, une phrase qu'elle me disait en me déshabillant, pour me demander de lever les bras au-dessus de ma tête.

J'ai endossé son poids sur mon épaule, et je l'ai aidée à passer dans la baignoire. Je lui ai rappelé le jjimjilbang, le pari qu'elle avait gagné, et la gêne de Peter et papa lorsqu'ils avaient dû s'asseoir côte à côte à poil au spa. Je lui ai dit qu'on avait de la chance d'être déjà si à l'aise l'une avec l'autre. Qu'il existait des familles que la nudité gênait. J'ai lavé ses cheveux noirs délicatement, faisant de mon mieux pour les rincer sans les toucher, par peur qu'ils ne se détachent entre mes doigts.

— Regarde mes veines, a-t-elle dit en examinant son ventre sous l'eau. Ça fait peur, non ? On dirait qu'elles sont noires. Même quand j'étais enceinte, mon corps n'était pas si bizarre. C'est comme si j'avais un poison dans le sang.

— Un remède, l'ai-je corrigée. Qui tue tout ce qui te fait du mal.

J'ai ouvert la valve et je l'ai aidée à sortir de la baignoire, en l'épongeant avec une épaisse serviette jaune. Je faisais au plus vite, pour ne pas qu'elle tombe entre-temps.

— Appuie-toi sur moi, ai-je dit en l'enveloppant dans un peignoir en flanelle.

Alors que la baignoire se vidait, j'ai remarqué des résidus noirs qui s'amassaient sur les côtés de la faïence blanche et remuaient au rythme de la surface de l'eau. Quand j'ai reporté mon regard sur ma mère, il lui manquait des cheveux. D'épaisses mèches étaient parties par endroits, révélant la peau pâle de son crâne. Partagée entre l'impératif de la soutenir et l'urgence de rincer la baignoire pour faire disparaître les preuves, j'ai été trop lente pour empêcher ma mère de surprendre son reflet dans le miroir en pied. J'ai senti son corps s'affaisser, glisser sur le tapis, et couler entre mes bras comme du sable.

Elle s'est assise par terre, face au miroir. Elle a passé une main sur sa tête et a contemplé les mèches qui s'en détachaient.

Dans ce même miroir sur pied où je l'avais vu prendre la pause pendant plus de la moitié de ma vie. Où je l'avais regardé appliquer crème après crème pour préserver sa peau parfaite et lisse. Ce miroir devant lequel elle essayait toutes ses tenues, défilait avec la démarche parfaite, s'examinait avec fierté, prenait la pose avec un nouveau sac à main ou une veste en cuir. Le miroir devant lequel elle s'attardait dans toute sa coquetterie. Ce miroir renvoyait à présent le reflet d'une femme méconnaissable, qu'elle ne contrôlait plus. Une femme étrange et indésirable. Elle a fondu en larmes.

Je me suis accroupie à côté d'elle et j'ai enlacé son corps tremblant. Je voulais pleurer avec elle, devant cette image que moi non plus je ne reconnaissais pas, cette gigantesque manifestation physique d'un mal qui avait pénétré nos vies. Mais au lieu de ça j'ai senti mon corps se raidir, mon cœur s'endurcir, mes émotions se glacer. Une voix intérieure m'a intimé : « Ne craque pas. Pleurer, c'est confirmer le danger. Si tu pleures, elle ne s'arrêtera pas. » Alors j'ai dégluti, j'ai maîtrisé ma voix, pas seulement pour la rassurer avec un pieux mensonge, mais pour me forcer moi-même à y croire.

— Ce ne sont que des cheveux, Umma. Ça repoussera.

8

Unni

Au bout de trois semaines, ma mère a franchi un cap et a commencé à retrouver de l'énergie vers la fin juin, juste à temps pour son deuxième cycle de chimio.

Un plan était déjà établi pour que trois Coréennes se joignent à nous – notre stratégie consistait à mobiliser toutes les forces vives. Amis, famille et personnel hospitalier insistaient sur le fait que nous serions de meilleurs aidants en n'oubliant pas de réserver des moments pour nous. Ce roulement nous permettait de respirer un peu, et d'avoir un coup de main pour trouver des plats qui la tenteraient et des spécialités coréennes qu'elle pourrait garder malgré la nausée.

Kye devait arriver la première. Puis, trois semaines plus tard, LA Kim viendrait la remplacer, et encore trois semaines après on envisageait que Nami Emo prenne le relais, mais puisque Nami Emo avait été la seule aidante d'Eunmi avant sa mort, nous espérions qu'il ne serait pas nécessaire de faire appel à elle et qu'on pourrait s'en sortir de notre côté sans lui infliger la vue d'une deuxième sœur traversant tout ça.

L'arrivée de Kye nous a donné l'impression que tout allait s'arranger. Elle dégageait un calme et une concentration digne d'une infirmière austère. Petite, avec une carrure solide et un visage large, elle avait quelques années de plus que ma mère et approchait, supposais-je, des soixante-cinq ans. Elle portait ses longs cheveux poivre et sel en chignon comme une véritable gouvernante. Quand elle souriait, ses lèvres s'étiraient à plat et s'arrêtaient juste avant de remonter, comme si elle s'interrompait à mi-chemin.

Nous étions agglutinés autour d'elle à la table de la cuisine. Kye était venue avec des objectifs et des distractions, un tas d'impressions contenant les résultats de ses recherches, des masques cosmétiques coréens, du vernis à ongles, des sachets de graines. Ma mère portait un pyjama sous un peignoir. Ses cheveux étaient épars, comme ceux d'une poupée maltraitée.

— Demain matin, je veux qu'on plante ceux-là, a dit Kye en brandissant trois minces sachets.

Des semis de laitue à feuille rouge, que nous utilisions pour le ssam, un plant de tomates cerises, et des piments verts coréens. Une fois, quand j'étais petite, j'avais impressionné ma mère en trempant intuitivement un piment cru entier dans du ssamjang dans un restaurant de grillades à Séoul. L'acidité du piment cru se mariait parfaitement à l'umami du condiment à base de graines de soja et de piment rouge fermentés. C'était un alliage poétique, réunir un ingrédient dans sa forme brute avec son cousin mort deux fois. « C'est une saveur ancestrale », avait approuvé ma mère.

— Tous les matins, on fera une promenade autour de la maison, a poursuivi Kye, et ensuite on ira arroser les semis et les regarder pousser.

Sage et inspirante, Kye revigorait en moi l'espoir qui avait été ébranlé. Avec mon père qui commençait à fléchir, sa présence était un soulagement. Elle affirmait fermement « je suis là ». Avec Kye, ma mère pouvait vraiment vaincre ce cancer, elle pouvait guérir.

— Merci beaucoup d'être venue, Kye unni, a dit ma mère.

Elle a tendu le bras au-dessus de la table de la salle à manger et a placé sa main sur celle de Kye. *Unni* est le terme coréen qu'utilisent les femmes pour désigner leurs sœurs aînées et les femmes de leur entourage plus âgées. On pourrait le traduire par « grande sœur ». Ma mère n'avait pas beaucoup d'unnis à Eugene. La seule fois où je me souvenais l'avoir entendu prononcer ce mot, c'était dans l'appartement d'Halmoni, quand elle parlait à Nami. Ça lui donnait un air enfantin et je me demandais si grâce à la séniorité de Kye une nouvelle tactique pouvait être déployée. Il serait plus facile pour elle de s'appuyer sur une femme plus âgée, qui partageait sa culture et qui n'était pas la fille qu'elle désirait instinctivement protéger. Désormais ma mère pouvait naturellement s'en remettre à la force d'une unni.

Le lendemain matin, nous avons planté les graines de Kye et nous avons lentement fait le tour de la maison. Mon père était au travail et Kye m'a encouragée à faire une pause moi aussi, m'assurant qu'elle et ma mère pouvaient se débrouiller seules. J'ai décidé de prendre l'air pour la première fois et je suis allée en ville.

Pendant des années, j'avais considéré toute forme d'activité physique comme une perte de temps, mais je me suis étrangement retrouvée à conduire jusqu'à la salle de sport de mes parents. Avant que ma mère ne tombe malade, elle m'envoyait régulièrement des articles qui vantaient les mérites de la routine sportive des célébrités, si bien qu'une idée a germé, celle que courir huit kilomètres par jour me transformerait en une personne disciplinée, une aidante précieuse et parfaite cheerleader, la fille que ma mère avait toujours voulu que je sois.

J'ai passé une heure sur un tapis de course. Dans ma tête, je lançais un défi aux chiffres. Je me disais : « Si je fais du douze kilomètres à l'heure pendant encore une minute, la chimio fonctionnera. Si j'atteins les huit kilomètres dans une demi-heure, elle sera guérie. »

Je n'avais pas couru avec autant de conviction depuis la sixième, premier jour du collège, quand notre prof de sport nous avait annoncé une course chronométrée autour de la cour de récré. Je croyais m'en sortir les doigts dans le nez. L'année d'avant, j'étais la plus rapide de ma classe, et j'étais prête à briller, j'avais hâte d'impressionner mes nouveaux camarades avec ma super vitesse. La violence de la réalité m'avait plus vite encore rattrapée. Dépassée en quelques secondes à peine, j'avais l'air d'un suricate perdu au milieu d'un troupeau de gazelles.

Ainsi va la puberté, une grande blague masochiste en plein collège, où les enfants endurent les années les plus perturbantes et délicates de leur vie, où les adolescentes qui ont déjà vu pousser leur bonnet D et savent ce qu'est une fellation côtoient les gamines en baskets de chez Gap qui ont encore le béguin pour des personnages d'anime. Une période où tout ce qui donne à un individu son caractère unique, tout ce qui le distingue ne serait-ce qu'un peu de la vision collection et prototypique de la beauté populaire se transforme en cicatrice insoutenable et l'autodépréciation apparaît comme seul remède à portée de main.

Après le cours de sport, alors que je ruminais, humiliée, la déchéance de ma grâce athlétique, une fille de ma classe m'a confrontée dans les toilettes avec ce qui allait devenir un interrogatoire classique.

— T'es chinoise ?

— Non.

— Japonaise ?

J'ai secoué la tête.

— Alors t'es quoi ?

J'aurais voulu l'informer que le continent asiatique est composé de plus de deux pays, mais j'étais trop déconcertée pour lui répondre. Il y avait quelque chose sur mon visage que les autres interprétaient comme le signe d'un déplacement de son origine, comme si j'étais une étrangère ou un fruit exotique. « Alors t'es quoi ? » était la pire question qu'on pouvait me poser à douze ans parce qu'elle entérinait le fait que je me démarquais, que j'étais non assimilable, que je n'étais pas des leurs. Jusque-là, j'avais toujours été fière d'être à moitié coréenne, mais soudain j'ai craint qu'on ne me voie plus que sous ce prisme, alors j'ai commencé à effacer ce trait.

J'ai demandé à ma mère d'arrêter de me préparer un pique-nique pour le midi, pour que je puisse me joindre aux ados populaires qui allaient s'acheter à manger aux alentours du collège. Une fois, j'étais tellement tétanisée à l'idée qu'une fille me juge au coffee shop, que j'ai commandé exactement la même chose qu'elle : un bagel nature au cream cheese et un chocolat chaud pas trop sucré, la fadeur incarnée, une association que je n'aurais jamais choisie de moi-même. J'ai arrêté de poser en faisant *peace* avec mes doigts, par crainte de ressembler à une touriste chinoise. Quand mes camarades ont commencé à sortir ensemble, j'ai développé un nouveau complexe : si un garçon s'intéressait un jour à moi, ce serait forcément parce qu'il cultivait un fétichisme pour les femmes asiatiques, et si un garçon ne s'intéressait pas à moi, je me torturais en me demandant si c'était à cause des blagues vulgaires que faisaient les garçons de ma classe sur les vagins étroits et les masseuses.

Pire que tout, je prétendais ne pas avoir de deuxième prénom alors que ma mère m'avait transmis le sien, Chongmi. Avec un patronyme comme Michelle Zauner, j'étais neutre sur le papier. Je trouvais l'omission chic et moderne, comme si je me défilais d'une extrémité résiduelle et m'épargnais le round d'humiliation quand les gens confondaient ce prénom avec un plat de nouilles sautées, mais en réalité j'avais simplement honte de mon identité coréenne.

— Tu ne sais pas ce que ça fait d'être la seule Coréenne à l'école, me plaignais-je auprès de ma mère qui me dévisageait sans comprendre.

— Mais tu n'es pas coréenne. Tu es américaine.

Quand je suis rentrée de la salle de sport, Kye et ma mère mangeaient ensemble à la table de la cuisine. Kye avait bouilli des germes de soja mis à tremper la veille et les avait mixés avec des graines de sésame et de l'eau pour obtenir une soupe de lait de soja. Elle avait fait cuire des somen, les avait rincées sous l'eau froide du robinet, et avait servi ces nouilles de blé blanches avec une julienne de concombre dans un bol, dans lequel elle avait versé la soupe glacée de soja.

— Qu'est-ce que c'est ? ai-je demandé.

— Ça s'appelle du kong-guksu, a répondu Kye. Tu veux goûter ?

J'ai acquiescé et je me suis assise à ma place habituelle, en face de ma mère. Je m'étais toujours considérée comme bien renseignée sur la nourriture coréenne, mais je commençais à douter de l'étendue de mes connaissances. Je n'avais jamais entendu parler du kong-guksu. Ma mère n'en avait jamais préparé et je ne l'avais jamais vu à la carte d'un restaurant. Kye est revenue avec un bol pour moi et s'est rassise à côté de ma mère. J'ai goûté. C'était simple, épuré, avec un arrière-goût de noisette. Les nouilles blanches avaient de la mâche, et le bouillon était léger, avec de très fins morceaux rugueux de germes de soja mixés. Le plat parfait pour l'été, et pour ma mère, que les parfums et les saveurs dont elle raffolait avant son traitement rendaient maintenant nauséeuse.

Penchée au-dessus de son grand bol en céramique bleu, ma mère guidait les fines nouilles à ses lèvres. Les cheveux épars sur son crâne avaient disparu.

— Tu t'es rasé la tête, ai-je commenté.

— Oui. C'est Kye unni qui l'a fait pour moi. C'est mieux, non ?

— C'est beaucoup mieux.

Je m'en suis voulu de ne pas l'avoir suggéré plus tôt et je ne pouvais pas m'empêcher de me sentir un peu mise à l'écart, car elles l'avaient fait sans moi.

— *Gungmul masyeo*, l'a encouragée Kye. Mange ta soupe.

Ma mère a obéi, inclinant le fond du bol pour en aspirer le liquide. Depuis qu'elle avait commencé la chimio, c'était la première fois que je la voyais finir son plat.

En fin d'après-midi, Kye s'est servie de notre autocuiseur pour préparer du yaksik. Elle a mélangé le riz gluant avec du miel, de la sauce soja, de l'huile de sésame, a ajouté des pignons de pin, des jujubes émondés, des raisins secs et des châtaignes. Elle a étalé la mixture sur une planche à découper et a divisé la pâte en petits carrés. Tout juste sortie de l'autocuiseur, elle était moelleuse et de la vapeur s'en échappait encore. Les couleurs étaient dorées et automnales, les jujubes étaient d'un rouge profond, et le beige clair des châtaignes était rehaussé par le bronze du riz caramélisé. Elle a apporté un gâteau à ma mère au lit avec une tasse d'infusion d'orge.

Le soir, Kye a sorti les masques cosmétiques coréens qu'elle avait rangés au frigo et a préparé un plateau d'assortiments de noix, de fromage, de fruits et de crackers. Nous avons toutes les trois posé les feuilles blanches imbibées sur notre visage pour laisser le soin hydratant pénétrer nos pores. Nous nous passions à tour de rôle la vapoteuse que mon père avait achetée au comptoir de CBD et tirions dessus comme sur un porte-cigarettes, à la manière d'Audrey Hepburn dans *Diamants sur canapé*.

Puis Kye a étalé des magazines sur la couette et a englobé d'un geste du bras la collection de vernis à ongles qu'elle avait apportée, enjoignant à ma mère de choisir une couleur pour sa pédicure. Je me suis reproché de ne pas y avoir pensé plus tôt. La regarder prendre du plaisir dans ces petites coquetteries était apaisant, surtout après la perte de ses cheveux. Heureusement que Kye était là, une femme avec la maturité pour nous guider.

Le lendemain matin, j'ai trouvé Kye en train de cuisiner du jatjuk, une bouillie de pignons de pin que ma mère me préparait quand j'étais malade. Je la revoyais me dire que les familles coréennes donnaient du jatjuk aux malades, parce que c'était facile à digérer et bourré de nutriments, et que c'était un plat rare et exceptionnel, car les pignons de pin étaient très chers. Je me souvenais de sa texture onctueuse et réconfortante, le parfum de noisettes qui s'échappait de la bouillie qui s'épaississait dans la casserole. Kye la remuait lentement avec une cuillère en bois.

— Tu peux me montrer comment faire ? ai-je demandé. Maman m'a dit que tu pourrais m'apprendre à cuisiner pour elle. Je voudrais être capable de t'aider pour que tu puisses prendre des pauses toi aussi.

— Je m'en occupe, ne t'en fais pas. Laisse-moi terminer, et ensuite tu pourras m'aider à préparer le dîner pour toi et ton père.

Je me demandais s'il fallait que je lui explique à quel point c'était important à mes yeux. Que cuisiner les plats de ma mère représentait maintenant un renversement des rôles que j'étais destinée à endosser. Que la nourriture était un langage non verbal entre nous, notre lien, notre terrain d'entente. Mais j'étais tellement reconnaissante à Kye pour son aide que j'avais peur de la déranger. J'ai attribué ces émotions à l'ingérence déplacée d'une fille unique, et j'en ai conclu que si Kye ne voulait pas m'enseigner la cuisine, il fallait que je me dédie à un autre rôle.

Ainsi je suis devenue la greffière médicale. Je répertoriais tous les traitements que prenait ma mère, la fréquence et les effets secondaires associés, apprenant comment les contrer à l'aide de nouveaux médicaments qui lui étaient prescrits. Je surveillais la régularité et la consistance de ses selles, lui administrais des laxatifs lorsque c'était nécessaire, suivant les recommandations de la médecin. Dans un carnet vert à spirale que je rangeais près du téléphone de la cuisine, j'ai commencé à noter de manière compulsive tout ce qu'elle consommait, cherchant la valeur nutritive de chaque ingrédient, calculant les calories de chaque repas, et les additionnant à la fin de la journée pour constater l'écart avec un régime normal et quotidien de deux mille calories.

Deux tomates, quarante calories. Avec une cuillérée à soupe de miel estimée à soixante-quatre calories, on atteignait déjà cent calories après le jus de tomate du matin.

Elle n'aimait pas les compléments alimentaires buvables, parce qu'elle les trouvait trop poudreux et épais, mais une infirmière a suggéré d'essayer la gamme Ensure Clear, qui avait davantage la texture du jus de fruits que du milkshake protéiné. Elle a trouvé cette boisson plus acceptable, ce qui était une victoire phénoménale. Mon père a acheté des caisses de chaque parfum en gros chez Costco, et les a empilés dans le garage, là où ma mère cachait avant son vin blanc. Nous avons tenté de lui en faire avaler deux ou trois par jour, remplissant sans arrêt les verres à pied dans lesquels elle sirotait normalement son chardonnay. Ça nous amenait à au moins six ou sept cents calories.

Le misutgaru est devenu un nouvel allié. Une poudre de céréales fine, entre le beige et le brun, avec un goût subtilement sucré dont on saupoudre la glace pilée du patbingsu en été. Une ou deux fois par jour, je mélangeais cette poudre avec de l'eau et un peu de miel. Deux cuillérées à soupe nous rapprochaient des mille calories.

Pour les repas, Kye préparait du nurungji. Elle étalait une mince couche de riz frais sur le fond d'une casserole, la faisait griller jusqu'à ce qu'elle croustille, puis versait de l'eau bouillante par-dessus pour obtenir un porridge salé et liquide.

En dessert, la glace à la fraise Häagen-Dazs était une victoire capitale, car une demi-portion comptabilisait deux cent quarante calories.

Ma mère a développé des plaies sur les lèvres et la langue qui rendaient l'ingestion d'aliments presque impossible. N'importe quelle saveur enflammait les microcoupures dans sa bouche, ce qui ne nous laissait que quelques rares options qui n'étaient pas fades, insipides ou uniquement liquides. L'objectif des deux mille calories par jour devenait plus difficile que jamais à atteindre. Quand ses lésions ont empiré au point de l'empêcher d'avaler ses antalgiques, je me suis mise à écraser la Vicodin avec le dos d'une cuillère et à saupoudrer les petits éclats bleu vif sur des boules de glace comme des vermicelles narcotiques. Notre table, autrefois si belle et singulière, était un champ de bataille pour poudres protéinées et gruaux améliorés, le dîner un moment de calculs et d'argumentations pour lui faire manger quelque chose.

Cette obsession pour l'apport calorique de ma mère a eu raison de mon propre appétit. Depuis mon arrivée à Eugene, j'avais perdu cinq kilos. Le petit bourrelet de mon ventre que ma mère pinçait depuis toujours avait fondu, et mes cheveux se sont mis à tomber par poignées dans la douche sous l'effet du stress. D'une manière un peu perverse, j'en étais satisfaite. Ma propre perte de poids me rapprochait d'elle. Je voulais incarner un avertissement physique – si elle commençait à disparaître, je m'effacerais aussi.

Les graines que nous avions plantées ont percé la terre, absorbant sans effort le soleil de juillet avec leur propre appétit vaillant. Ma mère a entamé son deuxième cycle de chimiothérapie. Après sa réponse catastrophique au premier traitement, l'oncologue avait baissé son dosage de moitié, mais la semaine qui a suivi a tout de même été difficile.

Kye était avec nous depuis quinze jours et mes parents se reposaient de plus en plus sur elle. J'ai commencé à m'inquiéter à l'idée qu'on ne soit plus capables de nous occuper de ma mère seuls. Mon père passait plus de temps en ville, loin de la maison, et ma mère trouvait naturellement plus simple d'alerter Kye lorsqu'elle avait besoin d'aide. Je la soupçonnais d'être trop fière pour faire appel à moi. Même dans les affres de la chimio, elle me demandait souvent comment j'allais, et si mon père et moi avions mangé.

Kye refusait de prendre la moindre pause, malgré nos encouragements. Elle restait toute la journée auprès de ma mère, à lui masser les pieds et à répondre à tous ses besoins, ne quittant jamais son chevet, même lorsque je lui suggérais subtilement de me laisser un moment seule avec ma mère. Face à ce dévouement, je culpabilisais dès que je sortais de la maison pour une heure, le temps d'aller courir à la salle. Les deux femmes étaient inséparables, et si j'étais redevable à Kye pour son soutien, je commençais aussi à me sentir tenue à l'écart. J'avais repoussé ma peur du pire dans un recoin éloigné de mon esprit et j'avais tenté de l'enterrer sous des affirmations positives. Malgré tout, au plus profond de moi, j'étais consciente de la possibilité qu'il s'agisse de mes derniers instants avec ma mère, et je voulais être sûre de chérir ces moments ensemble tant qu'il en était encore temps.

Lorsque l'on a pris rendez-vous pour l'administration d'électrolytes par intraveineuse, je me suis proposée pour l'y emmener. Kye montrait des réticences à l'idée de rester à la maison, mais j'étais ferme dans ma décision de l'accompagner seule.

— Profites-en pour faire une pause, Kye. Tu en as bien besoin.

Je n'avais pas pris le volant avec ma mère depuis mes quinze ans, mes premières leçons de conduite. À l'époque elle était si nerveuse, constamment convaincue que j'allais mordre sur la ligne de son côté. On se criait dessus, exacerbant la tension, on se disputait sur des détails triviaux, le nombre de secondes à prévoir avant de tourner pour actionner le clignotant et le meilleur trajet pour traverser la ville.

À présent, le silence régnait dans l'habitacle. On se tenait la main, et c'était agréable d'être enfin seules. J'ai pensé : *On peut y arriver sans Kye. Je peux gérer tout ça moi-même.*

À la clinique, une infirmière nous a conduits dans une chambre individuelle, calme et à la lumière tamisée. Le bâtiment appartenait au campus de l'université de l'Oregon, de l'autre côté d'une sandwicherie où j'allais chercher de la glace à l'italienne en été avant de me faufiler par une ouverture du grillage de la clôture voisine pour rejoindre une portion de la rivière Willamette bordée par un plateau rocheux. Avec mes amis, on s'amusait à sauter depuis les rochers glissants et dentelés, pour se laisser emporter par les rapides et dériver. Quatre cents mètres plus loin, on regagnait la rive et on remontait à pied jusqu'au plateau pour recommencer.

J'ai pensé à l'insouciance de ces étés. À mes mains collantes de glace supplément bonbons, au soleil qui tapait fort sur ma nuque quand je détachais l'antivol de ma lourde bicyclette, pressée de m'immerger dans l'eau fraîche qui m'attendait. À une époque où j'ignorais complètement ce qu'était ce bâtiment de l'autre côté du parking. Le mot *hôpital* avait une signification différente. Et même si je l'avais identifié comme tel, j'aurais été incapable d'imaginer les patients à l'intérieur. À quoi ressemblait leur souffrance, celle des malades et celle des proches, et ce qui était en jeu. Il y avait tant de personnes bien plus mal loties que nous, sans famille pour les assister, sans mutuelle, sans parfois la possibilité de prendre un congé maladie pendant leur traitement. Nous avions beau être trois autour de ma mère, le rôle d'aidant donnait souvent une impression de travail herculéen.

Sur le trajet du retour, pour me retenir d'exprimer mon ressenti vis-à-vis de Kye, j'ai passé en revue les CD chargés dans le lecteur. Dans l'emplacement un se trouvait le premier album de mon groupe ; dans le deuxième, celui du nouveau chanteur préféré de ma mère, « Bruno Mar » – comme elle l'appelait ; et dans le troisième, l'album *Higher Ground* de Barbra Streisand. Je ne voyais jamais ma mère écouter de la musique, mais elle adorait Barbra Streisand. *Nos plus belles années* et *Yentl* comptaient parmi ses films favoris. Je me suis souvenue qu'on entonnait souvent « Tell Him » ensemble, et j'ai passé les morceaux jusqu'à le trouver en piste quatre.

— Tu t'en souviens ?

J'ai ri en montant le volume. C'était un duo de Barbra Streisand et Céline Dion, deux divas puissantes réunies pour une chanson épique. Céline y interprète une jeune femme qui craint d'avouer ses sentiments à l'homme qu'elle aime, et Barbra celui de sa confidente, qui l'encourage à sauter le pas.

« *I'm scared, so afraid to show I care... Will he think me weak, if I tremble when I speak?* » commence Céline. J'ai peur, si peur de lui dévoiler mon cœur... que pensera-t-il de moi, en entendant les trémolos dans ma voix ?

Quand j'étais petite, ma mère faisait trembler sa lèvre inférieure pour un effet théâtral quand elle chantait le mot *tremble*. On braillait à tue-tête dans le salon. J'étais Barbra et elle était Céline, et nous ajoutions chacune notre petite chorégraphie et nos expressions faciales pour jouer jusqu'au bout.

« *I've been there, with my heart out in my hand...* » Je sais ce que ça fait, de montrer sa vulnérabilité... Un carillon accompagnait mon entrée en voix. « *But what you must understand, you can't let the chance to love him pass you by!* » Mais il faut que tu comprennes que tu ne peux pas rater cette chance de l'aimer ! déclamais-je en sautillant dans un sens puis dans l'autre, main levée pour porter ma voix vers le haut, déployant ma tessiture exagérée.

Puis, en chœur, triomphantes : « *Tell him ! Tell him that the sun and the moon rise in his eyes! Reach out to him!* » Dis-lui ! Dis-lui que le soleil et la lune brillent dans ses yeux ! Va le trouver ! Et on valsait autour du tapis, les yeux dans les yeux, en fredonnant le refrain.

Ma mère a laissé échapper un petit gloussement depuis le siège passager, et nous avons chanté doucement jusqu'à la maison. En traversant la clairière alors que le soleil se couchait, les nuages festonnés prenaient une teinte orange qui évoquait le magma.

À la maison, nous avons trouvé Kye totalement surexcitée. Elle a jailli de la chambre de mes parents pour dévoiler son crâne fraîchement rasé, comme celui de ma mère. Elle a posé dans le couloir, bras grands ouverts et hanche cambrée, en roulant les yeux avec un regard alangui.

— Qu'est-ce que vous en dites ?

Elle a battu des cils, puis incliné son crâne glabre vers ma mère, qui a tendu la main pour caresser la repousse. Je m'attendais à ce que ma mère la réprimande comme elle l'aurait fait si je m'étais avisée de faire une chose pareille – ce qu'Eunmi avait fait quand j'avais évoqué cette même idée trois ans plus tôt. Mais non, elle était émue.

— Oh, Unni, a-t-elle dit, les larmes aux yeux.

Elles se sont enlacées et Kye l'a reconduite au lit.

Quand son séjour auprès de nous a touché à sa fin, Kye a insisté pour rester plus longtemps. Pourquoi faire venir quelqu'un d'autre ? disait-elle. Elle maîtrisait déjà la situation et elle était volontaire. Ma mère était soulagée, reconnaissante, mais mon père et moi commencions à ressentir une gêne en sa présence.

Kye ne nous ressemblait pas du tout – elle était réservée et méticuleuse. Elle avait grandi à Ulsan, une ville sur la côte sud-est de Corée, et après avoir quitté la base militaire du Japon, elle et son mari, Woody, avaient passé les vingt dernières années dans l'État de Géorgie. La sachant du sud de la Corée et vivant dans le sud des États-Unis, je lui avais imaginé une personnalité plus avenante, mais Kye était difficile à lire. Elle ne ressemblait pas aux femmes coréennes chaleureuses et maternelles qui avaient peuplé mon enfance, que l'on ne désignait que par le prénom de leurs enfants. Kye n'avait pas d'enfant, et elle gardait physiquement ses distances avec mon père et moi lors de nos interactions. Son attitude glaciale nous avait refroidis.

Kye avait la manie de laisser les légumes pourrir sur le plan de travail, sans se soucier des moucherons qui y pullulaient à présent. Avec le système immunitaire de ma mère en péril, mon père et moi avons commencé à nous inquiéter de la date de péremption des ingrédients qu'elle utilisait. Quand il a soulevé le problème des kakis qui attiraient des nuées d'insectes, elle s'est moquée avec agacement de ses précautions chichiteuses.

Un soir, au dîner, j'ai posé mon assiette et mes couverts pour m'installer à côté de ma mère. Kye les a déplacés pour s'asseoir à ma place. Après manger, elle a tendu à ma mère une longue lettre manuscrite en coréen, et lui a demandé de la lire en silence pendant que mon père et moi étions encore à table. La lettre faisait trois pages, et à la moitié, ma mère a fondu en larmes et lui a pris la main.

— Merci, Unni.

Kye lui a rendu un sourire solennel.

— Qu'est-ce que ça dit ? s'est enquis mon père.

Ma mère continuait sa lecture sans un mot. Sans le brouillard des médicaments, elle aurait remarqué notre gêne, mais, vu son état, elle était aveugle à notre appréhension.

— C'est entre nous, a précisé Kye.

Pourquoi restait-elle ici ? N'avait-elle pas envie de revoir son mari ? N'était-ce pas bizarre pour une femme de la soixantaine de partir de chez elle, de sa région, pour venir vivre plus d'un mois chez nous, sans aucun dédommagement ? J'ignorais si je mettais le doigt sur quelque chose, si j'étais parano, ou pire, si j'étais jalouse que cette femme sache mieux s'occuper de ma mère que moi. À quel point était-ce narcissique d'en vouloir à celle qui nous proposait généreusement son aide ?

Au fil de son traitement, ma mère est devenue graduellement somnolente, et il était de plus en plus difficile de communiquer avec elle. Elle revenait à sa langue maternelle, ce qui rendait mon père particulièrement fou. Alors qu'elle parlait couramment anglais depuis presque trente ans, il était choquant de la voir oublier de traduire, et nous exclure. Parfois, j'avais même l'impression que Kye l'y encourageait en lui répondant en coréen malgré les demandes de mon père de parler anglais.

Quand nous sommes allés à la consultation avec le médecin de la douleur, je me suis surprise à tenter de négocier les chiffres à la baisse, craignant que s'il augmente ses dosages elle s'éloigne de nous plus encore. Est-ce que tu es sûre que tes accès douloureux paroxystiques sont un six, et pas plutôt un quatre ? Mon carnet à spirale plaqué contre ma poitrine, une partie de moi avait envie de retenir les données que j'avais comptabilisées, le nombre de fois où il avait fallu lui administrer de l'hydrocodone en plus de son patch de Fentanyl à 25µg/heure. J'étais tentée de lui dire que ce n'était pas aussi horrible que ça en avait l'air. Je ne voulais pas qu'elle souffre, mais je ne voulais pas non plus la perdre complètement.

Comprenant ma frustration, le médecin a prescrit une dose légère d'Adderall pour aider à contrer les effets secondaires des antalgiques. La première fois qu'elle en a pris, elle a été foudroyée par une telle énergie que nous avons dû l'empêcher physiquement de nettoyer toute la maison. Pendant un bref laps de temps, j'avais l'impression de retrouver ma mère. La fois suivante où j'ai pu rester seule avec elle, j'en ai profité pour lui confier ce que je ressentais vis-à-vis de Kye.

— Elle fait tant de choses pour moi, a répondu ma mère d'une voix tremblante. Personne n'a jamais fait pour moi ce qu'elle a fait. *Michelle-ah*, elle me torche même les fesses.

Mais moi aussi je veux te torcher le cul, ai-je failli rétorquer avant de me rendre compte à quel point c'était ridicule.

— Kye a eu une vie très difficile. Son père était un playboy. Quand il a quitté sa femme, il a demandé à sa maîtresse d'élever Kye. Puis il a rencontré quelqu'un d'autre et les a abandonnées toutes les deux. C'est cette maîtresse qui s'est occupée de Kye, sans jamais lui dire qu'elle n'était pas sa vraie mère. Mais Kye connaissait les rumeurs qui couraient en ville. Alors quand sa mère adoptive a eu un cancer, Kye est restée auprès d'elle jusqu'à la fin. Même sur son lit de mort, elle ne lui a jamais avoué qu'elle n'était pas sa mère, et Kye ne lui a jamais dit qu'elle le savait.

— Et tu sais qu'elle est la seconde épouse de Woody, et que ses enfants à lui ne l'ont jamais acceptée parce qu'elle était d'abord son amante, a ajouté ma mère. Même s'ils sont mariés depuis plus de vingt ans maintenant, ses enfants sont encore cruels avec elle parce qu'ils lui reprochent le malheur de leur mère. Elle m'a dit une fois qu'ils avaient été tellement méchants qu'elle avait dû aller dans un asile de fous.

Le lendemain matin, Kye a préparé des œufs à la coque pour le petit-déjeuner. Elle a décalotté le sommet de la coquille pour que ma mère puisse plonger sa cuillère dans le jaune qui flottait sur sa membrane soyeuse et translucide. Il semblait vraiment cru.

— Tu es sûre que c'est une bonne idée ?

J'avais toujours préféré mes œufs avec le jaune cru, mais la maladie de ma mère me rendait de plus en plus parano. L'intoxication alimentaire n'était plus un petit rite de passage. C'était un risque qu'on ne pouvait pas se permettre de courir. Kye m'a ignorée, concentrée sur sa coquille.

— Je m'inquiète seulement parce que son système immunitaire est affaibli, ai-je précisé. Je ne veux pas qu'elle vomisse.

Kye a plissé les yeux pour me toiser comme si j'étais une tache de gras sur des lunettes. Elle a poussé un petit ricanement.

— C'est comme ça qu'on mange en Corée, a-t-elle dit.

Ma mère restait silencieuse à côté d'elle, comme un animal docile. J'ai attendu qu'elle prenne ma défense, mais elle n'a rien dit, son œuf au creux de ses mains, confuse.

Quel cruel revirement du destin, ai-je pensé, le visage empourpré alors que je refoulais des larmes. J'avais passé mon adolescence à essayer de me fondre dans la masse de mes camarades de banlieue résidentielle américaine, ce qui avait fait de moi une jeune adulte convaincue que la légitimité de ma place était perpétuellement à prouver. Mon appartenance à une communauté résidait toujours entre les mains de ceux qui avaient le pouvoir de m'adopter, mais jamais entre les miennes. Ce n'était pas quelque chose dont j'aurais pu m'emparer pour décider de quel côté j'étais ou à qui j'avais le droit de m'identifier. Je ne pourrais jamais faire partie des deux mondes, car moitié de l'un, moitié de l'autre, j'étais susceptible d'être éjectée au gré des envies de quelqu'un de plus légitime que moi, quelqu'un de complet. Quelqu'un d'entier. J'avais si longtemps et éperdument rêvé de me revendiquer Américaine, mais en cet instant, tout ce que je voulais, c'était la reconnaissance de mon identité coréenne par les deux femmes qui me la refusaient. Tu n'es pas des nôtres, semblait dire Kye. Et tu auras beau tout essayer pour devenir la fille parfaite, tu ne comprendras jamais ce dont elle a besoin.

9

Où est-ce qu'on va ?

— Tu pars en voyage avec cinq animaux, disait Eunmi. Un lion. Un cheval. Une vache. Un singe. Et un agneau.

Nous étions assises à la terrasse d'un café et elle m'apprenait ce jeu que lui avait enseigné une collègue. Au cours de ce périple, il y avait quatre étapes, où il fallait à chaque fois abandonner un animal pour n'en garder plus qu'un à la fin.

C'était mon premier séjour à Séoul depuis la mort d'Halmoni. J'avais dix-neuf ans, j'étais étudiante à Bryn Mawr et je m'étais inscrite en stage linguistique à Yonsei University pour l'été. Je logeais chez Eunmi Emo pendant ces six semaines.

Je n'étais jamais allée en Corée sans ma mère. Pour la première fois il n'y avait qu'Eunmi et moi dans l'appartement. Nous deux, et l'insupportable caniche blanc miniature qu'elle avait adopté et baptisé Leon, car la combinaison avec son nom de famille, Yi Leon, ressemblait au mot coréen pour *viens ici*.

Je dormais dans la chambre qui avait été celle de Nami avant qu'elle épouse Emo Boo et déménage dans un immeuble à quelques rues. Seong Young avait trouvé un poste de graphiste à San Francisco. La chambre d'Halmoni demeurait inchangée, porte fermée. L'appartement autrefois fourmillant m'a semblé vide au début, mais au cours des six semaines il s'est transformé en une coloc de célibataires jubilatoire. Le soir, Eunmi Emo commandait du poulet frit à la coréenne et une chope de bière pression Cass. Nos dents perçaient la peau croustillante, et l'huile chaude giclait triomphalement de la croûte doublement frite quand on atteignait la chair luisante et sombre, pour finir avec une bouchée croquante et rafraîchissante des cubes de radis fermenté qui accompagnaient chaque livraison.

Après dîner, on glissait nos jambes sous la table basse du salon, où Eunmi m'aidait avec mes devoirs de coréen. Le week-end, on s'installait dans les cafés et les pâtisseries de Garosu-gil pour observer les passants de cette rue chic : des jeunes femmes au brushing impeccable et sac à main de couturier, au bras d'hommes à la plastique tout aussi parfaite – dont quatre-vingt-dix pour cent arboraient la même coupe de cheveux.

— Alors, lequel tu abandonnes en premier ? m'a demandé Eunmi.

— Clairement, le lion. Il va manger tous les autres animaux.

Eunmi a approuvé vigoureusement. Elle avait un visage de bébé, plus rond et plus joufflu que celui de ses sœurs, et s'habillait pudiquement en pantacourt beige et fin cardigan blanc.

On était en juillet et on venait de commander un patbingsu à partager pour se rafraîchir sous la chaleur humide. Cette interprétation du dessert traditionnel était bien plus élaborée que la version maison de mon enfance.

Comme ingrédient de base, une montagne de poudre infiniment douce de sorbet lacté râpé, recouverte de confiture de haricots rouges et garnie de fraises impeccablement coupées, de cubes parfaits de mangue mûre à souhait et de petits coussinets de bonbons moelleux et multicolores à la farine de riz gluant. Une fine grille de lait concentré sucré nappait les flancs de cette montagne délicieuse et une boule de crème glacée à la vanille couronnait le tout.

— Et ensuite, tu te débarrasses duquel ? a demandé Eunmi en effleurant le sorbet pilé et les haricots rouges avec sa cuillère, créant une mince coulure de lait concentré sur sa trace.

J'ai réfléchi à la question, me projetant dans le genre de voyage qui nécessiterait différents modes de transport. Je me suis imaginé la difficulté à gérer les animaux les plus imposants, à obtenir leur coopération pour monter à bord d'un bateau à vapeur, un train, un ferry. Le plus raisonnable serait de se débarrasser des plus gros en premier.

— Je dirais d'abord la vache, puis le cheval.

Le choix entre l'agneau et le singe était plus épineux. Les deux étaient petits et faciles à emporter. L'agneau me semblait plus réconfortant. Je m'imaginais bien nichée contre sa laine pour y trouver de la chaleur, seule dans un train lancé à toute vitesse dans l'obscurité inconnue. Mais le singe se rapprochait davantage de l'humain, un véritable compagnon.

— Je garderais… le singe, ai-je décidé.

— Intéressant. Vois-tu, chaque animal représente tes priorités dans la vie. Celle dont tu te débarrasses en premier est celle que tu considères comme la moins importante ; celle que tu gardes est ta principale priorité. Le lion symbolise la fierté, et tu t'en es délestée en premier.

— C'est logique. Je craignais qu'il ne mange les autres, tout comme la fierté peut dévorer nos aspirations. On ne peut pas vraiment aimer quelqu'un avec un excès d'orgueil ni progresser dans sa carrière au mépris des autres.

— La vache incarne la prospérité, parce qu'on peut la traire. Le cheval représente ta carrière, parce qu'il t'emmène loin. L'agneau, c'est l'amour, et le singe ton bébé.

— Lequel as-tu gardé ?

— J'ai choisi le cheval.

Eunmi était la seule de ses sœurs à être entrée à l'université, dont elle était sortie première de sa classe avec un diplôme en anglais, puis avait décroché un poste d'interprète pour KLM Airlines qui l'amenait à voyager entre les Pays-Bas et la Corée, ce qui faisait d'elle une traductrice naturelle pour mon père et moi. Dans les affres de ma paranoïa de finir un jour orpheline suite à un accident improbable, je suppliais mes parents d'inscrire à leur testament qu'Eunmi devait devenir ma tutrice légale. Elle n'était pas juste ma camarade de célibat ; elle était une deuxième mère pour moi.

— Tu as parlé de ce jeu à ma mère ? Qu'est-ce qu'elle a choisi ? ai-je demandé avec l'espoir qu'elle ait obtenu le même résultat que moi, qu'elle m'ait choisie.

— Ta mère a choisi le singe, évidemment.

Deux ans et demi après ça, ma mère m'a appelé pour m'annoncer qu'Eunmi avait un cancer du côlon de stade IV. Elle avait vendu l'appartement d'Halmoni et stockait ses affaires dans un officetel – un studio au-dessus de locaux commerciaux. Elle allait s'installer chez Nami et Emo Boo pour qu'ils puissent l'aider pendant sa chimiothérapie.

Je n'arrivais pas à me faire à l'idée de ce diagnostic. Eunmi était si guindée. Elle n'avait que quarante-huit ans. Elle n'avait jamais fumé une seule cigarette de sa vie. Elle faisait du sport et allait à l'église. En dehors de nos rares soirées poulet entre célibataires, elle buvait peu. Elle n'avait jamais embrassé personne. Les femmes comme elles ne pouvaient pas attraper de cancer.

J'ai googlé « polypes adénomateux », les petites excroissances en forme de champignons vénéneux qui avait éclos en grandes fleurs malignes sur la muqueuse rose-brun du côlon de ma tante. Je sais maintenant qu'à ce stade le cancer avait envahi les organes adjacents, métastasé sur trois ganglions lymphatiques régionaux, mais à cette époque je ne comprenais pas cette maladie. Je ne la suivais pas de manière aussi clinique que celle de ma mère, avec ses statistiques et ses pronostics variables. Je savais seulement qu'elle avait un cancer du côlon, qu'elle subissait une chimio, qu'elle était motivée pour le vaincre, et ça me suffisait pour croire qu'elle y parviendrait.

Vingt-quatre cycles de chimiothérapie plus tard, Eunmi est morte, le jour de la Saint-Valentin. Un destin particulièrement cruel pour une femme qui n'avait jamais connu l'amour romantique. Ses derniers mots étaient : « Où est-ce qu'on va ? »

J'ai pris l'avion depuis Philadelphie et j'ai rejoint mes parents à Séoul pour l'enterrement. Il avait lieu sur trois jours, dans une salle traditionnelle en bois avec des portes coulissantes en papier de riz. De grandes couronnes florales ornées de rubans décoraient les couloirs, et à l'intérieur une photographie encadrée représentant Eunmi avec Leon était posée sur un chevalet en bois, dominant une estrade recouverte de fleurs. Nami et ma mère portaient un hanbok noir, et proposaient au flux constant d'invités des encas et des boissons, tandis qu'ils rendaient un dernier hommage. Je trouvais injuste qu'elles doivent servir les autres alors que leur deuil était incontestablement le plus douloureux.

— Nami est bien meilleure pour ce genre de choses, m'a confié ma mère alors que nous observions sa sœur échanger les politesses d'usage avec un nouveau cercle d'arrivants.

Je me suis sentie plus proche d'elle, par cet aveu de gêne de la part d'une femme que je considérais comme un modèle de maîtrise de soi et d'autorité. Il mettait en lumière une vérité que j'avais toujours trouvée difficile à croire : que ma mère n'avait pas l'élégance innée, qu'elle avait un jour été animée de la même attitude de défiance et d'impatience de garçon manqué pour laquelle elle me réprimandait souvent, et que son éloignement de Séoul avait peut-être exacerbé la distance qu'elle ressentait vis-à-vis de certaines traditions qu'on ne m'avait jamais transmises.

Au dernier jour, j'ai moi-même enfilé mon propre hanbok noir et une paire de gants en coton blanc, pour mener la procession jusqu'au crématorium. Le froid était oppressant. L'air était mordant, comme si le gel me piquait à travers chaque pore de mon visage. À la moindre bourrasque glaciale, mes yeux s'embuaient. À l'intérieur, nous avons attendu dans l'antichambre, puis nous sommes agglutinés derrière une vitre. Un homme en blouse médicale et masque chirurgical était planté devant un comptoir, sur lequel un tapis coulant acheminait les cendres. Le petit tas n'était pas tant une poudre fine et homogène que des débris. Je discernais des morceaux d'os, de ses os, et soudain je me suis sentie perdre l'équilibre. Mon père m'a rattrapée alors que je basculais en arrière. L'homme au masque chirurgical a tassé Eunmi dans ce qui ressemblait à du papier d'emballage de livraison à domicile, repliant nettement et nonchalamment les bords autour des cendres comme s'il s'agissait d'un sandwich, puis a glissé le paquet dans l'urne.

Après les obsèques, Nami et ma mère m'ont emmenée à l'officetel où Eunmi stockait ses affaires. Il y avait des photos de Seong Young et moi sur le frigo. N'ayant pas d'enfant elle-même, elle nous avait tout légué à tous les deux. Ma mère et moi avons parcouru sa boîte à bijoux. J'ai repéré un collier simple en argent avec un pendentif en forme de cœur, et je lui ai demandé si je pouvais l'emporter.

— À vrai dire, c'est moi qui l'ai offert à Eunmi pour son anniversaire, a dit ma mère. Si tu veux, je le garde, et je t'achète le même une fois rentrées à la maison, comme ça on aura la paire et on pourra penser à elle en le portant.

Mon père et moi avons pris le car en direction de l'aéroport d'Incheon tandis que ma mère restait sur place pour gérer la succession d'Eunmi. Alors que la ville s'éloignait derrière nous, je me suis retrouvée à y poser un regard d'étrangère, comme si ce n'était plus l'utopie idyllique de mon enfance. Maintenant qu'Halmoni et Eunmi étaient parties, j'avais l'impression que Séoul m'appartenait un peu moins.

Ma mère a beaucoup changé après la mort d'Eunmi. Autrefois collectionneuse compulsive et obsessionnelle, elle a laissé tomber cette manie et s'est lancée dans de nouveaux loisirs, dans de nouvelles rencontres. Elle s'est inscrite à un petit cours d'arts plastiques avec quelques amies coréennes. Une fois par semaine, elle m'envoyait des photos de ses projets via la messagerie Kakao. Au début, ses dessins étaient plutôt mauvais – parmi eux un croquis au crayon à papier représentant Julia qui lui conférait l'allure d'une grosse saucisse avec des extrémités particulièrement comiques. Mais il lui a suffi de quelques semaines pour progresser. J'étais ravie qu'elle ait enfin découvert un moyen de s'exprimer dans l'esquisse des petits objets de son quotidien, des bibelots de la maison – une pampille, une théière –, qu'elle soit absorbée par le placement faussement simple des ombres sur un œuf. Pour Noël, elle m'a peint une carte en jaune pâle décorée de brins de lavande aux tiges vert d'eau. « C'est une carte unique. La première que je fais pour toi », avait-elle inscrit à l'intérieur.

Une des dernières volontés d'Eunmi était que ma mère commence à fréquenter l'église – ce qu'elle n'a jamais honoré. Ma mère était la seule non-pratiquante de sa famille protestante. Elle croyait en une puissance supérieure mais n'aimait pas le culte de la religion, même si l'Église était centrale pour la communauté coréenne d'Eugene. « Comment veux-tu croire en Dieu quand il se passe des choses pareilles ? » disait-elle.

La leçon qu'elle a tirée du décès d'Eunmi, c'était que l'on peut subir vingt-quatre chimios et quand même mourir, et c'était une épreuve qu'elle n'avait pas envie d'endurer. Quand on l'a diagnostiquée, elle s'est engagée à suivre deux cycles, et si le résultat s'avérait un échec, elle ne souhaitait pas poursuivre. Sans mon père et moi, je ne suis même pas sûre qu'elle aurait essayé.

À la fin juillet, ma mère arrivait au bout de son deuxième cycle de chimiothérapie. Les effets secondaires s'atténuaient, et deux semaines plus tard l'oncologue devait déterminer si oui ou non la taille de la tumeur avait diminué.

Il était temps pour moi de retourner sur la côte est. Mon groupe partait en tournée pour les dix premiers jours d'août, les derniers concerts que nous avions prévu de donner avant longtemps. Après ça, je devais faire mes cartons avec les affaires que j'avais laissées à Philadelphie et rentrer dans l'Oregon pour de bon.

Ma mère me rassurait, me disait qu'elle voulait que je m'en aille. Mais quand je suis partie pour l'aéroport avec mon père et qu'elle me faisait signe sur le perron avec Kye, des larmes coulaient sur ses joues. Une partie de moi voulait sauter de la voiture et retourner auprès d'elle comme dans un film romantique – tout en ayant conscience que ça ne résoudrait rien. Il n'y avait plus qu'à espérer et attendre. Tout ce que je pouvais faire, c'était savoir dans mon cœur qu'elle était heureuse que je sois revenue malgré tout.

Philadelphie était étouffante. L'air était si moite que tout mouvement s'apparentait à de la natation. C'était un choc de me retrouver avec autant de monde autour de moi à nouveau, après ces trois derniers mois terrée dans une maison au milieu des bois. Je voyais bien que mes amis ne savaient pas quoi me dire. Ils me regardaient comme s'ils avaient passé du temps à réfléchir à la question mais s'étaient finalement dégonflés. Au sein de mon groupe, la mentalité était différente. Notre affection se traduisait par l'exploration des vulnérabilités de chacun, et la maladie était encore un terrain inconnu.

Peter devait bientôt commencer un nouveau job d'enseignant vacataire en philosophie dans une petite université en bordure de la ville. Je l'avais encouragé à postuler avant la maladie de ma mère, et il hésitait à accepter maintenant, parce que cela signifiait passer encore une partie de l'année en relation longue distance, mais j'estimais que c'était une opportunité professionnelle trop importante pour y renoncer. J'ai suggéré qu'on essaie au moins pour un semestre et qu'on fasse le point pendant les vacances de Noël. Le projet à long terme était de déménager à Portland quand ma mère serait guérie. La ville était assez grande pour y trouver chacun du travail, et assez proche pour lui rendre visite tous les week-ends.

En attendant, Peter a pris dix jours de congé au restaurant pour me suivre avec Ian et Kevin, et remplacer Deven à la basse puisque celui-ci était parti en tournée avec son autre groupe, trop occupé à devenir « jimmy-fallonisable ». Notre premier concert était programmé dans un petit bar de Philadelphie, judicieusement nommé *The Fire* en raison de son voisinage avec une caserne de pompier. À partir de là, l'objectif était de descendre vers le sud en passant par Richmond et Atlanta pour quelques dates, puis de virer à l'ouest vers Birmingham et Nashville. La chaleur était accablante partout. La plupart des salles étaient des spots amateurs, sans fenêtre ni climatisation. Nos vêtements étaient trempés de sueur tous les soirs, et souvent les maisons où l'on créchait pour la nuit étaient si sordides qu'il semblait plus hygiénique de ne pas y prendre de douche. Le van dégageait une puanteur âcre, mélange d'odeur corporelle et de bière rance. Dans une perspective de vie et de mort, la route – autrefois synonyme d'audace et de liberté, avec ses rencontres si créatives et généreuses ; un mode de vie dont j'avais fantasmé le glamour – commençait à perdre de son attrait.

Mes parents m'assuraient que je ne loupais pas grand-chose à la maison ; ma mère reprenait des forces, et il n'y avait rien à faire qu'attendre. Pourtant je culpabilisais. Je me disais que ma place était auprès d'eux dans l'Oregon, et pas à l'arrière d'une Ford quinze places quelque part dans les environs de Fort Lauderdale, à manger des tacos de station-service. En regardant l'interminable I-95 défiler derrière la vitre, je savais que c'était ma dernière tournée avant un bon moment.

Après le concert de Nashville, nous avons roulé treize heures d'affilée pour rejoindre Philadelphie. Le lendemain, j'ai fait mes cartons. Peter était de nouveau à son poste au bar du restaurant, à rattraper toutes les heures qu'il avait loupées pendant la tournée. C'est à ce moment-là que j'ai reçu l'appel.

— Tu ferais mieux de t'asseoir, a prévenu mon père.

J'ai trouvé une place par terre dans ma chambre, entre des cartons à moitié remplis. J'ai retenu mon souffle.

— Ça n'a pas marché.

Sa voix était brisée. À l'autre bout de la ligne, il sanglotait.

— Elle n'a pas rétréci… du tout ? ai-je demandé.

C'était comme s'il avait plongé son bras dans ma gorge pour serrer mon cœur dans son poing. J'avais passé tant de temps à refouler mes larmes, à tâcher d'incarner stoïquement une force d'optimisme jusqu'à me convaincre moi-même que nous étions en chemin vers un miracle. Comment tous ces efforts avaient-ils pu être vains ? Les veines noires, les cheveux tombés, les nuits à l'hôpital, la souffrance de ma mère, tout ça pour quoi ?

— Quand ils nous l'ont annoncé… on est juste remontés en voiture. On s'est regardés. Y avait rien d'autre à dire que « bon, bah voilà ».

Je sentais que mon père n'était pas prêt à ce qu'elle renonce au traitement. J'avais l'impression qu'il voulait que je proteste, que tous les deux on s'allie pour l'encourager à continuer. Mais la chimio avait déjà volé les derniers lambeaux de la dignité de ma mère, et je ne pouvais pas m'empêcher de penser que s'il en restait, elle ne les trouverait pas. Depuis l'annonce de son diagnostic, ma mère s'en était remise à nous pour prendre les décisions à sa place, pour la défendre auprès des infirmières et des médecins, pour contester les prescriptions. Mais je savais qu'à cause de ce qui était arrivé à Eunmi, si deux chimiothérapies n'avaient pas ébréché son cancer, elle souhaitait arrêter le traitement. J'estimais qu'il me fallait respecter cette décision.

Ma mère a pris le téléphone des mains de mon père. D'une voix douce mais ferme, elle m'a dit qu'elle voulait qu'on parte tous ensemble en Corée. Son état était stable et, même si les médecins le leur avaient déconseillé, il était temps de choisir la vie à la mort. Elle voulait avoir une chance de faire ses adieux à son pays et à sa sœur aînée.

— Il y a des petits marchés de Séoul que tu ne connais pas encore, dit-elle. Je ne t'ai jamais emmenée au Gwangjang Market, ou depuis toujours des ajummas cuisinent des bindae-tteok et différentes sortes de jeon.

J'ai fermé les yeux et j'ai laissé les larmes couler. J'ai essayé de nous imaginer retourner ensemble à Séoul. J'ai essayé de visualiser la pâte à base de haricots mungo broyés des bindae-tteok, grésillant dans l'huile de la poêle, les beignets de viande et les huîtres trempées et dégoulinantes d'œuf, et ma mère qui m'expliquerait tout ce dont j'avais besoin avant qu'il ne soit trop tard, et me montrerait les endroits que je croyais avoir tout le temps de visiter avec elle.

— On va passer une semaine à Séoul, ensuite Nami nous réservera un bel hôtel sur l'île de Jeju. En septembre, la météo sera parfaite. Il fera chaud mais pas trop humide. On pourra se détendre et regarder la mer ensemble, et tu verras les marchés de poissons qui vendent tous les types de crustacés.

Jeju est connue pour ses haenyo, des plongeuses en apnée qui s'entraînent de mère en fille à retenir leur souffle, sans matériel de plongée, pour pêcher des ormeaux, des concombres de mer et d'autres fins mets sous-marins.

— Peut-être que je pourrais prendre ma caméra. J'en ferais un film, ou quelque chose. De notre séjour là-bas, ai-je dit.

Mon premier instinct était de documenter. De récupérer quelque chose de si vulnérable et intime et tragique pour en faire un objet de création. En prononçant cette phrase à voix haute, je me suis aussitôt dégoûtée de moi-même. La honte s'est épanouie et m'a propulsée hors du rêve que ma mère venait de dépeindre. La réalité a afflué avec une clarté écœurante.

— C'est juste que… Umma, je ne veux pas le croire…

J'ai serré mes genoux contre ma poitrine et j'ai chialé si fort, j'ai hoqueté, j'avais le souffle court, le visage rouge d'étranglement. Je me balançais d'avant en arrière sur le parquet de ma chambre, j'avais l'impression que tout mon être allait lâcher. Pour la première fois, elle ne m'a pas disputée. Peut-être parce qu'elle ne pouvait plus se rabattre sur son dicton habituel. Parce qu'elles étaient là, toutes les larmes que j'avais gardées.

— *Gwaenchanh-a*, *gwaenchanh-a*, a-t-elle dit. Ça va aller. Ça va aller.

Des mots coréens si familiers, le doux roucoulement que j'avais entendu toute ma vie et qui m'assurait que, peu importe la douleur, elle était passagère. Même mourante, ma mère m'apportait du réconfort, son instinct maternel prenait le pas sur sa propre peur, qu'elle ressentait sûrement mais dissimulait parfaitement. Elle était la seule personne au monde qui pouvait me dire que tout allait bien se passer. L'œil du cyclone, témoin calme du massacre tourbillonnant sous elle.

10

La vie et l'agonie

Mon père m'a réservé un vol Philadelphie-Séoul. Je devais retrouver mes parents là-bas, et après deux semaines en Corée on rentrerait tous ensemble dans l'Oregon. Le jour est venu pour Peter de me conduire à l'aéroport. Le soleil se levait à peine, projetant une lueur romantique sur le terrain de base-ball derrière son enclos de grillage, et sur notre quartier minable où les briques de thé glacé Arctic Splash vides se mêlaient aux tas de feuilles mortes qui jonchaient les trottoirs.

— Peut-être qu'on devrait se marier, ai-je dit sur un ton désinvolte. Pour que ma mère puisse être présente.

Peter a plissé les paupières. Il était mal réveillé et concentré sur la circulation. La lumière orange chaleureuse de l'aube vacillait sur la fente qui restait visible de ses yeux. Il n'a pas répondu, il s'est contenté de tendre le bras pour serrer ma main dans la sienne, ce qui m'a agacée. Comme tout le monde, il ne trouvait jamais les bons mots. Sa méthode de consolation se limitait à s'allonger à côté de moi en silence jusqu'à ce que j'arrive à épuisement de mes émotions et que je me calme. À sa décharge, c'était tout ce qu'il y avait à faire.

J'ai dormi pendant l'essentiel des dix-huit heures de vol, j'ai pris la navette depuis l'aéroport d'Incheon pour rejoindre Séoul, puis un taxi jusqu'à l'appartement de Nami. Il faisait nuit à mon arrivée, un peu après vingt et une heures. L'air était frais et la brise avait une mélodie agréable lorsqu'elle froissait les feuilles des arbres dans la cour fermée du complexe résidentiel. J'ai sonné et j'ai emprunté l'ascenseur. Leon jappait au loin quand j'ai ôté mes chaussures dans l'entrée.

Nami m'a serrée dans ses bras et a tiré ma valise jusqu'à la chambre d'amis. Elle était en chemise de nuit et semblait mal à l'aise. Très vite, elle m'a conduite dans sa propre chambre. Le vol de mes parents ne s'était pas bien passé. Dans le lit de Nami, brûlante de fièvre, ma mère était saisie de tremblements incontrôlables. Allongé à côté d'elle, mon père l'étreignait par-dessus les couvertures. La fièvre avait commencé avant leur départ, a-t-il admis. Mais ne voulant pas renoncer au voyage, il l'avait serrée contre lui, dans l'espoir qu'elle s'arrête, que la chaleur de son corps la guérisse.

J'étais plantée au pied du lit où je la regardais trembler et claquer des dents. Emo Boo était penché au chevet de ma mère, en pyjama large, et il insérait des aiguilles d'acupuncture sur les points de pression de ses jambes.

— Il faut qu'on l'emmène à l'hôpital, ai-je déclaré.

Depuis le seuil, les bras croisés et le front plissé, Nami hésitait. Seong Young est apparu derrière elle. Il la dépassait de plus de trente centimètres. Comment une personne si imposante pouvait-elle pousser à partir d'une femme si petite ? Ma mère prétendait que c'était l'influence de la nourriture américaine. Nami a prononcé quelque chose en coréen, et il a traduit :

— Ma mère pense que si on va à l'hôpital… Il y a un risque… qu'ils ne la laissent pas repartir.

Le silence a plombé la pièce, puis ma mère a poussé un gémissement. Nami a soupiré, puis est sortie pour rassembler ses affaires. À six, nous avons pris deux voitures pour traverser le fleuve Han. J'étais en plein déni. J'étais convaincue que tout ce dont elle avait besoin était d'une autre perfusion pour stabiliser son état. Je pensais qu'on allait pouvoir continuer pendant des années ainsi, à la stabiliser.

On espérait que ma mère s'en remettrait suffisamment pour partir à Jeju. Nami avait déjà réservé nos vols et nos chambres d'hôtel. Mais son état ne faisait qu'empirer. Une semaine a passé, et elle demeurait alitée, paralysée par une fièvre terrible qui la faisait trembler toute la nuit. On a dû renoncer à Jeju. Une semaine plus tard, il a fallu annuler les billets de retour à Eugene.

De nouveau, je veillais ma mère. J'arrivais le soir vers dix-huit heures et je restais avec elle jusqu'à midi, quand mon père prenait le relais. Puis je montais dans un taxi, le regard brouillé, et je traversais le pont Hannam pour m'effondrer sur le lit de la chambre d'amis de Nami, où je tentais de récupérer le sommeil qui m'avait manqué dans la nuit.

À l'hôpital, porte-parole de ma mère, je me réveillais avec elle à toute heure. Quand elle haletait de douleur, j'appuyais sur le bouton d'appel, et si les infirmières n'accouraient pas assez vite je criais en désignant notre chambre sous les néons du couloir, balbutiant des supplications désespérées dans un coréen malhabile. J'ai renvoyé l'infirmière qui a échoué à plusieurs reprises à trouver une veine, laissant une poignée de marques d'aiguille sur les bras de ma mère. Je me suis glissée dans le lit d'hôpital et je l'ai serrée fort en attendant que les antalgiques fassent effet, lui chuchotant dans l'obscurité : « Ça arrive, ça arrive, encore une minute et le médicament va faire effet. *Gwaenchanh-a, Umma, gwaenchanh-a.* »

L'assaut de ses symptômes semblait tout droit sorti d'un film catastrophe. Dès qu'on parvenait à en maîtriser un, un mal plus mortel émergeait. Elle avait le ventre ballonné alors qu'elle mangeait à peine. Ses jambes et ses pieds étaient paralysés par des œdèmes. L'herpès s'était propagé sur ses lèvres et à l'intérieur de ses joues, recouvrant sa langue de cloques blanches. Le médecin nous a donné deux sortes de bains de bouche aux plantes, une crème pour les lèvres, une pommade épaisse et verte pour apaiser les plaies. À nous deux, nous suivions la prescription religieusement, espérant pouvoir remédier à au moins un de ses maux. Toutes les deux heures, je lui apportais un gobelet vide pour cracher, un autre avec de l'eau pour rincer, et un mouchoir pour essuyer ses lèvres avant d'appliquer l'onguent visqueux vert foncé. Elle me demandait si les plaies se résorbaient, et ouvrait grand la bouche pour me montrer. Sa langue semblait en putréfaction – comme un vieux bout de viande sur lequel une araignée aurait tissé une épaisse toile grise.

— Absolument ! répondais-je. C'est déjà bien mieux qu'hier !

Elle arrivait à peine à manger, si bien qu'on l'avait reliée à une perfusion qui lui apportait tous les nutriments dont elle avait besoin pour survivre. Quand son état ne lui a plus permis de se rendre aux toilettes, même avec de l'aide, il a fallu insérer un cathéter, et on a commencé à utiliser un bassin hygiénique, dont la tâche me revenait de le vider. Quand elle n'a plus été capable d'évacuer, les infirmières ont procédé à des lavements. Elles lui passaient une grande couche, dont un liquide couleur vase fuyait par-dessus et à travers les ouvertures des jambes. Il n'y avait plus de place pour la honte, seulement pour la survie, et tout n'était plus qu'action et réaction.

Le matin, si ma mère dormait encore, j'enfilais une paire de claquettes d'hôpital et je prenais l'ascenseur pour descendre au rez-de-chaussée. Dehors, j'errais dans le quartier en quête de quelque chose à lui ramener qui lui rappellerait où nous étions.

Il y avait un Paris Baguette non loin, une chaîne qui proposait des pâtisseries françaises revisitées à la coréenne. Je revenais avec une sélection de gâteaux luisants de sucre et de smoothies colorés, dans l'espoir d'éveiller son appétit : soboro ppang, un petit pain moelleux garni d'un streusel à la cacahuète que l'on se partageait lors de nos voyages à Séoul ; donut à la pâte de haricots rouges ; cheesecake à la patate douce ; ou bien du maïs cuit à la vapeur par une ajumma assise sur un bout de carton au coin de la rue. Ma mère et moi retirions les grains de l'épi un par un, aussi méticuleuses qu'Eunmi, en nous souvenant de la propreté parfaite des rangées régulières qu'elle laissait sur la membrane transparente. J'ai acheté du jjajangmyeon dans un restaurant coréen chinois et j'ai rincé du kimchi au robinet de la salle de bains de l'hôpital pour que le piment ne lui brûle pas la langue.

— À quoi bon continuer, Michelle ? m'a-t-elle dit, les larmes aux yeux, en regardant les morceaux de chou blanc flétri. Je ne peux même plus manger de kimchi.

— Tes cheveux sont en train de repousser, ai-je dit pour changer de sujet.

J'ai posé ma main sur sa tête et j'ai doucement passé ma paume sur le duvet blanc épars.

— Pour une malade, tu as encore l'air très jeune et belle.

— Ah bon ? a-t-elle demandé en feignant la modestie.

— Je t'assure. C'est presque comme si… est-ce que tu es maquillée ?

Je n'avais jamais remarqué que ma mère s'était fait tatouer les sourcils. Ils semblaient si naturels. J'ai repensé à son amie Youngsoon, dont le sourcil droit mal dessiné était resté figé dans une ligne excentrique.

— C'était il y a longtemps, a-t-elle répondu avec dédain.

Elle a gigoté dans son lit en poussant sur ses jambes pour remonter son dos contre l'oreiller.

— Tu sais, c'est ton père qui devrait être là à ta place.

— Je suis heureuse d'être avec toi.

— Oui, mais c'est mon mari. Et même quand il est là, il ne sait pas du tout s'occuper de moi. Quand je lui demande le bain de bouche, il se contente de me tendre le flacon ; il ne me donne même pas de gobelet.

Je me suis assise sur la banquette des visiteurs et j'ai regardé mes pieds, faisant claquer lentement la semelle gauche de ma sandale d'hôpital contre mon talon nu. Quelques années plus tôt, alors qu'on dînait dans un Olive Garden, elle avait fait allusion à une de leurs disputes, dont elle affirmait qu'elle ne pourrait jamais me révéler l'objet, car il changerait la vision que j'avais de mon père, comme une assiette brisée et recollée que l'on doit continuer à utiliser, même si on en voit maintenant toutes les fêlures.

— Tu crois qu'il se remariera un jour ?

— Oui. Probablement, a-t-elle dit.

Elle semblait ne pas considérer ça comme un problème, comme si c'était quelque chose dont ils avaient déjà discuté avant.

— Sans doute avec une autre femme asiatique.

J'ai grimacé, particulièrement révoltée. J'étais mortifiée à l'idée que les gens puissent penser qu'il se contenterait de remplacer ma mère par une autre Asiatique, que son amour n'était que fétichisme. Cette perspective dévalorisait leur lien, notre famille.

— Je crois que je ne pourrais pas le supporter, ai-je dit. Je ne pourrais pas l'accepter. C'est répugnant.

L'ombre d'une menace implicite planait, celle que sans ma mère pour nous réunir, mon père et moi allions nous éloigner. Je n'étais pas essentielle à ses yeux comme je l'étais aux yeux de ma mère, et je voyais que par la suite il nous serait difficile de coexister. Il y avait de grandes chances pour que nous larguions les amarres et que notre famille se dissolve complètement. J'ai attendu que ma mère me réprimande, qu'elle me dise que c'était de mon père dont je parlais, de mon sang. Que j'étais égoïste et pourrie gâtée de penser ça de l'homme qui avait travaillé dur pour nous. Au lieu de ça, elle a posé sa main sur mon dos, résignée. Elle ne pouvait rien faire pour changer ce non-dit.

— Tu feras ce que tu as à faire.

Deux semaines et demie après le début de nos vacances calamiteuses, en arrivant dans le couloir de l'hôpital, j'ai trouvé mon père en train de crier sur Seong Young et une infirmière. Tout le service était scandalisé par ce géant américain et son esclandre caricatural.

— C'est ma femme ! hurlait-il. Parlez en anglais !

— Qu'est-ce qui s'est passé ? ai-je demandé.

Il accusait Seong Young de censurer ses traductions pour lui épargner le plus dur. Seong Young restait calme et hochait la tête. Il tenait ses mains dans son dos, comme s'il était sur le point de s'incliner, et il écoutait intensément, laissant mon père exprimer sa colère. L'infirmière semblait stressée et désireuse de s'enfuir. Dans la chambre, ma mère gisait inconsciente, la bouche recouverte d'un masque à oxygène relié à ce qui ressemblait à un aspirateur high-tech. De l'autre côté du lit, Nami serrait le poing contre ses lèvres. Elle avait dû comprendre dès le début que c'était ce qui nous attendait.

Seong Young et mon père sont rentrés dans la chambre, et la jolie médecin qui s'occupait de nous les a suivis. J'étais très surprise par le temps que passaient les médecins avec les patients en Corée. Dans l'Oregon, je ne me souvenais pas d'avoir vu un oncologue plus d'une minute avant qu'il ne disparaisse dans une autre chambre et laisse les infirmières gérer. Ici, notre médecin semblait sincèrement vouloir nous aider et avait tenu la main de ma mère à notre arrivée. Même si elle parlait plutôt bien anglais, elle ne cessait de s'excuser de ne pas maîtriser mieux la langue. Elle nous a appris que ma mère avait fait un choc septique. Sa pression artérielle était dangereusement basse et elle allait sûrement devoir être mise sous respiration artificielle pour rester en vie.

Avant, c'était si clair pour moi la différence entre la vie et l'agonie. Ma mère et moi étions toujours d'accord sur le fait que nous préférions mettre fin à nos jours plutôt que de vivre en légumes. Mais maintenant que nous y étions confrontées, et que les lambeaux d'autonomie physique s'effilochaient chaque jour davantage, la frontière était plus floue. Ma mère était alitée, incapable de marcher seule, incapable de digérer seule. Elle se nourrissait à travers une pochette que l'on injectait dans son bras, et désormais elle ne pouvait plus respirer sans machine. Il était de plus en plus difficile de qualifier ce quotidien de vie.

* * * *

J'ai regardé l'arc lumineux de l'ascenseur passer de cinq à trois alors que je descendais avec mon père, zappant le quatrième étage non existant, car la prononciation du mot *quatre* en coréen rappelle trop celle du caractère chinois pour la mort. Mon père et moi gardions le silence. Nous voulions prendre un peu l'air avant de nous confronter à la décision de la durée pendant laquelle nous la maintiendrions intubée, le moment venu. Il faisait déjà nuit dehors. Des lampadaires jaunes assaillis par les insectes d'été éclairaient les quelques rues que nous avons traversées pour nous engouffrer dans le bar le plus proche. Nous avons commandé deux pintes de Koud et les avons emportées sur le rooftop, qui était désert. Par-dessus la table de pique-nique, mon père a tendu le bras pour refermer sa grande main calleuse sur la mienne.

— Ça y est, cette fois. On y est, a-t-il dit.

Il a scruté la table et a gratté un nœud dans le bois avec son index. Puis il a reniflé bruyamment et essuyé la surface avec sa paume, comme pour l'épousseter. Il a pris une gorgée de sa bière et a regardé la ville derrière lui, comme s'il y cherchait un avis.

— Ouais, a-t-il ajouté avant de lâcher ma main.

Le souffle de la brise fraîche m'a arraché un frisson. Je portais la robe d'été en coton et les claquettes d'hôpital que j'avais mis presque tous les jours depuis mon arrivée. Le vrombissement d'une moto s'est fait entendre dans la rue en dessous de nous, et je me suis souvenue qu'à cinq ans mon père me promenait sur la sienne. Il me calait devant lui, entre ses jambes, et je me tenais au bouchon du réservoir. Pendant les longs trajets, le ronronnement et la chaleur du moteur m'endormaient, et quand je me réveillais nous étions parfois déjà garés dans l'allée. J'aurais voulu retourner à cette époque, où rien de mal n'existait encore pour moi.

En voyageant en Corée contre l'avis des médecins, nous avions pris un risque, avec l'espoir d'y trouver une raison de se battre. Pourtant chaque jour était pire que le précédent. Notre tentative de choisir la vie plutôt que la mort s'avérait une erreur monumentale. On a commandé une autre tournée, pour essayer de se calmer.

Notre absence n'a pas dû durer plus de deux heures, mais à notre retour ma mère était assise bien droite dans son lit. Ses yeux étaient grands ouverts et vifs, comme une enfant perplexe qui en entrant dans une pièce surprend une discussion tendue d'adultes.

— Vous êtes sortis manger ? a-t-elle demandé.

Nous avons interprété cet éveil comme un signe. Mon père a organisé son évacuation médicale en Oregon. Il faudrait prendre l'avion avec une infirmière certifiée et, une fois arrivés à Eugene, immédiatement faire hospitaliser ma mère à Riverbend. J'ai quitté la chambre pour appeler Peter, avec l'idée d'associer à notre retour une perspective joyeuse.

J'ai traversé le couloir et je me suis glissée par la sortie de secours, sur un palier extérieur en béton, fermé par des barres en métal brun. Je me suis assise et j'ai posé les pieds sur une marche. Peter était en week-end avec sa famille à Martha's Vineyard, où le soleil se levait à peine.

— Il faut qu'on se marie, ai-je décrété.

Honnêtement, je n'avais jamais vraiment trop pensé au mariage. Depuis l'adolescence, j'ai toujours été attirée par les garçons, j'ai toujours adoré tomber amoureuse, mais la plupart de mes projets pour le futur étaient orientés sur la formation d'un groupe de rock. Ce fantasme seul m'avait accaparée pendant dix bonnes années. Je ne connaissais pas les noms des décolletés et traînes de robes, des variétés de bouquets ou des formes de diamants. Jamais n'avais-je consacré le moindre espace mental à imaginer la coiffure que j'arborerais ou la couleur du linge de table. J'avais de toute façon la certitude profondément ancrée que ma mère aurait un avis assez tranché sur le sujet pour ne pas avoir à m'en occuper. D'ailleurs, la seule chose dont je n'avais jamais douté, c'était que si je me mariais un jour ma mère s'assurerait que ce jour serait parfait. Alors que sans elle je passerais cette journée à me demander ce qu'elle en aurait pensé. Si elle aurait trouvé la vaisselle cheap, les fleurs médiocres, mon maquillage trop chargé ou ma robe peu flatteuse. Jamais je ne pourrais me sentir belle sans son approbation. Si elle n'était pas là, j'étais vouée à incarner une mariée sans joie.

— Si c'est quelque chose que tu te vois faire dans les cinq années à venir et qu'on ne le fait pas maintenant, je crois que je ne te le pardonnerai jamais, ai-je dit.

Il y a eu un silence lourd de sens à l'autre bout de la ligne, et je me suis rendu compte que je n'étais même pas capable de placer Martha's Vineyard sur une carte. À l'époque, je croyais que sa famille visitait des vieilles vignes dans un véritable vignoble, puisque c'est ce que veut dire *vineyard* en anglais. C'était une de ces différences culturelles entre les Américains de la côte ouest et les Américains de la côte est que je trouvais souvent charmantes, comme lorsqu'il utilisait le mot *shore* pour faire référence à la côte, quand nous parlions de *coast* à l'ouest, ou devant son indifférence tout à fait urbaine à l'apparition des premières lucioles.

— D'accord.

— D'accord ? ai-je répété.

— Oui, d'accord ! Marions-nous.

Je me suis précipitée dans le couloir stérile sous les néons, le cœur battant en passant devant les quartiers sombres séparés par des rideaux des autres patients, dont les moniteurs cardiaques clignotaient et les lignes vertes zigzaguaient de haut en bas. Je me suis engouffrée dans la chambre de ma mère et je lui ai dit qu'il fallait qu'elle aille mieux. Qu'il fallait qu'elle rentre à Eugene pour voir sa fille unique se marier.

Le lendemain, j'ai cherché des wedding planners sur internet. Faisant les cent pas devant la chambre d'hôpital de ma mère, j'ai expliqué notre situation et j'en ai trouvé une qui a accepté d'organiser une cérémonie en trois semaines. Dans l'heure, elle m'a rédigé un mail récapitulatif de toutes les choses à prévoir.

Seong Young m'a accompagnée dans des boutiques de robes de mariée. J'ai envoyé à ma mère des photos des différents corsages et jupes via la messagerie Kakao. On s'est décidées pour un bustier à quatre cents dollars avec un jupon simple en tulle, longueur cheville. La couturière a pris mes mesures, et deux jours plus tard l'a livrée dans la chambre d'hôpital, où je l'ai essayée pour ma mère.

Je savais que Nami et Seong Young pensaient que j'étais folle. Et si elle mourait la veille du mariage ? Et si elle était trop faible pour tenir debout ? Oui, c'était risqué d'ajouter plus de pression encore à des circonstances déjà tumultueuses, et pourtant j'avais l'impression que c'était le meilleur moyen d'illuminer ces moments les plus sombres. Au lieu de ruminer sur les anticoagulants et le Fentanyl, on pouvait parler de chaises Chiavari, de macarons et d'escarpins. Au lieu d'escarres et de cathéters, ce serait nuanciers, coiffures et cocktail de crevettes. Une raison de se battre, une célébration dans laquelle se projeter.

Six jours plus tard, ma mère a enfin été autorisée à sortir de l'hôpital. Alors que nous poussions son fauteuil vers l'ascenseur, la médecin nous a arrêtés dans le couloir pour nous offrir un cadeau de départ.

— J'ai vu ça et ça m'a fait penser à vous, a-t-elle dit en prenant la main de ma mère.

C'était une petite sculpture représentant une famille – un père, une mère et une fille dans une même étreinte. Ils n'avaient pas de visage, mais se serraient l'un contre l'autre, liés comme s'ils étaient taillés dans un seul morceau de bois.

11

Toute cette tumultueuse génialitude qui par toi abonde

J'ai rencontré Peter quand j'avais vingt-trois ans. Un soir de février, Deven a invité notre groupe à sortir après la répétition. Son ami d'enfance venait tout juste de revenir en ville après ses études à New York, et il fêtait son vingt-cinquième anniversaire au 12 Steps Down, un bar fumeurs du quartier de South Philly où, comme le nom l'indiquait, il fallait descendre douze marches pour entrer. À l'époque, nous étions tous fumeurs, et c'était une raison suffisante d'y aller, que de pouvoir s'en griller une à l'intérieur en plein hiver. Nous avons tous allumé une clope avant même de commander la première bière.

C'était soirée karaoké, et Peter prenait le micro à notre arrivée. Il avait demandé une chanson de Billy Joel, « Scenes from an Italian restaurant ». Je ne la connaissais pas, mais j'étais impressionnée que parmi tous les autres hipsters venus s'égosiller sur des classiques de Weezer et Blink 182, ce mec ait choisi un morceau de rock à maman comprenant une partie instrumentale de quarante-huit mesures. Il portait des lunettes de vue aviator avec une monture métallique fine qui lui mangeait la moitié du visage, et un t-shirt blanc dont le col plongeait comiquement en un V qui dévoilait une touffe fournie de poils frisés châtains. Il tenait le micro comme le pied d'un verre à vin – délicatement du bout des doigts – et se balançait bizarrement au rythme de la chanson, dodelinant de la tête sur le côté, comme si elle avait été partiellement tranchée et qu'elle s'agitait sur des gonds. Il tapait d'un pied puis de l'autre sur chaque noire, tel un Mick Jagger qui danserait le quadrille.

Après avoir chanté pendant six minutes trente et suffisamment provoqué l'indignation collective de la liste d'attente du karaoké, qui constituait la moitié des clients du bar, Peter a serré Deven dans ses bras, qui lui a lancé une blague inaudible sous la musique. Tout ce que j'ai pu entendre, c'était le rire de Peter, aigu, un klaxon au croisement entre un Muppet et une fillette de cinq ans. Il ne m'en a pas fallu davantage pour que je tombe amoureuse.

En revanche, Peter a eu besoin de beaucoup plus de temps pour découvrir des sentiments réciproques – ou, plus précisément, pour que je les suscite. Il était trop bien pour moi – objectivement plus séduisant, et sa beauté était même devenue une blague récurrente au sein de notre groupe de mal fagotés. Il était très bon guitariste, mais intéressé par des projets plus sophistiqués – compiler un recueil de poésie, finir sa traduction d'un roman court. Il avait un diplôme de master, parlait couramment français et avait lu les sept volumes de Proust.

Malgré tout, j'étais déterminée. J'ai passé les six mois suivants avec pour objectif de le séduire, assidue dans mes efforts d'aller aux mêmes soirées que lui, jusqu'à enfin réussir à le voir une fois par semaine en lui obtenant un job à mi-temps dans le restaurant de fusion mexicaine où je travaillais. Mais après presque trois mois de camaraderie – à se poser au poste des serveurs avec les mots croisés du jour, à essuyer des verres et à plier des serviettes côte à côte, à courir après la fermeture pour choper la dernière tournée des bars – je restais coincée dans la friendzone.

En octobre, on se préparait pour la « Semaine des restaurants », la période la plus chargée de l'année. Tous les automnes, une flopée de familles des quartiers résidentiels se déverse dans des restaurants mexicains « haut de gamme » comme le nôtre, pour un menu dîner entrée-plat-dessert à trente-trois dollars, tandis que les cuisiniers suent et pestent pour sortir à la hâte ceviche sur ceviche, centaines de tamales déstructurés, et gâteaux miniatures aux *tres leches*, peinant à remplir ce qui semblait être un puits sans fond pour nourrir ces hordes frugales. Cette année-là, la « Semaine des restaurants » devenait *les* « Semaines des restaurants », pour le plus grand plaisir des gérants des établissements participants, ravis de cet afflux d'argent, et au grand dam des équipes en sous-effectif sévère comme la nôtre, dont on attendait qu'elle abatte le travail d'un staff trois fois plus fourni sans un seul jour de repos.

Peter et moi devions bosser ensemble au soir du lancement. Je suis arrivée à quinze heures trente pour préparer le service, et à ma grande surprise j'ai trouvé Adam, notre manager chauve au sale caractère, qui menaçait régulièrement de nous facturer chaque vaisselle cassée, anormalement immobile sur un siège de bar, absorbé par son téléphone.

— Peter a eu un accident, a-t-il dit.

Un accident, c'était une drôle de manière de parler de l'événement, même si dans les mois qui ont suivi j'y ai fait référence en ces termes, comme si nos subconscients ne voulaient pas l'intégrer pour ce qu'il était. Peter avait été agressé. Adam s'est levé et m'a montré la photo. Peter assis le dos droit dans un lit d'hôpital, sa blouse en papier ouverte à l'avant, dévoilant plusieurs disques collés sur son torse. Son visage était méconnaissable. Tout autour de l'œil gauche, sa peau enflée avait pris une teinte violette asymétrique.

La veille, Peter et son ami Sean étaient rentrés tard d'une soirée. Ils s'étaient engagés dans la ruelle qui menait à l'immeuble de Peter, et en atteignant la porte d'entrée, quelqu'un les avait appelés derrière eux pour leur demander une cigarette. Ils avaient tourné la tête pour répondre, mais un complice attendait précisément ce moment pour les frapper avec une brique, les laissant tous les deux inconscients. Quand ils sont revenus à eux, les agresseurs avaient fui les lieux. Sean, qui avait perdu ses dents, s'était mis à les chercher dans l'obscurité. L'os orbital de Peter était fracassé. Rien ne leur avait été volé. Le coloc de Peter les a retrouvés en sang dans la cage d'escalier et les a emmenés à l'hôpital. Il devait rester à Hahnemann encore quelques jours, à cause du saignement interne de sa blessure crânienne.

Ce soir-là, en courant entre les deux étages du restaurant pour couvrir seule le service, je n'arrêtais pas de penser à Peter. À ce qui se serait passé si cette brique avait été projetée avec un poil plus de force, si l'os s'était enfoncé d'un demi-ongle plus profondément dans son crâne. Et plus je cogitais, plus je mesurais à quel point je l'aimais. Le lendemain matin, j'ai fourré les livres les plus impressionnants de ma bibliothèque dans mon sac à dos, j'ai acheté un bouquet de tournesols et deux citrouilles miniatures, et je suis partie à l'hôpital à vélo.

Peter était avec ses parents, que j'avais déjà croisés une fois au restaurant. Vaseux et assommé par les médicaments, il semblait en bien pire état en personne. Mais j'ai été soulagée de le voir rire quand l'infirmière lui a apporté une bouteille de drainage par cathéter en guise de vase pour mes fleurs.

À sa sortie de l'hôpital, Peter est rentré chez ses parents dans leur maison du comté de Bucks, en périphérie de Philadelphie, pour quelques semaines de convalescence. Quand il est enfin revenu au restaurant, je pensais que les choses seraient différentes, qu'il serait encore secoué, plus nerveux, qu'il aurait peur de marcher seul la nuit. Je n'imaginais pas qu'il veuille nous suivre au bar après le boulot. Mais il s'est avéré que la seule chose qui avait vraiment changé était ses sentiments à mon égard. Dès lors, une nouvelle blague récurrente a remplacé la précédente : j'aurais soi-disant envoyé ces deux types pour lui remettre les idées en place.

La perspective du mariage a fait des miracles. À l'exception d'un léger désaccord avec l'administration de la sécurité des transports américaine au sujet d'une compresse chauffante, l'évacuation médicale s'est déroulée sans encombre. La compagnie d'assurances a payé des billets en business class et notre infirmière attitrée a même fermé les yeux sur les quelques gorgées de champagne qu'a bu ma mère pour fêter mes fiançailles. Après une nouvelle semaine de convalescence à Riverbend, elle a enfin pu rentrer à la maison.

C'était comme si nous avions ouvert un store d'un coup et que la pièce s'était retrouvée inondée de lumière. Ma mère avait maintenant une raison de se battre, et nous avons utilisé sa motivation pour la convaincre de bouger et de manger. Soudain, elle remettait ses lunettes de vue pour scroller sur son téléphone en quête d'une bague de fiançailles qu'elle se souvenait avoir remarquée chez Costco. Elle m'a tendu l'écran pour me montrer. Un simple anneau d'argent serti d'une rangée de petits diamants.

— Dis à Peter de t'acheter celle-là.

J'ai envoyé le lien à Peter. On a organisé ses vols en fonction de son planning au boulot. Il ferait l'aller-retour sur un week-end pour demander officiellement ma main et pour visiter le magasin de location de mobilier et de décoration que la wedding planner avait suggéré. Deux semaines plus tard, il reviendrait avec sa famille pour la cérémonie.

— On pourra toujours divorcer si ça tourne au vinaigre, lui ai-je dit au téléphone. On sera des jeunes divorcés branchés.

— On ne va pas divorcer, a répondu Peter.

— Je sais, mais au cas où, tu ne trouves pas que parler de « mon premier mari » me donnerait un air plein de maturité et de mystère ?

Quand le moment est arrivé, je suis allée le chercher à l'aéroport de Portland. Cela faisait presque un mois que l'on ne s'était pas vus, et même si je l'avais quasiment forcé à m'épouser – au point de choisir la bague à sa place – je me découvrais une fébrilité nouvelle à ses côtés. On a garé la voiture en ville. En chemin vers le restaurant, dans une rue lambda du Pearl District, il a posé un genou à terre.

Le lendemain, nous sommes allés au magasin de mobilier de mariage et avons pris des photos de chaises et de linge de table pour ma mère. La solution la plus simple et la moins chère était d'organiser une petite réception dans le jardin de mes parents. Il y avait assez d'espace pour accueillir une centaine d'invités, et si ma mère se sentait mal elle pouvait se replier facilement dans sa chambre.

De retour sur la côte est, Peter a rédigé les faire-part et les a envoyés par courrier express. Il a fabriqué les marque-places aux noms des invités, et a imaginé des devises héraldiques pour y ajouter sa touche personnelle. *Kunst, Macht, Kunst* – « Art, pouvoir, art » – pouvait-on lire sous un emblème qu'il avait dessiné avec nos initiales et qui évoquait des armoiries. *Cervus non servus* – « Le cerf n'est pas asservi » – pouvait-on lire sur un autre, en référence à l'animal totem du futur marié.

J'ai commandé le gâteau dans un supermarché, après avoir rapporté des échantillons pour que ma mère puisse le choisir. J'ai demandé à mes amis du groupe And And And s'ils voulaient bien assurer la musique, et j'ai trouvé un barman, une photographe et un officiant. Allongées dans son lit, ma mère et moi discutions de la liste des invités et du placement de tables. Mais je ne pouvais m'empêcher de songer que, dans une réalité parallèle, nous aurions tenu la jambe de la wedding planner, si seulement ma mère avait été dans le bon état d'esprit, si on avait eu du temps devant nous, si elle n'était pas obligée de plisser les yeux pour lire à travers le brouillard de l'Oxycotin et du Fentanyl.

Il y avait d'autres points dont il fallait s'occuper et qui n'étaient pas aussi agréables. Mon père avait pris rendez-vous dans une unité de soins palliatifs. Le suicide assisté était une option légale en Oregon, mais le médecin insistait pour dire que son rôle était de s'assurer qu'elle ne souffrait pas.

Dès que Peter est parti, Kye est revenue de Géorgie et a convaincu un groupe de dévotes coréennes de se réunir au chevet de ma mère pour la convertir dûment au protestantisme. J'épiais timidement derrière la porte de la chambre. Elles chantaient des hymnes coréens et s'éventaient avec leur bible tandis que ma mère participait vaguement d'un hochement de tête occasionnel.

Je savais qu'elle était reconnaissante à Kye pour sa générosité et qu'elle jouait le jeu pour lui faire plaisir, mais j'avais toujours été fière de sa résistance au conformisme religieux et j'étais déçue de la voir y renoncer. Ma mère n'avait jamais été pratiquante, alors que c'était le seul moyen de s'intégrer à une communauté coréenne déjà éparse dans une petite ville, et même lorsque sa sœur l'en avait suppliée sur son lit de mort. J'admirais le fait qu'elle n'ait pas peur de Dieu. Sa croyance en la réincarnation me plaisait – l'idée qu'après tout ça elle puisse recommencer à nouveau. Quand je lui demandais en quoi elle voulait se réincarner, elle me disait toujours qu'elle aimerait renaître en arbre. Une drôle de réponse, mais je trouvais du réconfort dans l'idée qu'à un retour héroïque et majestueux, ma mère préfère une présence humble et durable.

— Tu as accepté Jésus dans ton cœur ? ai-je demandé.

— On dirait bien que oui.

J'ai traversé la chambre et j'ai rejoint son chevet, mais avant que je monte dans le lit elle m'a réclamé sa boîte à bijoux. C'était un coffret en bois de cerisier avec deux tiroirs inférieurs et un compartiment avec miroir qui s'ouvrait par le haut. L'intérieur était tapissé de velours bleu foncé et chaque tiroir était divisé en neuf cases. Aucun des bijoux n'était particulièrement ancien. Ma mère n'avait hérité de rien. Tous avaient été achetés au cours de sa vie et, pour la plupart, ils étaient précieux à ses yeux parce qu'elle avait pu se les offrir.

— Je vais donner quelques-uns de mes bijoux cette semaine, m'a-t-elle annoncé. Mais je tiens à ce que tu choisisses d'abord ceux que tu veux.

Ça, plus que tout, me paraissait l'expression de la spiritualité de ma mère. Pour elle, rien n'était plus sacré que les accessoires d'une femme. J'ai effleuré les colliers et les boucles d'oreilles, désirant égoïstement tous les garder, même si je savais que jamais je ne porterais la plupart d'entre eux.

Je ne connaissais rien aux bijoux. J'ignorais ce qui rendait une pièce plus précieuse qu'une autre, comment faire la différence entre l'argent et l'acier, le diamant et le verre, une perle de culture ou une en plastique. Les bijoux qui comptaient le plus pour moi n'avaient pas beaucoup de valeur. C'était ceux qui m'évoquaient des souvenirs précis, et ils tenaient davantage du pion de Monopoly que des pierres fines : le petit pendentif en forme de bonhomme bâton avec ma pierre de naissance incrustée dans son ventre et des minichaînes dorées en guise de bras et de jambes ; un bracelet en perles de verre qu'elle avait acheté à un marchand ambulant en vacances au Mexique ; la broche en forme de terrier écossais qui ornait son col quand on avait attendu sur le canapé que papa finisse de se préparer à la salle de bains et nous conduise chez l'oncle Ron pour Thanksgiving ; une bague papillon tapageuse dont je m'étais gentiment moquée à un repas de fêtes ; et surtout, le collier d'Eunmi, identique au mien.

Chaque jour qui nous rapprochait du mariage, ma mère et moi faisions le tour de la maison. Elle avait pour objectif de danser avec son beau-fils, et nous l'entraînions pour gagner en endurance. On était fin septembre, les aiguilles de pin commençaient à jaunir et à tomber, et les matins à se rafraîchir. Bras dessus, bras dessous, on démarrait à partir des portes coulissantes du salon, pour descendre les trois marches en bois de la terrasse, traverser lentement la pelouse, en longeant le paillis d'écorce jusqu'aux rhododendrons qu'elle avait plantés des années plus tôt. Julia nous suivait de près, cherchant désespérément l'attention de ma mère, que nous avions nerveusement découragée, par crainte des microbes. De temps en temps, elle s'arrêtait pour arracher une mauvaise herbe, puis on contournait l'allée en béton et on rentrait, victorieuses, à l'intérieur.

LA Kim est arrivée une semaine avant le mariage, les cheveux fraîchement coupés et les ongles ornés de petits cristaux tape-à-l'œil. Elles ont papoté dans la chambre de ma mère sous le regard désapprobateur de nonne Kye. LA Kim était aussi chaleureuse et enjouée que Kye était froide et distante. Je l'avais toujours aimée, et j'étais ravie d'avoir enfin une alliée, une femme coréenne qui saurait tenir tête à Kye et apporter une nouvelle perspective. Et puis ma mère louait sans cesse sa cuisine.

LA Kim s'est attelée tôt le lendemain à la préparation d'un nurungji pour ma mère, comme Kye l'avait fait. Elle a pressé le riz au fond de la casserole, pour le faire griller jusqu'à former une croûte dorée, puis elle a versé de l'eau bouillante pour créer un porridge léger. Elle a ajouté un peu de poulet cuit dans l'eau, en guise d'apport en protéines.

— Oh, le goût est trop fort, s'est plainte ma mère.

— Qu'est-ce qui t'a pris de cuisiner ça ? lui a reproché Kye d'un ton cassant.

Elle a levé les yeux au ciel et a emporté le bol.

Évincée des fourneaux, LA Kim a reporté son énergie ailleurs. Elle a fait le tri dans les placards, remplissant des sacs-poubelle entiers de conserves périmées accumulées par ma mère, et a proposé de préparer le galbi, mon plat de fête coréen préféré, pour le mariage.

Quand j'étais à l'université, ma mère m'avait donné la recette au téléphone. Alors que j'écumais les rayons de H Mart, concentrée pour suivre le rythme de son débit, elle avait énuméré les ingrédients de manière aléatoire, la marque de mulyeot – le sirop de malt coréen – et donné une vague description du bidon en métal d'huile de sésame qu'elle utilisait à la maison. De retour chez moi, j'avais rappelé pour qu'elle m'explique les étapes, frustrée par ses instructions toujours si alambiquées, même lorsqu'il s'agissait de cuire du riz.

— Comment ça, poser ma main sur le riz et ajouter de l'eau jusqu'à ce qu'elle soit recouverte ?

— Verse de l'eau jusqu'à ce que l'eau recouvre ta main !

— Recouvre ma main ? Recouvre ma main jusqu'où ?

— Jusqu'en haut de ta main !

J'avais calé le téléphone entre mon oreille et mon épaule, ma main gauche submergée, posée à plat sur la surface du riz blanc.

— Ça fait combien de millilitres ?

— Ma chérie, comment veux-tu que je le sache ? Maman ne compte pas les millilitres !

J'ai observé LA Kim avec attention. Au lieu d'émincer les ingrédients, elle mixait une poire asiatique avec l'ail et l'oignon au blender, pour obtenir une marinade épaisse dans laquelle allait tremper la viande. Dans sa recette, elle se servait du sucre naturellement présent dans les fruits, tandis que ma mère ajoutait toujours du mulyeot ou une canette de 7Up. J'ai apporté la marinade à ma mère pour qu'elle la goûte. Elle y a plongé son index et l'a léché.

— Ça manque d'huile de sésame, a-t-elle décrété.

Peter, ses parents et son frère cadet, Steven, sont arrivés deux jours avant la cérémonie. J'étais inquiète à l'idée qu'ils m'en veuillent d'avoir forcé la main à leur fils pour nous marier à la va-vite, mais dès qu'ils ont franchi le seuil, mes craintes se sont envolées.

Fran était la maman poule par excellence, du genre à prendre Peter dans ses bras en cas de bobo ou à lui dire « C'est magnifique ! » s'il lui offrait un cadeau pourri pour Noël. Quand ses garçons avaient grandi, elle avait ouvert une mini-crèche à la maison et elle se déguisait en Frumpet le clown pour leurs fêtes d'anniversaire. Elle préparait pour le goûter un assortiment de fruits secs de sa composition auquel elle avait donné un petit nom, faisait son propre bouillon de poule, vous forçait toujours à repartir avec des restes soigneusement emballés dans des boîtes en plastique de cottage cheese recyclées.

Elle dégageait une telle tendresse maternelle qu'on n'avait jamais l'impression de la déranger.

— Comment vas-tu, ma belle ? a-t-elle dit en m'enveloppant dans un gros câlin.

Je sentais presque dans cette étreinte que toutes mes inquiétudes avaient été les siennes et qu'elle partageait ma douleur.

— Je suis très contente de vous rencontrer, Pran, a dit ma mère dans un konglish où *f* et *p* se mêlaient.

— C'est un grand plaisir de faire enfin votre connaissance ! Quelle merveilleuse maison ! a répondu Fran.

Elles sont tombées dans les bras l'une de l'autre. C'était comme si Peter et moi étions témoins de la collision de nos deux mondes. C'était réel, nous allions nous marier.

Les fleurs sont arrivées le lendemain, et pour ma mère c'était le point le plus crucial. Il y avait des roses couleur pêche et des hortensias blancs pour décorer les tables, des lys en bourgeons crème et vert pomme, à répandre sur la tonnelle sous laquelle nous devions passer durant la cérémonie. Une vieille caisse à lait en bois contenait les boutonnières à destination des hommes – une rose enveloppée dans un feuillage doux qui évoquait la sauge –, et les bouquets attachés par des rubans gris clair pour mes demoiselles d'honneur et moi.

Dans la soirée, un gros camion s'est garé dans notre allée et une équipe a monté un grand chapiteau blanc dans le jardin pour y déplier les tables et les chaises que nous avions choisies. J'ai regardé mes parents marcher dans sa direction, puis se planter à côté pour admirer l'horizon au loin derrière la colline. Le soleil se couchait et le ciel prenait une teinte rose orangé.

Ils embrassaient du regard leur propriété, ressassaient tous ces étés à travailler dur pour l'aménager, une vie d'économies en vue de la retraite paisible pendant laquelle ils étaient censés pouvoir se détendre et vraiment en profiter. Je me souviens de les avoir observés depuis la banquette arrière quand j'étais petite, en route vers Portland. Ils se tenaient la main sur l'accoudoir central, parlaient de tout et de rien pendant des heures. Je me disais que c'était à ça qu'un mariage devait ressembler.

Mon père ne cachait pas que leur vie intime était très limitée. Et malgré ce que j'avais découvert de ses activités, j'avais toujours cru qu'il l'aimait vraiment. Que c'était juste ainsi qu'allait la vie, parfois.

Quand mon père est rentré à l'intérieur, il avait un air de garçon tout excité.

— De quoi vous avez parlé ? ai-je demandé.

— Ta mère vient de me peloter, a-t-il pouffé. D'après elle, je suis encore en forme.

Au matin du mariage, je ne tenais plus en place. Mes amies ont débarqué à midi pour m'aider à me préparer à l'étage. Taylor a tressé mes cheveux en une couronne bien nette, avant d'en défaire un peu les brins. Carly m'a poudré le teint. Corey et Nicole, mes demoiselles d'honneur, ont fermé la glissière de ma robe.

— Je n'arrive pas à croire que tu vas vraiment te marier, m'a dit Corey en me dévisageant avec les yeux embués et l'air incrédule, comme si la veille nous avions à peine douze ans et cherchions des surnoms pour nos seins.

Au rez-de-chaussée, Kye et LA Kim aidaient ma mère à se préparer dans la salle de bains parentale. J'aurais préféré ne pas être séparée d'elle. Sans sa supervision, je n'étais sûre de rien. Une fois prête, je suis descendue en quête de son approbation.

Elle s'est assise sur le petit canapé en osier au pied de son lit, dans son hanbok aux couleurs vives que Nami lui avait envoyé la semaine précédente. Son jeogori en soie écarlate avait un col bordé de bleu nuit et d'or, et un goreum bleu vif que Kye avait noué comme il fallait. Les poignets des manches, blancs, étaient brodés d'une fleur rouge ; la longue jupe était couleur bouton d'or. Elle portait une perruque de cheveux brun foncé avec une frange, coiffée en une simple queue-de-cheval basse. Elle semblait à peine malade et c'était un soulagement de prétendre pour un instant qu'elle ne l'était pas, que tout allait bien, que c'était juste une belle journée pour un beau mariage.

— Qu'est-ce que tu en penses ? ai-je demandé nerveusement, plantée devant elle.

Elle est restée silencieuse un moment, pour me regarder de la tête aux pieds.

— Magnifique, s'est-elle émerveillée enfin, les yeux pleins de larmes.

Je me suis agenouillée à côté d'elle et j'ai posé mes bras sur sa jupe.

— Et ma coiffure ? ai-je insisté, inquiète de son absence de remarques.

— Très jolie.

— Et mon maquillage ? Tu ne trouves pas que c'est trop chargé ? Mes sourcils… le trait de crayon n'est pas trop appuyé ?

— Non, ce n'est pas trop. C'est mieux pour les photos.

Il n'y avait personne au monde que ma mère qui soit aussi critique ou qui ait le pouvoir de me faire sentir aussi hideuse, mais également personne, pas même Peter, qui puisse me faire sentir aussi belle. Au fond de moi, je la croyais toujours. Personne ne me dirait la vérité si mes cheveux étaient mal coiffés ou si mon maquillage était vulgaire. J'attendais encore qu'elle corrige ce que je ne voyais pas, mais elle n'a émis aucune remarque. Elle a juste souri, un sourire qui semblait être un peu ici, un peu ailleurs – peut-être était-elle trop médicamentée pour discerner la frontière entre les deux. Ou peut-être qu'au fond elle savait que ça valait mieux, que les petites critiques n'avaient plus d'importance.

En tout, nous étions une centaine. Une table pour les collègues de mon père, une pour les amis coréens de ma mère, une autre réservée à tous nos amis de Philadelphie. À la table la plus proche de notre autel improvisé, mes parents étaient assis à côté de Kye, de LA Kim et de Gayle, la sœur de mon père venue de Floride avec son mari, Dick. De l'autre côté de l'allée centrale, il y avait les demoiselles d'honneur avec leurs petits copains, le frère de Peter et son meilleur ami, Sean. Heidi, la seule amie que ma mère avait gardée de ses années solitaires en Allemagne, était venue d'Arizona. Deux jeunes Coréennes qu'elle avait rencontrées en cours de dessin ces dernières années étaient là avec leur famille, heureuses de voir cette amie absente depuis des mois. Ma mère avait été très secrète concernant sa maladie, et le mariage était aussi prétexte à des retrouvailles pour célébrer sa vie sans ajouter à la pression. Tout s'est déroulé exactement comme prévu : tous les témoins des différentes étapes de sa vie étaient rassemblés au même endroit.

Peter a marché vers l'autel en premier, accompagné de sa mère, et j'ai suivi au bras de mon père. Le talon fin de mes escarpins blancs s'enfonçait dans la pelouse boueuse, freinant ma tentative de remonter l'allée centrale avec grâce.

Peter avait préparé des vœux de dix pages.

— Je promets de t'aimer à la perfection, et voilà ce que j'entends par là…, a-t-il commencé.

Il tenait le micro de la même manière que le soir où je l'avais rencontré, délicatement, avec trois doigts. J'avais du mal à décrypter son discours. De ce que j'ai pu comprendre, il s'agissait d'une liste de dix promesses, mais il y avait tant de mots alambiqués et inconnus que je n'ai pu m'empêcher de m'esclaffer devant ce compliment prononcé avec emphase : « Toute cette tumultueuse génialitude qui par toi abonde. » Les invités ont saisi cette occasion pour se libérer de quelques rires contenus. Quand il a terminé son discours, j'ai lu mes vœux.

— Je n'ai jamais imaginé que je me marierais, mais après avoir été témoin ces six derniers mois de ce que signifie vraiment la promesse d'être là pour quelqu'un dans la santé et la maladie, ici, aujourd'hui, je comprends ces mots.

J'ai parlé de ma vision de l'amour comme d'une action, d'un instinct, d'une réponse suscitée par les moments inattendus et les petits gestes, un effort pour le bien-être de l'autre. Ce que j'avais ressenti quand il avait pris la voiture jusqu'à New York à trois heures du matin pour me serrer dans ses bras dans un entrepôt à Brooklyn alors que j'apprenais le cancer de ma mère. Les multiples fois ces derniers mois où il avait fait cinq mille kilomètres en avion parce que j'avais besoin de lui. Son oreille attentive à chacun des cinq appels quotidiens que je lui passais depuis juin. Et même si j'aurais voulu que notre mariage ait lieu dans des circonstances meilleures, ces mêmes épreuves me confortaient dans la certitude qu'il était tout ce dont j'avais besoin pour affronter l'avenir qui m'attendait.

Tout le monde était en larmes sous le chapiteau.

On a mangé du galbi ssam, de la viande fumée, des fromages à pâte molle, du pain croustillant, des crevettes replètes, du kimchi piquant et des œufs mimosas crémeux. On a bu des margaritas et des negronis, du champagne et du vin rouge, et des bouteilles de bière, et sifflé des shots de gin Crater Lake – dont la production locale enorgueillissait mon père à chaque gorgée. Peter et moi avons ouvert le bal sur « Rainy Days and Mondays » des Carpenters, une chanson que nous avions écoutée en boucle lors d'un road trip à Nashville. Mon père était si stressé à l'idée de danser ensuite avec moi qu'il est venu me chercher quinze secondes à peine après le début du morceau. Peter a soutenu ma mère par la taille, pour l'aider à garder son équilibre alors qu'ils se balançaient lentement d'avant en arrière. Il était beau dans son nouveau costume, et avec la main gauche de ma mère sur son épaule droite et leurs mains libres jointes, ils avaient presque l'air d'un couple. J'ai pris conscience que Peter serait le dernier homme à avoir son approbation.

À la fin de la chanson, ma mère est retournée dans sa chambre. Je l'ai vue pleurer en marchant avec Kye et mon père. Je n'aurais su dire si elle était heureuse, triste ou frustrée de ne pas pouvoir profiter de la fête jusqu'au bout de la nuit. J'ai sifflé une autre flûte de champagne. J'étais si soulagée que le mariage soit passé, soulagée qu'elle n'ait pas fait de rechute, soulagée qu'il n'y ait pas eu besoin de tout annuler. Je me suis autorisée à me détacher de mes inquiétudes. J'ai enlevé mes chaussures et j'ai continué pieds nus dans l'herbe, malgré les dix centimètres de ma robe qui traînaient dans la boue. J'ai nourri Julia de bouts de gâteau, j'ai chanté au karaoké avec mes amis, et je me suis amusée à me balancer, les bras pendus à la structure du chapiteau, découvrant ce luxe inédit : personne ne pouvait me virer de mon propre mariage. Une limousine était censée nous emmener à l'hôtel pour la nuit, mais elle est restée coincée en tentant de faire demi-tour sur l'allée de gravier, si bien qu'à dix, nous nous sommes entassés à l'arrière du van des And And And, avec leur trompettiste, pour rejoindre la ville. Quinze minutes après notre arrivée, des clients de l'hôtel ont appelé la police et, forcés de délocaliser la fête, nous avons envahi les bars du centre-ville. Pendant qu'une première moitié du groupe était recalée à l'entrée, l'autre s'empiffrait de corn dogs dont la moutarde dégoulinait sur les costumes et les robes. Après une dernière tournée, Peter et moi sommes retournés dans notre chambre, trop bourrés pour qu'il s'y passe quoi que ce soit, et nous nous sommes endormis côte à côte, mari et femme.

12

New York, unité spéciale

Les jours qui ont suivi étaient calmes. J'avais presque cru qu'à l'issue du mariage ma mère devait guérir miraculeusement ou disparaître comme un ballon dans le ciel. Mais après la fête, la situation restait inchangée : toujours la même maladie, les mêmes symptômes, les mêmes médicaments, le même silence dans la maison.

Mon père a voulu organiser une visite des vignobles de Napa – tentative à peine déguisée de faire durer l'élan. Avec un nouveau projet, on pourrait duper la maladie. Pas maintenant, le cancer, il y a un mariage à célébrer ! Puis une dégustation de vin à Napa ! Puis un anniversaire, puis un autre. Reviens quand on sera moins occupés.

De telles diversions commençaient à sembler illusoires. Je passais l'essentiel de mon temps allongée avec ma mère, à lui tenir la main devant la télévision. Il n'y avait plus de promenades autour de la maison. Elle avait de moins en moins d'énergie et n'était plus capable de grand-chose. Elle dormait plus, parlait moins. Le centre de soins palliatifs a apporté un lit d'hôpital et l'a installé dans la chambre de mes parents, mais on n'y a jamais déplacé ma mère. Ça semblait trop sinistre.

Une semaine après le mariage, Kye a enfin pris sa journée et emprunté la voiture de ma mère pour aller jouer aux cartes au Highlands. Mon père restait sur son ordinateur dans la cuisine. Au lit, ma mère et moi regardions les interviews de *L'Actors Studio*. C'était un épisode sur Mariska Hargitay de *New York, unité spéciale*. James Lipton lui demandait de parler du décès soudain de sa mère. À l'écran, cette femme magnifique, stoïque, adulte, a fondu en larmes instantanément. Presque quarante ans après les faits, la simple mention de sa mère avait encore cet effet. Je me suis projetée des années plus tard, confrontée aux mêmes émotions. Pour le reste de ma vie, il y aurait une écharde en moi, un dard enfoncé dès la mort de ma mère que j'emporterais dans ma propre tombe. Les larmes coulaient sur mon visage et, quand j'ai tourné la tête, ma mère pleurait aussi. On s'est serrées, chacune épongeant ses sanglots sur le t-shirt de l'autre. Aucune de nous n'avait jamais regardé *New York, unité spéciale*, on ne savait même pas qui était cette actrice, mais c'était comme voir un aperçu de mon avenir, de la douleur que je garderais avec moi à jamais.

— Quand tu étais petite, tu t'accrochais à mes jupons. Partout, a chuchoté ma mère d'une voix étranglée. Et maintenant que tu es grande, tu t'accroches toujours à moi.

Nous nous sommes abandonnées pleinement aux larmes, agrippées doucement l'une à l'autre comme depuis vingt-cinq ans. Nos larmes imbibaient nos t-shirts. Par-dessus les applaudissements de l'émission, j'ai entendu les pneus d'une voiture écraser le gravier de l'allée, suivis du fracas de la porte du garage. Kye est entrée dans la maison et a balancé les clés sur le comptoir de la cuisine.

Ma mère et moi nous sommes lâchées, essuyant nos larmes alors que Kye débarquait dans la chambre avec un air jubilatoire. Mon père, derrière elle, s'est arrêté sur le seuil.

— J'ai gagné une télé ! s'est-elle exclamée en plongeant sur le lit à côté de ma mère.

Elle avait bu.

— Kye, peut-être que tu ferais mieux d'aller dormir, est intervenu mon père. Tu es sûrement fatiguée.

Elle l'a ignoré, a pris les mains de ma mère entre les siennes et s'est penchée vers son oreiller. Je ne voyais que le sommet de leur tête, les cheveux poivre et sel de Kye qui avaient déjà repoussé d'un centimètre, tandis que le crâne chauve de ma mère, détournée de moi, me cachait leurs deux visages. Elle chuchotait quelque chose à Kye en coréen.

— Qu'est-ce qu'elle raconte ? a demandé mon père.

Kye s'est penchée au-dessus de ma mère. Je me suis redressée pour mieux les observer. L'expression de Kye était figée, lèvres étirées platement, sans fossettes. Elle ne quittait pas des yeux ma mère qui lui souriait.

— Qu'est-ce qu'elle a dit ? a répété mon père.

Kye a fermé les paupières et grimacé d'agacement.

— Vous êtes vraiment deux égoïstes ! a-t-elle explosé en sortant en trombe.

Mon père l'a suivie dans la cuisine. Je n'ai pas bougé du chevet de ma mère, qui souriait encore, les yeux fermés dans un brouillard paisible.

— Ne fais pas ça, a-t-il dit. Elle peut mourir d'un jour à l'autre maintenant, et tu le sais.

J'ai entendu leurs pas écraser les marches jusqu'à la chambre de Kye. Mon père essayait de la convaincre de rester. J'ai guetté les craquements du plancher à l'étage, alors qu'ils arrivaient dans le couloir, le pas lourd de mon père qui s'accélérait, en vain. Le plafond étouffait le grondement de sa voix grave et celle de Kye, cassante et inflexible, puis mon père a redescendu les marches deux par deux.

Il a réapparu à bout de souffle, le visage livide de panique, comme s'il venait de commettre une terrible erreur. Il m'a demandé d'aller parler à Kye. J'hésitais, le cœur battant. La dernière chose dont j'avais envie, c'était de la supplier de rester. Je voulais qu'elle s'en aille.

Quand je suis arrivée dans la chambre d'amis, son bagage était déployé sur le lit et elle y rangeait ses affaires rapidement et avec énergie.

— Kye, pourquoi tu fais ça ?

— Il est temps pour moi de partir.

Elle n'avait pas l'air furieuse, mais austère et intraitable. Elle a fermé sa valise, l'a soulevée du lit et l'a portée en bas de l'escalier.

— S'il te plaît, ne t'en va pas comme ça, ai-je lancé sur ses pas. Au moins, ne pars pas fâchée. Attends demain. Mon père te conduira à l'aéroport.

— Je suis désolée, ma puce. Mais il faut que je rentre, maintenant.

Elle s'est assise sur le banc du porche avec sa valise et j'ai supposé qu'elle avait appelé un taxi. Il commençait à faire froid dehors et j'entendais le cliquetis des carillons sous le vent depuis la tonnelle montée pour la cérémonie. En cet instant, je me suis demandé si Kye savait quelque chose au sujet de ma mère que j'ignorais. Et où son taxi pourrait bien la conduire. Il était plus de minuit et elle n'aurait pas de vol pour la Géorgie avant le lendemain matin.

Je suis retournée dans la chambre de mes parents, et mon père est sorti pour tenter à nouveau de la persuader.

— Maman, Kye va partir, ai-je dit en arrivant à son chevet.

J'avais peur qu'elle ne comprenne pas ce qui se passait et qu'elle nous en veuille d'avoir énervé Kye, qu'elle me demande de lui courir après pour la convaincre de rester. Mais au lieu de ça, elle m'a juste regardée avec un grand sourire rêveur.

— Je crois qu'elle s'est bien amusée, a-t-elle dit.

13

Ce chagrin qui pèse sur ma main

Deux jours après le départ de Kye, ma mère s'est redressée brutalement sous le coup d'une douleur terrible et inédite. Elle ne supportait déjà plus de s'asseoir, mais ce qui venait de la traverser était d'un autre niveau. Quelque chose dans son abdomen gonflé avait dû prendre de l'ampleur et bouger, appuyer sur ses organes et créer une souffrance si atroce qu'elle avait fusé comme une balle à travers la couche ouateuse des narcotiques. Ses yeux étaient écarquillés de terreur, mais son regard fixé au loin, comme si elle ne nous voyait pas. Elle se tenait le ventre en criant « *AH PEO ! AH PEO !* »

J'ai mal.

Mon père et moi lui avons frénétiquement administré des gouttes d'hydrocodone sous la langue. Les minutes s'écoulaient comme des heures alors que nous la serrions dans nos bras en lui affirmant encore et encore que la douleur allait passer. Enfin, elle a plongé dans un profond sommeil. En l'écrasant entre nos deux corps, j'étais remplie d'une tristesse insurmontable. Le médecin nous avait menti. Il nous avait juré qu'elle ne ressentirait aucune douleur ; il nous avait dit que c'était son rôle de s'en assurer. Il l'avait regardée dans les yeux pour le lui promettre, et ce connard avait menti.

Les derniers mots de ma mère avaient été *j'ai mal.*

Nous étions tellement terrifiés à l'idée que ce calvaire se reproduise que nous avons décidé de l'anesthésier complètement. Toutes les heures, à peu près, on glissait le compte-gouttes en plastique entre ses lèvres et on lui administrait une dose d'opioïdes qui aurait pu endormir un cheval. Les infirmières du centre de soins palliatifs passaient deux fois par jour pour suivre son état et apporter plus de médicaments. Elles nous disaient que nous avions raison de procéder ainsi et nous laissaient des dépliants avec les numéros à appeler quand viendrait le moment, qui nous expliquaient à quoi nous attendre. Il n'y avait plus grand-chose à faire de notre côté, à part la retourner de temps en temps, la redresser avec des oreillers toutes les heures pour éviter les escarres, mouiller ses lèvres avec une éponge pour qu'elles ne gercent pas. C'était tout ce que nous pouvions faire pour elle.

Les jours ont passé, et ma mère n'a plus jamais bougé. Ayant perdu tout contrôle de son corps, elle faisait pipi au lit. Deux fois par jour, mon père et moi changions les draps, et la débarrassions de son bas de pyjama et de ses sous-vêtements. Pourtant, nous ne parvenions pas à nous résoudre à la déplacer dans le lit d'hôpital.

Ma mère désormais invalide, mon père et moi avons soudain ressenti l'urgence de faire le ménage dans la maison. Ouvrir les tiroirs pour la première fois depuis des années, les vider frénétiquement dans des sacs-poubelle noirs. Comme pour prendre de l'avance sur l'inévitable, comme si on savait que le processus serait plus lourd et imposant lorsque le décès serait prononcé.

Le silence régnait, à part pour sa respiration, cet horrible râle comme le dernier crachat d'une cafetière. Parfois elle s'interrompait complètement, et on se figeait pendant quatre secondes, en se demandant si le moment était venu. Puis elle reprenait une bouffée haletante. Le dépliant du centre de soins palliatifs nous expliquait que ces intervalles d'apnée allaient continuer de s'allonger, jusqu'à ce que sa respiration s'arrête pour de bon.

Nous attendions sa mort. Les jours s'étiraient atrocement. Depuis le début, j'avais craint une fin soudaine, mais à présent je ne comprenais pas comment il était possible que le cœur de ma mère batte encore. Cela faisait des jours qu'elle n'avait pas mangé ni même bu. L'idée qu'elle soit simplement en train de mourir de faim m'anéantissait.

Mon père et moi passions l'essentiel du temps allongé à côté d'elle en silence, à regarder sa poitrine se soulever et peiner à respirer, à compter les secondes entre chaque inspiration.

— Parfois, j'ai envie de lui pincer le nez, a-t-il dit.

Entre deux sanglots, il a caché son visage contre le torse de ma mère. J'aurais dû être choquée de cet aveu, mais je ne l'étais pas. Je ne pouvais pas lui en vouloir. Nous n'étions pas sortis depuis des jours, par crainte de ne pas être là lorsqu'il le faudrait. Je me demandais même comment il parvenait à dormir la nuit.

— Je sais que tu aurais préféré que ce soit moi. Moi aussi, j'aurais préféré que ce soit moi.

J'ai posé ma main sur son dos.

— Non, ai-je répondu doucement, même si au plus sombre de mon cœur c'était exactement ce que je pensais.

Ç'aurait dû être lui. Jamais je ne m'étais préparée à cette éventualité, qu'elle s'éteigne avant lui. Ma mère et moi avions même discuté de l'avenir après le décès hypothétique de mon père. Est-ce qu'elle repartirait en Corée ? Se remarierait ? Est-ce que nous vivrions ensemble ? Mais je n'avais jamais parlé avec lui de ce que nous ferions si elle mourait en premier, parce que ça semblait inconcevable. C'était lui, l'ancien toxico qui avait partagé des seringues à New Hope au pic de l'épidémie de sida, qui fumait un paquet par jour depuis ses neuf ans, qui s'était quasiment douché aux pesticides pendant ses années d'exterminateur, qui buvait deux bouteilles de vin tous les soirs, conduisait ivre et avait du cholestérol. Pas ma mère, capable de faire le grand écart et à qui on demandait encore ses papiers quand elle achetait de l'alcool.

Ma mère aurait su quoi faire, et après coup, nous en serions ressorties imbriquées, plus proches que jamais. Mais mon père ne cachait pas sa panique et dévoilait une peur que j'aurais préféré qu'il garde pour lui. Il était désespéré, prêt à tout pour échapper à cette torture, et susceptible de m'y abandonner.

Quand il est parti pour régler les détails des obsèques, j'ai choisi de rester à la maison. J'espérais un dernier mot, autre chose. Le centre de soins palliatifs nous avait prévenus que ça pouvait arriver. Que les mourants nous entendent. Qu'il existait une possibilité pour qu'elle reprenne conscience brutalement, pour un bref instant, me regarde dans les yeux et m'adresse ses dernières paroles, un adieu. Il fallait que je reste, au cas où.

— Umma, tu es encore là ? ai-je chuchoté. Tu m'entends ?

Les larmes ont dégouliné sur mon visage et son pyjama.

— Umma, s'il te plaît, réveille-toi, ai-je crié, comme pour la réveiller. Je ne suis pas prête. S'il te plaît, Umma. Je ne suis pas prête. Umma ! Umma !

Je l'ai appelée dans sa langue, ma langue maternelle. Mon tout premier mot. J'espérais qu'elle entende sa petite fille qui l'appelait et, qu'à l'image de l'archétype de la mère animée par une force surnaturelle pour soulever une voiture et libérer son enfant de sous les pneus, elle reviendrait pour moi. Elle ouvrirait les yeux et me dirait au revoir. Me transmettrait quelque chose, n'importe quoi, pour m'aider à avancer, pour m'assurer que tout allait bien se passer. Par-dessus tout, je refusais que ses derniers mots soient *j'ai mal.* Tout, absolument tout, sauf ça.

Umma ! Umma !

Ce même mot que ma mère répétait à la mort de la sienne. Un sanglot coréen, guttural, profond et primaire. Ce même son que j'avais entendu dans les films coréens et les K-dramas, le son que faisait ma mère lorsqu'elle pleurait sa mère et sa sœur. Un vibrato douloureux qui se fracassait en un staccato de noires, descendant dans les graves comme on dégringole dans une volée de petites marches.

Mais elle n'a pas ouvert les yeux. Elle n'a pas bougé du tout. Elle a simplement continué à respirer, son souffle s'amenuisant d'heure en heure, et le silence entre deux inhalations se faisant de plus en plus long.

Peter est arrivé plus tard dans la semaine. Je suis allée le chercher à l'aéroport et je l'ai emmené dans un bouiboui à sushis pour le dîner. On a partagé une bouteille de saké, et je me suis effondrée à nouveau au restaurant, incapable de manger. On est retournés à la maison à vingt et une heures, et je suis restée plantée sur le seuil de la chambre de mes parents, où mon père était allongé à côté de ma mère.

— Maman, Peter est là, ai-je dit sans savoir pourquoi. Je vais monter dormir. Je t'aime.

Nous nous sommes endormis dans le lit de mon enfance. De notre courte vie de jeunes mariés, nous n'avions pas encore couché ensemble, et en sombrant dans le sommeil je me suis demandé si notre activité sexuelle reprendrait un jour. Je ne pouvais pas imaginer ressentir de joie, de plaisir ou m'oublier dans l'instant – jamais. Peut-être par culpabilité, comme une trahison. Si j'aimais vraiment ma mère, je n'avais plus le droit d'éprouver ces émotions à nouveau.

J'ai été réveillée par la voix de mon père qui nous appelait en bas de l'escalier.

— Michelle, c'est fini, a-t-il gémi. Elle est partie.

Je suis descendue dans leur chambre, le cœur battant. Elle ne semblait pas différente, allongée sur le dos, immobile. Mon père gisait de son côté du matelas, le dos tourné à la porte, lui faisant face. J'ai contourné le lit et je me suis étendue à côté d'elle. Il était cinq heures du matin, et j'entendais les premiers gazouillis des oiseaux dans les bois voisins, la menace de début d'une nouvelle journée.

— Restons ici une demi-heure avant d'appeler qui que soit, a-t-il dit.

Son corps était déjà froid et raide, et je me suis demandé depuis combien de temps, à quel moment il s'en était rendu compte. Avait-il fermé l'œil dans la nuit ? Avait-elle émis un bruit ? Il pleurait à présent dans le t-shirt gris clair de ma mère, et ses sanglots faisaient trembler le matelas. Je sentais la présence de Peter dans le couloir, qui hésitait, craignait de déranger.

— Tu peux entrer, ai-je dit.

Peter s'est serré contre moi au bord du lit ; nous étions tous silencieux. J'étais gênée pour lui. Je n'avais jamais vu de défunt avant ça et je me demandais si c'était son premier à lui aussi. J'ai pensé à l'aspect cyclique des choses, serrée entre mon tout nouveau mari et ma mère décédée. J'imaginais nos quatre corps vus de haut. Sur le côté droit, les jeunes mariés commencent le premier chapitre de leur vie, et, sur la gauche, un veuf et un corps sans vie, tournant la page sur plus de trente ans de mariage. D'une certaine manière, j'adoptais déjà un point de vue extérieur. Comme si j'observais la scène sans y participer vraiment. Je me suis demandé combien de temps il était approprié de rester allonger ici. Ce que j'étais censée découvrir pendant ce temps. Son corps ne lui répondait plus depuis un moment, mais la pensée de le sortir de la maison était terrifiante.

— D'accord, ai-je dit enfin, à personne en particulier.

On s'est redressés lentement tous les trois, et Peter a quitté la pièce.

— Attends, m'a dit mon père.

J'ai patienté, plantée derrière lui, alors qu'il soulevait la main gauche de ma mère pour retirer difficilement l'alliance de son doigt enflé.

— Tiens.

Sa main tremblait lorsqu'il l'a fait glisser sur mon annulaire droit. J'avais oublié tout ça. Je n'étais pas à l'aise avec l'idée de la lui prendre, mais il semblait illogique de l'enterrer avec. J'ai regardé la bague en argent, pavée de diamants ; le solitaire entouré de petites pierres. Elle l'avait choisie elle-même, probablement après quinze ans de mariage, pour remplacer l'anneau au placage doré usé et son minuscule diamant qu'il lui avait offert à notre âge.

J'avais du mal à m'habituer à ma propre alliance, pas tant pour sa symbolique que pour sa présence physique, la sensation liée à mon doigt. C'était comme s'adapter au port d'une attelle ou à un accessoire sophistiqué pour lequel je ne me sentais pas encore assez adulte. Avec la bague de ma mère à ma main droite, j'avais l'impression d'être une enfant de cinq ans maquillée comme une grande. Je l'ai ajustée, essayant de lui trouver une place confortable. Ses facettes scintillaient à la lumière de l'aube, trop clinquante et insolite sur mon doigt non averti. Elle me semblait lourde. Un poids emblématique de ma perte, une gêne que je remarquerai à chaque fois que je lèverais la main.

* * * *

Pour ne pas qu'on l'emporte en pyjama, mon père m'a demandé de lui choisir la tenue dans laquelle elle serait incinérée. Seule dans le dressing de ma mère, coincée contre les cintres, entre deux portants de chaque côté d'un petit couloir, accablée par le volume de sa collection de cardigans, de gilets, de chinos, de pantalons, trenchs, bombers, cabans et vestes en coton, j'ai sélectionné une jupe simple et noire avec une bordure en dentelle qui tombait au niveau du genou, et un legging pour ses jambes devenues encore plus maigrichonnes, et que je savais qu'elle aurait voulu dissimuler, même s'il n'y aurait plus personne pour les regarder. J'ai ajouté un bonnet en laine douce et grise pour couvrir son crâne, un chemisier lâche et un blazer noir bien coupé.

La rigidité cadavérique rendait extrêmement difficile de l'habiller. Ses bras étaient si raides que j'avais peur de les casser en les passant par les manches. Quand j'ai reposé son corps lourd, sa tête est tombée d'un coup sur l'oreiller et ses paupières se sont soulevées. Un cri d'angoisse m'a échappé, mais ni Peter ni m'ont père n'ont osé entrer. J'ai continué à pousser ses membres inertes. Mon propre corps s'effondrait à côté d'elle pour se tordre de douleur, pleurer et hurler dans le matelas. Submergée par la détresse, j'ai dû faire une pause pour la laisser se tasser. Je n'étais pas préparée à ça. Personne ne m'avait préparée à ça. Pourquoi fallait-il que je vive ça ? Que je garde ce souvenir ? On allait simplement l'emballer dans un sac, comme une poubelle que l'on sort. On allait juste la brûler.

Après ça, nous avons tous les trois attendu à la table de la cuisine. Trois hommes sont arrivés, protégés de la tête aux pieds par une combinaison en papier. J'ai essayé de ne pas regarder quand ils l'ont évacuée de la chambre, mais j'ai aperçu le brancard qu'ils poussaient et la grande housse noire à glissière. Une demi-seconde qui me hante encore.

— Vous devriez prendre l'air un peu tous les deux, a suggéré mon père.

Où va-t-on juste après avoir vu la mort ? me suis-je demandé. Peter a sorti la voiture de ma mère du garage, et spontanément je lui ai donné les directions pour se rendre à Detering Orchards, une ferme de cueillette de l'autre côté de la ville où mon père m'emmenait tous les ans en octobre quand j'étais petite. Il y avait des vergers, des champs aux cultures variées. Mon père et moi passions la journée à récolter des pommes, et à la fin on retournait à la caisse pour les peser et acheter trois citrouilles du potager. Une année, je devais avoir sept ans, mon père m'a jeté une tomate pourrie. Depuis, toutes les années qui ont suivi, l'excursion s'est conclue par une bataille de tomates.

On était le 18 octobre, et c'était là que j'avais envie d'aller. Je me suis demandé plus tard, avec le recul, si j'y avais été attirée parce que c'était un endroit où précisément je n'avais pas de souvenirs de ma mère. C'était un des rares lieux qui n'appartenait qu'à mon père et moi, où, si les arbres portaient des fruits, on cueillait une poire asiatique pour elle avant de rentrer. Peut-être avais-je envie d'y retourner car c'était un espace où je pouvais prétendre que ma mère était encore en vie, qu'elle m'attendait à la maison.

Il y avait du monde quand on est arrivés sur le parking. Des familles qui tiraient des petits chariots rouges dans lesquels leurs enfants aspiraient des pailles en plastique remplies de miel local et buvaient dans de grands gobelets à cidre. Le temps était bon, ensoleillé, la fraîcheur de l'automne n'était pas encore tombée. Ça ne ressemblait pas à un jour frappé par la mort. J'ai plissé les yeux à la lumière. Je planais. Aucun de ces gens ne pouvait deviner ce qui s'était passé, mais je me demandais s'ils pouvaient le lire sur mon visage. Puis j'ai compris que visiblement non, et je l'ai ressenti comme une déloyauté. J'avais l'impression de la trahir si je parlais à quelqu'un, si je souriais, riais ou mangeais à nouveau alors qu'elle était morte.

La sortie du parking se trouvait entre deux piles de meules de foin. Près de l'entrée, des silhouettes d'Halloween en carton permettaient de poser pour des photos souvenirs, à côté de quelques jeux de jardin. Plus loin, il y avait un enclos à chèvres et une mangeoire où, pour vingt-cinq cents, on pouvait nourrir les animaux. J'ai glissé une pièce dans la machine et j'ai tendu la main pour récolter une petite poignée de granules. Peter m'a suivie jusqu'à la barrière et s'est planté derrière moi, les mains sur mes épaules. Deux chèvres ont accouru quand j'ai passé le bras par-dessus la clôture. Sur ma paume, j'ai senti leurs lèvres grignoter les granules, leurs langues mouillées lécher l'alliance de ma mère, et j'ai vu leurs immenses pupilles en amande regarder dans toutes les directions.

14

Adorable

Si mon père s'est occupé de tous les détails concernant les obsèques, il m'a laissé le soin de choisir le cimetière, la stèle et l'épitaphe. Ma mère avait été très claire sur l'incinération, mais à part ça elle n'avait jamais rien mentionné au sujet de la cérémonie, et bien sûr nous n'avions jamais osé lui poser la question. Je ne croyais pas en une vie après la mort, mais je voulais évidemment faire les choses bien pour elle, et son esprit était tout à fait présent dans les reproches que je l'imaginais formuler sur la tenue que je lui avais enfilée et la pierre tombale que j'avais commandée. J'avais pris ce qui me semblait se rapprocher le plus du bon goût, une stèle en bronze avec du lierre en relief sur les bords. Nous y avons fait graver son nom, sa date de naissance et de décès, ainsi que l'inscription « À NOTRE MÈRE, ÉPOUSE ET MEILLEURE AMIE ADORABLE ».

Adorable était un adjectif dont elle raffolait. Elle m'avait dit un jour que s'il fallait me décrire en un mot, ce serait *adorable*. Pour elle, cet adjectif englobait un idéal de beauté et d'ardeur. Je trouvais que c'était une épitaphe appropriée. Être une mère adorée, c'était être reconnue pour un service, mais être une mère adorable, c'était posséder son charme propre.

J'ai choisi un cimetière entre notre maison et la ville, à mi-chemin sur la vallée, fermé par un long mur en brique et un portail en fer forgé. Mon père avait une petite peur de l'enterrement, convaincu que les insectes, par retour du karma, s'en prendraient à lui pour ses années d'exterminateur. Mais il était important pour moi qu'il y ait une tombe pour accueillir ses cendres. Je voulais pouvoir lui apporter des fleurs et les poser quelque part. Je voulais un endroit où tomber à genoux, m'effondrer au sol et, selon les saisons, pleurer dans l'herbe ou la boue – non pas rester plantée devant des étagères que l'on consulte comme des archives ou une bibliothèque.

Mon père a acheté deux emplacements côte à côte. Il a réservé un prêtre pour préparer une messe, contre laquelle je n'ai pas pris la peine de protester, même si ça me semblait somme toute hypocrite. Je savais que c'était la solution de facilité qui satisferait d'autres personnes, ce qui était finalement ce qu'elle aurait voulu.

Sur le bureau d'angle bleu de mon enfance, où j'avais fait tous mes devoirs de lycée, où deux semaines plus tôt j'avais rédigé mes vœux de mariage, j'avais du mal à préparer son eulogie, à trouver les mots pour saisir tout ce qu'elle était en une page.

Je me heurtais à la difficulté d'écrire sur quelqu'un que je pensais si bien connaître. Mes phrases étaient encombrées, engorgées de prétention. Mon ambition était de révéler quelque chose de spécial à son sujet, que j'étais la seule à savoir sur elle. Qu'elle était tellement plus qu'une femme au foyer, qu'une mère. Qu'elle avait sa propre personnalité spectaculaire. Peut-être que je dévalorisais de mon regard moralisateur les deux rôles dont elle était finalement la plus fière, incapable d'accepter que le même degré d'épanouissement puisse couronner celles qui se consacrent à l'éducation et à l'amour plutôt que celles qui cherchent à gagner de l'argent et à créer. Son art est l'amour qui lui survit chez ceux qu'elle aimait, une contribution au monde tout aussi monumentale qu'une chanson ou un livre. L'un n'existe pas sans l'autre. Peut-être étais-je simplement terrifiée à l'idée d'incarner ce qui se rapprochait le plus d'une œuvre laissée sur Terre derrière elle.

* * * *

La veille des funérailles, mon père est allé récupérer Nami et Seong Young à l'aéroport. En entrant dans la maison, Nami gigotait comme un petit oiseau turbulent, secouée de gestes instables et chaotiques. Elle a poussé un gémissement guttural et sauvage, celui que je connaissais maintenant très bien.

Je ne l'avais jamais vue dans cet état. Nami Emo était toujours si extraordinairement maîtresse d'elle-même. L'intérieur de notre maison, qui ressemblait tant à ma mère, si hanté par sa présence, l'a plongée dans une crise de nerfs. J'essayais d'imaginer ce qu'elle devait ressentir, l'aînée témoin de la mort de ses deux petites sœurs à quelques années d'écart, emportées par la même maladie. C'était comme si le monde se divisait en deux types de personnes, celles qui avaient ressenti la douleur et celles qui ne l'avaient pas encore vécue. Ma tante était l'une des nôtres. Elle ne connaissait que trop bien cette douleur.

Seong Young soutenait sa mère comme un pilier. Il restait stoïque, même s'il avait lui-même passé un an dans cette maison à l'époque où il était venu étudier l'anglais ici. Pour le moment, il ravalait son deuil. Lorsqu'une personne s'effondre, l'autre porte instinctivement son poids sur ses épaules.

Pour l'enterrement, j'ai enfilé une robe noire que ma mère m'avait achetée lors d'une de ces virées shopping que nous faisions pour « mettre à jour » ma garde-robe, et je l'ai associée à un blazer noir pour cacher les tatouages qu'elle détestait. J'ai attaché le collier en argent qu'elle m'avait offert après la mort d'Eunmi et j'ai apporté l'autre au rez-de-chaussée.

— C'est... celui d'Eunmi... cadeau d'Umma..., ai-je tenté d'expliquer en coréen.

J'ai lancé un regard désespéré à Seong Young pour qu'il m'aide.

— C'est celui de maman, qui l'a hérité d'Eunmi. Elle m'a offert le même. Mais maintenant qu'elle est partie, je veux qu'il revienne à Nami.

Seong Young a traduit et Nami a refermé ses doigts sur le pendentif. Elle a baissé les yeux avec une grimace, et l'a porté contre son cœur.

— Oh, *Michelle-ah*, a-t-elle dit en le passant à son cou. Merci.

Les obsèques étaient bizarres, essentiellement parce que je n'avais pas mis les pieds à l'église depuis plus de dix ans, si bien que je ne m'étais jamais rendu compte à quel point le culte peut paraître étrange aux yeux d'une athée. Une vieille femme enveloppée dans une robe extravagante est apparue avec un sceptre géant surmonté d'une longue croix, qu'elle faisait monter et descendre autour du pasteur en pleine lecture de la liturgie. Puis est venue la grande prière de l'action de grâces, qui semblait plutôt sortir d'un épisode spécial Thanksgiving des *Peanuts* sur cassette VHS, que convenir à un enterrement.

J'ai regardé Nami, dont les mains étaient jointes. En larmes, elle opinait solennellement au rythme des phrases en anglais qu'elle ne pouvait pas comprendre, mais s'associait à chaque « amen ». Le christianisme était une langue qui lui parlait. La religion était son réconfort, et, en cet instant, j'étais heureuse qu'elle soit là pour elle.

On m'a appelée pour l'eulogie. Peter n'était pas loin, au cas où je serais effondrée. Ma voix tremblait et j'étais nerveuse, mais j'ai lu ce que j'avais écrit jusqu'au bout. Ça m'effrayait presque, cette capacité à tenir sans pleurer. Je n'ai pas versé une larme de toute la cérémonie.

Il y a eu une petite réception. Des bols de bretzels et de biscuits secs avaient été disposés par quelqu'un, et j'ai regretté de ne pas m'être davantage impliquée dans l'organisation. Ma gêne ressemblait à celle de ma mère à l'enterrement d'Eunmi, je ne savais pas comment me conduire. Je vivais la pression de faire bonne figure et de remplir les assiettes des autres comme un éternuement que l'on doit retenir.

À la fin, j'ai récupéré tous les bouquets jusqu'à la dernière fleur. J'avais ce besoin égoïste et désespéré d'en ensevelir sa tombe et d'y planter le plus de bulbes possible, pour qu'on puisse la voir depuis la route. Je voulais que tout le monde remarque à quel point elle avait été aimée profondément. Je voulais que chaque passant se demande si lui aussi connaissait un amour pareil.

On a emporté ses cendres sur son emplacement. La procession était intime, deux voitures pour les membres de la famille qui dormaient à la maison. Sa tombe se trouvait sous un arbre niché en haut de la colline du cimetière. J'ai regardé la stèle.

— Papa, ils ont écrit « adorée »..., ai-je chuchoté.

— C'est n'importe quoi, a-t-il répondu.

Après l'enterrement, j'ai invité Corey et Nicole à dîner avec ma famille dans un restaurant français que mon père jugeait trop cher. J'ai pris le plat le plus onéreux au menu : un petit cercle parfait de filet de bœuf luisant de jus de viande, au milieu d'une piscine de purée de topinambours. J'ai coupé morceau après morceau de la viande tendre, la dévorant, avec des cuillérées de l'écrasé au beurre. Comme si je n'avais pas mangé depuis des années.

Pendant que mon père réglait l'addition, assise en silence, repue de mets et de vin, j'ai laissé mes émotions me submerger. J'avais tant retenu en moi. Je m'étais affamée de nourriture, assoiffée de reconnaissance. J'avais essayé de rester stoïque, de cacher mes peurs à ma famille, et enfin elles s'échappaient. Mes sanglots m'attiraient le regard de tout le restaurant, mais je m'en fichais. Le soulagement me faisait tant de bien.

En me levant pour rejoindre la voiture, j'ai senti mes jambes se dérober sous moi. Je me suis laissée tomber dans les bras de mes deux meilleures amies qui accouraient pour soutenir mon poids. J'ai pleuré sur tout le chemin du retour, de grosses larmes comiques, puis j'ai pleuré des petites larmes brûlantes, seule dans ma chambre jusqu'à m'endormir.

* * * *

Je me suis réveillée tôt le matin, avec l'impression que mon visage avait absorbé la moitié d'un étang. J'avais les yeux bouffis et enflés. J'étais épuisée, sur les nerfs. Nami et Seong Young dormaient dans la chambre d'amis au même étage. Je les enviais, tous les deux ensemble, liés l'un à l'autre, alors que mon père et moi peinions à nous comprendre. Je voulais faire quelque chose pour eux, pour que leur séjour soit aussi confortable que ma mère l'aurait rendu. J'étais la femme de la maison à présent.

Je me suis creusé les méninges pour trouver ce que j'allais leur préparer pour le petit-déjeuner, et j'ai arrêté mon choix sur un doenjang jjigae, un ragoût consistant, savoureux, plein de légumes et de tofu – le plat réconfortant par excellence. Ma mère le servait souvent en accompagnement de nos repas. Je n'avais jamais cuisiné ce plat moi-même, mais j'en connaissais les ingrédients de base et le goût qu'il fallait obtenir. Encore au lit, je me suis tournée sur le flanc et j'ai tapé dans Google comment concocter cette soupe à la pâte de soja fermentée.

Le premier lien m'a redirigée sur un site appartenant à une certaine Maangchi. Il y avait une vignette YouTube en haut de la page, et une recette en bas. La vidéo était tremblante et pixélisée. Une Coréenne de l'âge de ma mère était penchée sur l'évier d'une cuisine faiblement éclairée. Elle portait un débardeur vert décoré de sequins sous l'encolure, et ses cheveux étaient coiffés en queue-de-cheval lâche sous un fichu orange et jaune qui révélait de longues boucles d'oreilles pendantes. « C'est le plat coréen de tous les jours. On le mange avec d'autres accompagnements et du riz », expliquait-elle à la caméra. Son accent était réconfortant ; ses mots rassurants. J'avais eu le bon instinct.

J'ai parcouru la liste des ingrédients. Une pomme de terre de taille moyenne, une demi-courgette en dés, cinq gousses d'ail, un piment vert, sept anchois séchés sans la tête et les intestins, deux verres d'eau et demi, une tige de ciboule, du tofu, cinq cuillérées à soupe de pâte de soja fermentée, quatre grosses crevettes.

Rien de trop intimidant.

Après ma douche, je suis allée dans la buanderie pour passer en revue le contenu du frigo à kimchi de ma mère – un appareil d'électroménager spécialement conçu pour stocker la nourriture fermentée à la température idéale. Il était censé reproduire les conditions du sol pendant l'hiver coréen, au moment où les femmes enterrent les jarres en céramique afin de conserver le kimchi jusqu'au printemps. À l'intérieur se trouvait déjà un gros pot de pâte de soja. Je pouvais acheter les autres ingrédients au Sunrise Market.

J'ai enfilé une paire de sandales appartenant à ma mère et une veste légère, et j'ai pris la voiture pour aller en ville. Le magasin ouvrait à peine quand je suis arrivée. J'ai récupéré les légumes dont j'avais besoin et un bloc de tofu ferme. J'ai décidé de faire l'impasse sur les fruits de mer et j'ai choisi des côtes de bœuf marinées à la place, me souvenant que ma mère utilisait de la viande dans sa recette.

Je suis rentrée à la maison et j'ai fait cuire le riz dans le Cuckoo de ma mère. J'ai pelé la pomme de terre et je l'ai coupée avec la courgette et l'oignon, j'ai émincé l'ail et tranché les côtes marinées en petits morceaux, puis j'ai fouillé les placards de ma mère pour trouver son ttukbaegi.

J'ai installé le ttukbaegi directement sur le brûleur allumé à feu moyen, j'y ai chauffé de l'huile pour saisir les légumes et la viande. Puis j'ai déposé une cuillérée de pâte de doenjang et de gochugaru, et recouvert le tout d'eau. Je surveillais le bouillon toutes les deux minutes et j'ajoutais de la pâte et de l'huile de sésame pour obtenir le goût le plus proche du ragoût de ma mère. Une fois satisfaite, j'ai versé les dés de tofu pour les réchauffer pendant une minute avant de terminer par la ciboule finement émincée. J'ai disposé les banchan trouvés dans le frigo à kimchi sur des soucoupes en céramique – de l'abechu kimchi, du confit sucré-salé de soja noir, des pousses de haricots mungo croquantes marinées dans de l'huile de sésame, de l'ail et de la ciboule. J'ai dressé le couvert avec des cuillères et des baguettes, et j'ai ouvert des petits sachets d'algues, reproduisant les mouvements de ma mère dans la cuisine où je l'avais vue préparer tant de mes plats préférés.

Seong Young et Nami se sont réveillés à dix heures, et j'ai servi deux bols de riz blanc soyeux alors qu'ils descendaient l'escalier. Je les ai pressés autour de la table et j'ai placé le jjigae sur un réchaud devant eux.

— C'est toi qui l'as fait ? a demandé Nami d'un air dubitatif.

— Je ne sais pas s'il est bon, ai-je répondu.

Je me suis assise à côté d'eux et je les ai regardés noyer leur riz sous le bouillon, casser les morceaux de tofu à la cuillère. La vapeur s'échappait en volutes de leur bouche. Pendant un instant, je me suis sentie utile, heureuse après toutes ces années où ils s'étaient occupés de moi de pouvoir faire ce geste pour eux.

Ce soir-là, mon père a emmené Seong Young et Nami à l'aéroport. Seule dans la cuisine, j'ai entendu un coup frappé à la porte d'entrée, mais quand je suis allée l'ouvrir, il n'y avait personne. Sur le paillasson se trouvait un petit sac de courses en kraft. À l'intérieur, soigneusement emballée dans du papier de soie, une théière en céramique, couleur jade, sur laquelle étaient peintes deux grues en plein vol. Je l'ai vaguement reconnue, quelqu'un l'avait offerte à ma mère, et elle prenait habituellement la poussière sur l'étagère du haut de la vitrine. Il y avait aussi une lettre, rédigée en anglais et imprimée sur deux feuilles. J'ai rangé la théière dans le sac et je l'ai apportée sur l'îlot de la cuisine pour lire la note.

> *À mon adorable amie et élève, Chongmi.*
>
> *J'entends encore ton rire qui m'entoure quand je peins sur mon tabouret à l'atelier. Un jour, tu es entrée dans mon studio pour ton premier cours de dessin. Tu portais une robe élégante et des lunettes de soleil sophistiquées. Je me suis dit : « Oh, je ne donne que deux mois à cette dame riche avant d'abandonner. » Mais tu m'as surprise, et tu n'as jamais manqué une seule leçon en un an. Je voyais bien que tu aimais la peinture, mais aussi le geste.*
>
> *Avec vous trois participantes, nous nous amusions tant pendant le cours. C'était plus un club des quinquas qu'une classe de dessin. Nous avions tant de choses en commun grâce à notre proximité en âge. Et ce café que l'on buvait avec la bonne miche de pain que tu apportais*

toujours. Nos fous rires en écoutant les histoires drôles de chacune.

Ce bonheur a duré un an, jusqu'à ce que tu t'absentes à un cours. Tu m'as dit que c'était un souci digestif, rien de grave. J'ai répondu : « Prends soin de toi, ma sœur. »

Je n'arrive pas à croire que c'était la dernière fois que tu as tenu un pinceau. J'ai prié pour toi, et j'ai conservé la théière coréenne que tu avais commencé à dessiner avant de tomber malade. J'espérais un miracle. J'aurais pu te rendre la théière quand tu as cessé de participer au cours, mais je me disais que si je la gardais tu irais mieux et redeviendrais la femme enjouée que tu as toujours été.

Le moment est venu où je ne peux plus la garder. Je sais que tu ne souffres plus et que tu es en paix au ciel. Dans mon imagination, quand je suis à l'atelier, tu es en chemin pour me rejoindre avec ton rire joyeux et franc. Mais je ne vois que le vide laissé à ton coin préféré pour peindre.

Chongmi, tu es une femme belle, généreuse et admirable. Je t'aime tant.

Ton amie Yunie.
Novembre 2014.

Pourquoi n'avait-elle pas attendu que j'ouvre la porte ? Clairement, la prof de dessin de ma mère était au courant de son décès, et pourtant elle avait gardé cette lettre qui lui était adressée. Et puisqu'elle lui était destinée, pourquoi ne l'avait-elle pas écrite en coréen ? L'avait-elle traduite spécifiquement pour moi ? Au fond de moi, j'avais l'impression – ou peut-être espérais-je surtout – qu'après sa mort j'avais absorbé un peu de l'esprit de ma mère et qu'elle faisait maintenant partie de moi. Je me suis demandé si sa prof d'art pensait la même chose, que j'étais l'oreille la plus proche que son message puisse atteindre.

J'ai fouillé dans le sac où elle rangeait ses affaires de dessin, un cabas en toile, avec une anse noire, décoré d'un motif de tour Eiffel. J'ai feuilleté ses carnets. Le plus petit contenait ses premières esquisses. Sur la deuxième page figurait le croquis de Julia. Celui sur lequel elle m'évoquait une saucisse tubulaire dotée d'une tête. Elle m'en avait envoyé la photo quand elle avait commencé à prendre des cours, et, à l'époque j'avais été si fière d'elle, malgré la ressemblance rudimentaire, parce qu'elle essayait quelque chose de nouveau.

J'ai remarqué ses progrès, page après page. Le petit carnet était rempli de dessins au crayon de divers objets de la maison, le musée de son monde. Une pomme de pin cueillie dehors, sur le terrain. Un sabot miniature décoratif qu'Eunmi lui avait offert en souvenir des Pays-Bas, quand elle travaillait pour KLM. Un des verres à pied courts avec des marguerites en relief dans lequel elle buvait son vin blanc. Des ballerines en porcelaine, une en cinquième position, une en troisième, et l'absence de celle que j'avais accidentellement estropiée. Une de ses théières Mary Engelbreit, que même sans couleur je reconnaissais comme étant la première de sa collection, celle qui avait un socle jaune et un couvercle à motif cachemire que je me représentais instantanément à partir du croquis. Sur les dernières pages, trois œufs aux ombres parfaites. Je me souvenais de la conversation que nous avions eue au téléphone à ce sujet, des années avant que ce cauchemar commence, quand son plus gros problème était de parvenir à la bonne courbe.

Dans le grand carnet, les dessins étaient plus impressionnants, car ma mère s'essayait à l'aquarelle. Son usage de la couleur était intense et magnifique. Elle avait toujours été douée pour rendre les choses belles. Ses sujets passaient des objets du quotidien à des thèmes plus traditionnels, comme les fleurs et les fruits. Elle commençait à dater son travail, expérimentait différentes signatures, comme si chacune était son propre nom de plume. Pour une série de trois dessins au fusain représentant du pain et des citrons entre mai et juin 2013, elle ne signait que de son prénom, Chongmi. En août 2013, sur la peinture de trois poires vertes posées à plat à côté d'un vase de chrysanthèmes rose corail, elle l'avait raccourci à Chong. En février 2014, sur un croquis au crayon d'un régime de bananes, elle avait signé son nom en coréen, mais ajouté un « Z » à la fin. En mars 2014, deux mois après la découverte de son cancer, sur une aquarelle représentant un poivron vert entier et son cousin orange tranché en deux, elle était devenue Chong Z au stylo-gel bleu.

Même si je savais que ma mère suivait des cours et que j'avais vu des photos de ses croquis par message, je n'avais jamais mesuré le poids de son travail. Les différentes signatures révélaient une approche de dilettante attachante. Maintenant qu'elle n'était plus là, je me suis mise à l'observer avec un point de vue extérieur, à fouiller dans ses affaires dans une tentative de la redécouvrir, d'essayer de la ramener à la vie par n'importe quel moyen. Dans ma douleur, je cherchais désespérément à interpréter la moindre chose comme un signe.

Il y avait quelque chose de réconfortant à tenir son travail entre mes mains, à la visualiser avant la souffrance et l'agonie, détendue avec son pinceau, entourée de ses amies proches. L'art avait-il été thérapeutique pour elle, un chemin dans la crainte existentielle qu'avait fait naître la mort d'Eunmi ? Je me demandais si l'éclosion tardive de son intérêt créatif avait apporté une lumière sur mes pulsions artistiques. Si ma propre créativité était en fait héritée d'elle. Si dans une autre vie, dans d'autres circonstances, elle aussi aurait été une artiste.

— Tu ne trouves pas ça chouette qu'on s'entende bien maintenant ?

C'était ce que je lui avais dit en revenant de l'université pour les vacances, quand le plus gros des dommages infligés pendant mon adolescence s'était déjà dissipé.

— Si, avait-elle répondu. Tu sais ce que je pense ? Je n'ai jamais rencontré quelqu'un comme toi.

Je n'ai jamais rencontré quelqu'un comme toi, comme si j'étais une inconnue d'une autre ville, ou une invitée excentrique amenée par une amie commune à dîner. Cela faisait drôle d'entendre ça de la bouche de la femme qui m'avait donné la vie et élevée, dont j'avais partagé le toit pendant dix-huit ans, quelqu'un à qui je devais la moitié de moi. Ma mère avait eu du mal à me comprendre, tout comme j'avais eu du mal à la comprendre. Projetées chacune de part et d'autre d'une ligne de fracture – générationnelle, culturelle, linguistique – nous avions erré, perdues sans point de référence, imperméables aux attentes de l'autre, jusqu'à ces dernières années où nous commencions tout juste à percer le mystère et sculpter l'espace psychique pour nous adapter, apprécier nos différences, nous attarder sur nos points communs réfractés. Sauf que ce qui aurait dû être nos années les plus fertiles en compréhension avait été violemment amputé, et je me retrouvais seule à déchiffrer les secrets d'un héritage sans ses clés.

15

My Heart Will Go On

Après les obsèques, la maison donnait l'impression de s'être transformée et retournée contre nous. Ce qui était autrefois un reflet réconfortant du style personnel de ma mère devenait à présent un symbole de notre échec collectif. Chaque meuble et objet décoratif semblait nous narguer. Ils nous rappelaient les histoires qui affluaient quand elle était en vie – celles de malades qui avaient survécu contre toute attente. Comment le voisin d'untel avait repris la main sur sa propre condamnation à mort grâce à la méditation et à la pensée positive. Comment le cancer d'un autre s'était étendu à de multiples ganglions lymphatiques, mais en visualisant une nouvelle vessie intacte, un miracle s'était produit et il était maintenant en rémission. Tout semblait possible, il suffisait d'adopter une attitude optimiste. Peut-être n'avions-nous pas fourni assez d'effort, n'y avions-nous pas assez cru, ne l'avions-nous pas assez gavée de cyanobactéries. Peut-être que Dieu nous détestait. D'autres familles s'étaient battues et avaient gagné. Nous nous étions battus et nous avions perdu – et au milieu de toutes ces émotions naturelles et douloureuses que nous nous attendions à ressentir, il y avait aussi cette étrange honte.

J'ai rassemblé ses vêtements dans des sacs-poubelle, j'ai jeté les pots de crème QVC entamés, j'ai fait don de l'équipement médical et des réserves de protéines en poudre. Dans la cuisine, affaissé sur sa chaise à la table en verre, un grand gobelet en plastique de vin rempli devant lui, mon père appelait les banques une à une pour annuler les cartes de crédit de son portefeuille, répétant encore et encore la même chose à chaque interlocuteur du standard client, que sa femme venait de mourir et que nous n'aurions plus besoin de leurs services.

Voyager à l'autre bout du monde semblait une bonne idée à ce moment. Une pause pour respirer loin de cette maison qui nous étouffait. Un matin au petit-déjeuner, alors que mon père buvait son café, il a cherché en ligne de potentielles destinations. Peut-être une île, a-t-il suggéré, où l'on pourrait se détendre sur la plage. Mais la perspective de journées entières passées à regarder bêtement une eau limpide m'effrayait. C'était trop stagnant, trop de temps libre pour se laisser rattraper par des pensées sombres. L'Europe lui rappelait leurs vacances ensemble. On a fini par se concentrer sur l'Asie du Sud-Est, une région du monde qui nous avait toujours fascinés. Ni l'un ni l'autre n'étions jamais allés au Viêt Nam, et c'était un voyage relativement peu onéreux grâce à la puissance du dollar américain. Peut-être que la visite d'un pays nouveau parviendrait à nous faire oublier, rien qu'un instant, que nos vies s'étaient effondrées.

On a acheté des billets deux semaines après l'enterrement. Mon père a judicieusement réservé des chambres séparées, pour que chacun puisse avoir son espace personnel, dans des palaces avec des douches à ciel de pluie et des buffets de petit-déjeuner gigantesques – plateaux débordant de fruits exotiques et de fromages importés, d'omelettes cuites à la demande, de versions traiteur de spécialités locales vietnamiennes. À Hanoï, on a traversé en silence l'eau plate de la baie d'Ha Long. On est passés devant ces magnifiques îlots de calcaire qui jaillissaient de la mer, pleurant chacun de son côté, sans un mot de réconfort pour l'autre. On a réservé un train-couchettes vers le nord, pour Sapa, via un service appelé Fanxipan et, quand on a atterri à la mauvaise gare, mon père s'est mis à courir dans tous les sens en demandant frénétiquement « Frangipane ? » pendant que je nous achetais des bánh mì à un stand non loin. On a mangé les sandwichs dans nos couchettes superposées et avalé en guise de dessert les cachets de Xanax de mon père. Puis on a vidé un sac en plastique rempli de bières 333 jusqu'à s'assommer assez pour s'endormir malgré les embardées violentes du wagon sur des rails d'à peine soixante centimètres de large. À Sapa, on a loué des motos pour conduire sur les brumeuses routes en lacet avec vue sur les rizières en terrasses qui semblaient s'étendre à l'infini. Mais le moindre moment d'émerveillement était rapidement suivi d'un coup brutal au ventre, un rappel constant de ce qui nous amenait là.

À chaque fois qu'un réceptionniste lui demandait s'il avait besoin d'une deuxième clé pour son « amie », mon père rougissait.

— Non, non, c'est ma fille, protestait-il.

— C'est mon père ! ai-je crié à la guide hmong qui nous a invités à goûter des larves sautées dans son auberge.

— Alors, où est la maman ? s'est-elle enquise tandis que je croquais une tête croustillante.

— À la maison, a répondu mon père, avant de pincer les lèvres, les yeux embués, sans savoir comment passer à autre chose.

C'était l'époque où nous pensions plus facile de mentir et de ne pas s'appesantir sur la question, quand nous avions encore trop peur de prononcer les mots à voix haute.

— C'est un voyage père-fille, ai-je ajouté.

En général, le soir, après avoir dîné tôt, chacun rentrait dans sa chambre d'hôtel et je m'effondrais sur le lit pour dormir entre quatorze et quinze heures. Le deuil, comme la dépression, rend difficile à accomplir même la plus simple des tâches. Notre présence dans ce pays était du gâchis. Nous étions anesthésiés à toute beauté, malheureux en silence et sans la moindre idée de comment s'entraider. Notre arrivée à Huê a marqué la moitié du séjour de deux semaines qui commençait à paraître bien trop ambitieux, et douloureusement long. Tout ce que je voulais, c'était rentrer à la maison. Je rêvais de me terrer dans ma chambre et de retrouver le confort du déni grâce à ma PlayStation et à l'exploitation agricole virtuelle et apaisante du jeu *Farming Simulator*. Pas de me réveiller à six heures du matin pour faire la visite en van d'une énième pagode et d'un marché où mon père passerait des heures à négocier l'équivalent de quelques dollars américains.

Mais ce jour-là à Huê, l'optimisme commençait enfin à poindre. La météo était meilleure qu'à Sapa, l'atmosphère plus tranquille qu'à Hanoï. Les klaxons incessants des scooters que nous avions identifiés comme la seconde langue officielle du Viêt Nam n'étaient plus parlés aussi couramment. La vie avançait à un rythme plus lent.

À midi, nous avons partagé un bánh khoái – une galette frite jaune, croustillante et grasse, repliée sur des crevettes et des pousses de haricots mungo – en le faisant passer avec des lampées de bière Huda fraîche. Nous avons nagé dans l'étang magnifique et gigantesque de notre magnifique et gigantesque hôtel. Nous avons regardé la femme du conducteur du bateau essayer des t-shirts souvenirs et tenter de nous vendre des boules à neige et des décapsuleurs en bois, secouant la tête avec culpabilité en répétant « Non, merci » à chaque nouvel article proposé lors de notre croisière sur la rivière des parfums.

Le soir, nous avons pris un taxi pour aller dîner aux Jardins de la Carambole, un restaurant de fusion franco-vietnamienne hautement recommandé près de la Citadelle. Le restaurant avait des airs de grand manoir colonial sorti tout droit du quartier français de La Nouvelle-Orléans. L'extérieur était peint en jaune vif. La façade était découpée en trois arches sur les deux niveaux du bâtiment. Au premier, chacune recelait un balcon privatif. Au rez-de-chaussée, des tables étaient élégamment disposées sous les colonnades.

Nous avons pris des cocktails pour commencer, puis une bouteille de bordeaux pour le dîner. Nous avons commandé avec voracité. La soupe au potiron, le bœuf en feuille de bananier, les rouleaux de printemps sautés, le calamar croustillant, un bol de bún bò Huế, et une salade de mangue et de fruits de mer recommandée par la serveuse. Une prédilection pour l'abondance de plats à partager et un enthousiasme pour l'alcool sont deux points communs sur lesquels mon père et moi avions toujours compté.

— Vous savez, a-t-il dit à la serveuse comme s'il l'incluait dans un secret.

Il a pointé un index insistant dans ma direction et a annoncé :

— Avant, elle faisait ça, là, comme vous !

— Pardon ?

La serveuse était une jolie Vietnamienne qui semblait avoir mon âge. Elle avait de longs cheveux noirs et portait l'áo dài, une tunique dont les fentes latérales partaient des chevilles et remontaient haut jusqu'à la taille, dévoilant un pantalon noir à la coupe ample. Elle parlait anglais avec un accent presque imperceptible. Quand elle avait les mains libres, elle les gardait jointes, l'une sur l'autre, comme un bouddha serein.

— Ma fille… elle était serveuse. Beaucoup d'années ! a-t-il ajouté.

Après toutes ces années au contact de la famille de ma mère, mon père avait développé cette façon de communiquer avec des non-anglophones qui consistait à zapper les pronoms et à gesticuler dans tous les sens comme s'il s'adressait à un enfant de trois ans.

— Et moi, a-t-il dit en se désignant du doigt. Avant, très longtemps.

Il a écarté largement les bras.

— Pas serveur, commis !

Puis il a plaqué sa grosse main sur la table, faisant trembler les couverts et les verres, en laissant échapper un rire tonitruant.

— Oh, a fait la serveuse, miraculeusement imperturbable devant cet Américain qui manquait de retourner sa table.

— Ma fille et moi, on aime manger, a-t-il poursuivi. On est ce qu'on appelle des gourmets.

J'ignorais si c'était la croisière en bateau, l'usage du mot *gourmet* par mon père, ou le soin qu'il avait pris à le prononcer GOURRR-MET qui me filait la nausée, mais soudain la salade de fruits de mer et de mangue que j'avais commandée ne m'a plus semblé si appétissante. Il y a peu de choses que je hais davantage dans ce monde qu'un homme d'âge mûr s'autoproclamant gourmet, d'autant plus quand mon propre père m'imposait le partage de ce titre alors que quelques minutes plus tôt il venait de me demander si j'avais déjà entendu parler du ceviche.

— Oh, vraiment ? a répondu la serveuse avec un enthousiasme qu'elle a réussi à faire passer pour sincère.

C'était vraiment une employée exceptionnelle. À sa place, j'aurais fait semblant d'astiquer des cuillères.

Je n'étais pas particulièrement fière de mes compétences de serveuse, en revanche c'était à mes yeux un métier honorable. J'aimais le sens de la camaraderie, le mépris partagé pour les clients – ceux qui paient via Groupon, les difficiles, ceux qui réclament un steak bien cuit et demandent si le poisson « ne sent pas trop le poisson ». Il y avait une certaine joie à échanger son temps contre du liquide, pour le dilapider entièrement quelques heures plus tard à la fermeture des bars, décuplée par la gloire de commander des verres après les avoir apportés toute la journée. Le point négatif, c'était que le métier m'avait transformée en une cliente névrosée. J'avais développé un besoin compulsif d'empiler soigneusement toutes les assiettes de la table après avoir terminé de manger, de donner un pourboire de vingt-cinq pour cent même si le service était exécrable, et de ne jamais – à moins d'un foutage de gueule magistral – renvoyer un plat en cuisine parce qu'il n'était pas à mon goût. Alors quand mon père m'a demandé pourquoi je ne touchais pas à ma salade, j'aurais préféré cacher les restes dans ma serviette plutôt que de causer un esclandre.

— Je crois que j'ai un peu le mal de mer depuis le bateau. Rien de dramatique.

— Excusez-moi, a lancé mon père à la serveuse de l'autre côté de la salle. Elle n'aime pas.

Il a pointé du doigt la salade de crustacés et a pincé son nez puis éventé l'air pour mimer, ai-je supposé, la puanteur portuaire.

— Ça sent trop le poisson.

— Non, non, tout va bien, suis-je intervenue. Vraiment, merci, tout va bien. Bon sang, papa, je t'ai dit que ça allait.

— Michelle, si tu n'aimes pas quelque chose, il faut toujours le dire.

La salade dégageait effectivement une odeur puissante de poisson. Après tout, c'était un mélange de fruits de mer arrosé de nuoc-mâm, dans un pays où la sauce de poisson sert de base culinaire. Mais le fait que je ne la mange pas n'était en rien de la faute de la serveuse. Pour couronner le tout, il avait fallu que mon père sorte *la* phrase à ne pas dire, nous faisant d'abord passer pour je ne sais quels critiques gastronomiques pédants, avant de dénigrer la cuisine locale.

— Je suis tout à fait capable de renvoyer seule mon plat, ai-je affirmé en gigotant sur ma chaise. Je suis grande. Je n'ai pas besoin que quelqu'un d'autre ouvre sa gueule à ma place.

— Tu n'es pas obligée d'utiliser ce vocabulaire, a-t-il dit en regardant la serveuse. Baisse d'un ton.

— Voulez-vous que je vous débarrasse ? a-t-elle proposé.

— Oui, merci, a répondu mon père.

Elle semblait relativement imperturbable, mais je ne pouvais pas m'empêcher de l'imaginer en train d'expliquer à son manager que ce n'était pas sa faute si deux « gourrrrmets » américains étaient scandalisés de découvrir que la salade de fruits de mer avait effectivement un goût de poisson, alors qu'elle reproduirait le geste de la main de mon père. Je me demandais quels étaient les mots en vietnamien pour « crétins de touristes ».

— Sérieusement ? Maintenant elle est gênée. Et si elle doit payer le plat de sa poche sur ses pourboires ?

— Je n'apprécie pas que ma propre fille me parle sur ce ton devant des inconnus.

Il articulait lentement en regardant fixement son verre à vin dont il tenait le pied avec le poing.

— Personne ne me parle comme ça.

— Pendant tout le voyage, tu n'as fait que négocier avec tout le monde. Les chauffeurs de taxi, les guides… Et maintenant tu donnes même l'impression d'essayer de manger gratos. C'est gênant.

— Ta mère m'avait prévenu de ne pas te laisser abuser de ma gentillesse.

Voilà. Il avait commis l'impardonnable. Il avait prêté des paroles à une morte pour les utiliser contre moi. Je sentais le sang affluer vers mon visage.

— Oh, maman avait plein de reproches à ton sujet aussi, crois-moi. Et il y a plein de trucs que je pourrais te répéter maintenant, mais je choisis de ne pas le faire.

Elle ne t'appréciait même pas, avais-je envie de lui balancer. Elle te comparait à une assiette cassée. Quand ma mère avait-elle pu lui dire une chose pareille, et en référence à quoi ? Les mots ne cessaient de tourner dans ma tête. Certes, j'avais tenu mon éducation pour acquise, j'avais passé mes nerfs sur ceux qui m'aimaient le plus et je m'étais laissée aller à une dépression sans doute illégitime. J'avais été atroce à l'époque. Mais maintenant ? J'avais travaillé tellement dur pendant six mois pour incarner la fille parfaite, pour compenser tous les ennuis que je lui avais causés à l'adolescence. Or, à entendre mon père, c'était ça, l'ultime conseil qu'elle lui avait donné avant de rendre son dernier souffle : méfie-toi de cette gamine, elle va abuser de ta gentillesse. Ne savait-elle pas que c'était moi qui avais dormi trois semaines sur une banquette d'hôpital pendant que papa profitait d'un vrai lit à l'appartement ? Que c'était moi qui changeais son bassin hygiénique parce que lui était incapable de réprimer ses haut-le-cœur ? N'avait-elle pas conscience que c'était moi qui avais ravalé mes émotions quand lui s'en délestait sur moi ?

— C'est fou ce que tu étais pénible, a-t-il dit. On en parlait tout le temps. D'à quel point tu étais cruelle avec nous.

— Je regrette tellement d'être venue ici !

Et parce qu'il n'y avait plus rien à ajouter à ça, j'ai repoussé ma chaise et je suis partie avant qu'il ne puisse m'en empêcher.

J'entendais les cris énervés de mon père qui m'appelait alors que je le plantais au restaurant, où il payait en vitesse l'addition pour notre dîner tendu et quasiment laissé intact. J'ai tourné au coin de la rue et j'ai foncé dans l'obscurité. La proximité de la citadelle rendait plus facile le repérage dans la ville. Je me souvenais vaguement d'où nous étions venus, et j'ai réussi à suivre la rivière des Parfums jusqu'à l'hôtel. Ça faisait une trotte, mais je n'étais pas sûre d'avoir assez de monnaie pour un taxi.

Mieux valait marcher de toute façon, et en profiter pour planifier mon retour à Hanoï seule. Je pouvais prendre un train, réserver une chambre pas chère et l'éviter pendant le reste de la semaine, au lieu de l'accompagner à Hô Chi Minh-Ville comme prévu. Mais alors il me faudrait quand même le voir à bord de l'avion pour les US. Je me suis demandé combien il m'en coûterait d'avancer mon vol pour Philadelphie, et combien j'étais capable de payer pour ne plus jamais avoir à lui adresser la parole.

Mon père m'attendait en haut des marches de l'imposant escalier qui menait à la réception. J'imaginais le trouver en colère – à faire les cent pas et prêt à m'engueuler d'être partie comme ça, mais son air lugubre m'a étonnée. Accoudé sur la rambarde en marbre, le menton appuyé sur sa paume, il regardait au loin dans la nuit moite avec un air qui ne pouvait appartenir qu'à un homme tourmenté par cette seule question : « Qu'est-ce que je fous là ? »

Je me suis glissée derrière un bâtiment pour qu'il ne me voie pas. Je l'ai observé passer une main dans ses cheveux noirs de plus en plus épars, et, au lieu de me sentir énervée ou victorieuse, je me suis sentie très, très mal. Mon père était le dernier de ses frères à avoir encore des cheveux. À présent il ne lui restait plus qu'un tiers de l'épaisse chevelure qu'il arborait avant la maladie de ma mère. J'avais l'impression que c'était une chose de plus que la vie lui avait prise. Finalement toute sa vie n'avait été qu'injustice, d'une manière dont je n'avais jamais fait l'expérience et que je ne comprendrais peut-être jamais.

Privé d'une enfance, d'un père, et maintenant privé à nouveau, cette fois de la femme qu'il aimait, à quelques années seulement du dernier chapitre de leur histoire.

Pour autant, je n'étais pas prête à lui pardonner et, maintenant que j'avais retrouvé mes repères, j'ai décidé de chercher un endroit où prendre un verre. Je me suis dit que je trouverais bien des Australiens en vacances pour me payer une tournée quand je serai à court d'argent, mais il n'y avait pas de touristes en vue, et j'avais peur de me perdre au retour en allant trop loin si j'avais bu. J'ai fait demi-tour pour porter mon choix sur un bar en bas de la rue, le Cafe L'Ami.

Je me suis installée à une table en terrasse et j'ai commandé une bière. J'avais descendu la moitié de la bouteille quand un serveur grand et mince m'a informée que la musique allait commencer et m'a demandé si je préférais être placée à l'intérieur. Le bar était sombre, éclairé par une lumière violette et une boule disco rotative. Il y avait des tables rondes de café décorées de fausses roses en plastique. La salle était essentiellement vide. Il n'y avait pas d'étrangers, qu'un groupe de locaux au fond, et un couple assis un peu plus loin.

Sur la scène étaient disposés un clavier Casio, une guitare acoustique et un petit écran de télévision dans un coin, relié à un ordinateur portable. Une hôtesse a pris le micro pour faire une annonce. Deux jeunes hommes sont montés sur scène. Le premier, à lunettes, s'est installé au clavier, et l'autre a pris la guitare et a commencé à jouer. L'hôtesse a chanté en vietnamien, et je ne savais pas trop au début si les musiciens faisaient du playback ou si c'était un morceau préenregistré sur le clavier. L'hôtesse entonnait avec un talent surprenant une ballade sentimentale et entraînante dont je regrettais de ne pas avoir le nom pour la retrouver plus tard.

J'ai commandé une autre bière et, sortie de nulle part, une jeune fille vietnamienne s'est assise à côté de moi.

— Excusez-moi. Qu'est-ce que vous faites là ? a-t-elle demandé.

Son fort accent était difficile à comprendre, surtout par-dessus la musique. Elle s'est mise à rire.

— Désolée, je ne vois jamais de touristes ici. Je viens tous les jours.

Quand l'hôtesse a terminé sa chanson, un homme s'est levé au fond du bar, a regardé ses amis en quête d'encouragements, et s'est emparé du micro. Un serveur est arrivé à notre table avec une théière en céramique et une tasse qu'il a placées devant ma nouvelle voisine.

— Je m'appelle Quing, a-t-elle dit.

Elle s'est versé du thé et a placé ses deux mains autour de la tasse. Les coudes sur la table, elle s'est penchée vers moi pour que je puisse mieux l'entendre.

— Ça veut dire *fleur*.

— Michelle, me suis-je présentée. Je suis en vacances. Dans un hôtel pas loin.

— *Michelle*, a-t-elle répété. Qu'est-ce que ça veut dire ?

— Oh, ça ne veut pas vraiment dire grand-chose.

L'homme sur scène s'est mis à chanter, et de nouveau j'ai été frappé par la justesse de sa voix. Je me suis demandé un moment si tous les Vietnamiens naissaient avec l'oreille absolue.

— Je viens ici parce que je suis triste, a-t-elle dit. J'aime chanter. Je viens tous les jours.

— Moi aussi, je suis triste.

La deuxième bière commençait à me désinhiber un peu.

— Qu'est-ce qui te rend triste ?

— Je veux être une chanteuse ! Mais mes parents veulent que j'aille à l'école. Pourquoi tu es triste ?

J'ai pris une gorgée de bière.

— Ma mère est morte, ai-je enfin avoué.

C'était peut-être la première fois que je laissais les mots passer mes lèvres.

Quing a reposé sa tasse et a posé sa main sur la mienne.

— Tu devrais chanter.

Elle s'est approchée davantage et m'a regardée dans les yeux, comme si elle était certaine que sa suggestion allait résoudre tous mes problèmes. C'était ce que j'avais ressenti vis-à-vis de la musique, à une époque. Avant tout ça. J'y avais cru avec tant de conviction, avant d'être confrontée à une perte si dévorante qu'elle avait ébranlé mes passions les plus évidentes, et avait fait apparaître mes ambitions frivoles et égomaniaques. J'ai pris une autre gorgée de bière, j'ai reculé ma chaise et je me suis dirigée vers la scène.

— Vous avez « Rainy Days and Mondays » ? ai-je demandé à l'hôtesse, qui a saisi le titre dans la barre de recherche de YouTube, a cliqué sur une version karaoké en Midi et m'a tendu le micro.

Quing s'est appuyée contre la scène et a lancé un cri d'encouragement. Quand la musique a démarré, elle a fermé les yeux et elle s'est balancée doucement, un sourire flottant sur ses lèvres.

— *Talking to myself and feeling old... Sometimes I'd like to quit, nothing ever seems to fit...* Je parle toute seule et je me sens vieille... Parfois je songe à baisser les bras, jamais rien ne me va...

En chantant les premiers vers, je me suis rendu compte que l'effet réverbe était poussé au maximum sur le micro.

Le résultat était fantastique. On ne pouvait littéralement pas chanter faux avec ce réglage. J'ai fermé les yeux pour me plonger dans la chanson, invoquant la Karen Carpenter en moi – sa silhouette tragiquement frêle, cette femme affamée en robe jaune, qui s'était désagrégée sous la pression du bonheur affiché pour les caméras et s'était tuée à petit feu en direct à la télévision, à force d'essayer d'atteindre la perfection.

Le bar a applaudi. Quing a saisi la rose en plastique qui décorait notre table et me l'a présentée cérémonieusement. Quand est venu son tour de chanter, elle a évidemment choisi rien de moins que « My Heart Will Go On », un hymne qui règne encore en classique incontournable en Asie presque deux décennies après sa sortie. J'ai pensé à ma mère, qui imitait Céline Dion, à son menton fébrile. L'amplification réverbe a propulsé la voix de Quing dans tout le bar alors qu'elle criait « *Near ! Far ! Wherever you are !* » et j'ai récolté des roses sur les tables voisines pour les lancer à ses pieds.

— Quing, c'était génial !

Alors que les autres clients se passaient tour à tour le micro, nous avons continué à récupérer des roses en plastique pour les jeter sur la scène. Nous avons dansé sur tous les morceaux, applaudissant à tout rompre à chaque fois. Elle m'a parlé des chanteuses célèbres au Viêt Nam. Nous avons échangé sur nos rêves. J'ai terminé ma dernière bière et nous nous sommes serrées dans les bras avant d'échanger nos adresses mail et de nous promettre de garder contact – ce que nous n'avons jamais fait.

Au matin, j'ai retrouvé mon père pour le petit-déjeuner au buffet de l'hôtel. Nous n'avons pas mentionné la dispute et nous avons poursuivi le voyage comme si de rien n'était. Nous avons pris le train pour Hội An, où nous avons passé deux jours à nous balader dans la vieille ville, le centre historique, en photographiant le canal. Les rues étaient bordées d'étals qui vendaient des lanternes colorées et des cartes en trois dimensions. Sur le célèbre pont-pagode japonais, nous nous sommes arrêtés pour regarder les locaux déposer des petits bateaux en papier portant une bougie sur l'eau, sans savoir que *Hội An* signifie *se réunir en paix*.

16

Jatjuk

Nous étions partis au Viêt Nam en quête de réparation, pour nous rapprocher l'un de l'autre dans le deuil, mais nous en revenions plus brisés et désunis que jamais. Après vingt heures de vol, nous sommes arrivés à la maison à huit heures du soir et je me suis endormie aussitôt, épuisée par le voyage et le décalage horaire. Vers minuit, j'ai été réveillée par un appel de mon père.

— J'ai eu un accident de voiture, a-t-il annoncé calmement. Je suis à un kilomètre. J'ai besoin que tu viennes me récupérer. Et Michelle, apporte du bain de bouche.

Paniquée, je l'ai inondé de questions, auxquelles il a seulement répondu fermement par mon prénom, avant de raccrocher. J'ai passé un manteau par-dessus mon pyjama, cherché frénétiquement les clés de voiture de ma mère, j'ai attrapé un flacon de Listerine dans le placard de la salle de bains, et je me suis mise en route.

Quand je suis arrivée, l'ambulance était déjà là. Rien qu'à voir le lieu de l'accident, j'étais certaine que mon père était mort. Le véhicule avait fait des tonneaux pour atterrir sur le flanc entre deux poteaux téléphoniques. Toutes les vitres étaient brisées.

J'ai garé la voiture de ma mère derrière le carnage et j'ai couru vers la scène pour découvrir mon père, assis au bord de l'ambulance, qui inspirait et expirait en suivant les instructions des secouristes. On lui avait ôté sa chemise et une large contusion se dessinait déjà le long de sa clavicule. Des petites coupures rayaient ses bras et son torse, comme si on l'avait égratigné à plusieurs reprises avec une râpe à fromage. Des policiers s'agglutinaient autour de nous, tous aussi stupéfaits que moi qu'il ait survécu. Il était impossible de lui glisser le bain de bouche sans éveiller les soupçons.

— J'avais un truc à vérifier au boulot, a-t-il prétexté. J'ai dû m'endormir au volant.

Le bureau de mon père se trouvait à côté du Highlands, son bar préféré.

— Ils veulent m'emmener à l'hôpital, m'a-t-il dit. Mais je ne pense pas que ce soit nécessaire.

— Tu y vas, ai-je tranché.

— Michelle, je vais très bien.

— Non, mais t'as vu l'état de ta bagnole ? ai-je protesté en pointant un doigt vers l'épave. Quand je suis arrivée, j'ai cru que j'étais orpheline ! On part à l'hôpital.

J'ai suivi l'ambulance jusqu'à Riverbend, où ma mère avait été soignée après avoir été mise chaos par son premier cycle de chimio, ce même hôpital où elle était retournée après notre voyage en Corée. Par moments, le bâtiment tout en largeur avec ses lumières jaunes dans la nuit me faisait penser au film *Shining*. L'auvent en bois qui abritait l'entrée principale et la cheminée en pierre qui se dressait dans le hall lui donnaient une vague ambiance de chalet hanté. C'était une image difficile à affronter de nouveau. Le temps de trouver une place où me garer et de rejoindre la chambre, deux policiers interrogeaient déjà mon père.

— Pourquoi vous avez du mal à articuler correctement ?

— Vois pas d'quoi vous parlez...

Il s'est interrompu, puis a ajouté avec un rire :

— Bon, maintenant si, mais c'est parce que j'y pense.

Le bain de bouche pesait lourd dans la poche de mon manteau.

— S'il vous plaît, suis-je intervenue. Ma mère vient de mourir.

Je ne savais pas si je pleurais de peur parce qu'il risquait un retrait de permis qui me condamnerait à rester coincée à Eugene pour lui servir de chauffeur ou parce que j'étais submergée par le sentiment que le destin s'acharnait sur nous.

— Je vais simplement noter pour cette fois que vous vous êtes endormi au volant, a dit le policier en le dévisageant d'un air suspicieux.

Mon père a posé une main dans mon dos pour rendre la scène plus convaincante.

Quelques heures plus tard, on l'a autorisé à quitter l'hôpital et je l'ai conduit à la maison. Je refusais de lui adresser la parole. Maintenant que je savais qu'il allait bien, la peur pour sa santé avait laissé place à une colère qui irradiait de moi.

— Je te jure que je me suis juste endormi, répétait-il.

C'était un miracle qu'il s'en soit sorti sans la moindre fracture, mais ses blessures restaient extrêmement douloureuses. Il prenait des antalgiques, dont certains avaient aussi été prescrits à ma mère, et qui accentuaient ses symptômes dépressifs. Il a dormi toute la journée. Pendant trois jours, il n'a pas quitté sa chambre. Au fond de moi, je me demandais s'il n'avait pas provoqué son accident intentionnellement, ce qui m'énervait plus encore. J'ai fait peu d'efforts pour m'intéresser à son état. Je voulais penser à moi. Je ne pouvais plus prendre soin de qui que ce soit.

Alors j'ai cuisiné. Surtout le genre de plat dans lequel on pouvait se noyer et qui nécessitait une sieste digestive. Le genre de plat que l'on commande si l'on sait qu'il s'agira du dernier. J'ai préparé une tourte de A à Z : la pâte brisée pleine de beurre à malaxer puis à étaler au rouleau, la garniture de poulet rôti, le bouillon épais et savoureux, les petits pois et carottes, jusqu'à la pâte feuilletée croustillante pour recouvrir le tout. J'ai saisi des steaks au barbecue pour les servir avec une purée onctueuse, un gratin dauphinois, ou des pommes de terre cuites au four avec une généreuse noix de beurre et des cuillérées à soupe de crème aigre. J'ai concocté des lasagnes noyées sous la bolognaise maison et les poignées de mozzarella râpée.

Pour Thanksgiving, j'ai passé des semaines entières à chercher et à collectionner des recettes en ligne. J'ai farci et rôti une dinde de quatre kilos et demi de chez Costco et j'ai préparé le Cranberry Blizzard – de la glace avec de la chantilly et de la gelée de cranberry – dont tante Margo avait donné la recette à ma mère. J'ai servi des patates douces avec des marshmallows et une sauce maison.

Un soir, j'ai acheté des homards. Après avoir pris le temps de les observer dans l'aquarium du supermarché pour déterminer les plus vaillants du tas, j'ai demandé au poissonnier de les soulever avec son râteau en plastique et de leur chatouiller la queue, comme mon père me l'avait appris, et j'ai choisi ceux qui se retournaient le plus vigoureusement en réponse. Je les ai ébouillantés dans une grande marmite et j'ai sorti les coupelles qu'utilisait ma mère pour le beurre fondu. Une fois cuits, mon père a donné deux coups au centre de leurs pinces et fait de longues incisions sur leur dos.

Quand on dégustait du homard, ma mère en préparait un pour mon père et un pour moi, et se contentait du plat de maïs d'accompagnement, d'une pomme de terre au four, ou d'un bol de riz avec des banchan et une conserve huileuse de balaou qu'elle faisait caraméliser dans de la sauce soja. Mais si par chance on tombait sur des œufs, elle adorait racler à la cuillère les petites billes orange pour les mettre sur son assiette avant de les engloutir joyeusement.

On s'est assis pour manger et chacun a tordu la queue de son homard pour la séparer du corps, puis a retourné l'animal pour briser la coque en deux.

— Pas d'œufs, a-t-il constaté avec un soupir en continuant de dépiauter la carcasse pour en aspirer la substance visqueuse et grise.

— Moi non plus, ai-je dit en séparant une pince à l'aide d'un casse-noisettes.

À Noël, quand les cours de Peter se sont enfin terminés, il a emménagé chez nous. On est allés choisir un sapin tous les deux dans la ferme au bout de la route. C'était comme jouer aux adultes. Peter endossait le rôle de mon père, allongé sous l'arbre pour ajuster les vis du socle, alors que j'essayais d'adopter le regard de ma mère pour lui dire stop au moment où le sapin semblait le plus étoffé. Elle rangeait les décorations de Noël dans un placard du couloir à l'étage, emballées dans du papier journal et divisées en trois boîtes à chapeaux identiques.

Les guirlandes lumineuses étaient enroulées autour de vieux exemplaires roulés du *Time Magazine*.

Ce placard n'était qu'un des nombreux débarras sur lesquels comptait ma mère pour stocker ce qui, au cours de toute sa vie à Eugene, était devenu une quantité monstrueuse de bricoles haut de gamme. Une cage à oiseaux décorative en bois, des saladiers pleins de cylindres en verre colorés et d'ampoules, une collection de bougies dans leur cellophane. La moindre alcôve, le moindre cagibi était rempli à ras bord d'objets de téléachat, de dizaines de crèmes pour le contour des yeux et de sérums encore dans leur emballage, de porte-baguettes et de ronds de serviette.

La mort d'Eunmi ne lui avait-elle donc rien appris ? Pourquoi avait-elle conservé les notices de tout l'électroménager de la maison ? Les reçus des contrôles techniques de la voiture datant de plus de vingt ans ?

Dans l'inventaire du placard du couloir, j'ai été confrontée au reliquaire des souvenirs grouillants de mon enfance. Tous mes bulletins scolaires étaient rangés dans une enveloppe en kraft. Elle avait gardé une affiche de l'expo de sciences de CE2. Il y avait le journal qu'elle me forçait à tenir quand j'apprenais à écrire. « *Aujourd'hui je suis allée au parc avec maman pour donner à manger aux oiseaux.* »

Je commençais tout juste à lui en vouloir pour tout ce bazar qu'elle m'avait laissé à trier quand je suis tombée sur deux paires de chaussures pour bébé, en parfait état. Des tongs faites de trois bandes de cuir blanc qui s'attachaient derrière la cheville, et des baskets sans lacets en toile rose avec une doublure en tissu écossais coloré. Elles étaient si petites qu'elles tenaient dans la paume de ma main. J'ai serré une des sandales et je me suis mise à pleurer. J'ai pensé à la vision à long terme que devait avoir une mère pour garder ce genre de choses, les chaussures de son bébé, pour le bébé de son bébé, un jour. Un bébé qu'elle ne verrait jamais.

Ma mère a conservé un grand nombre d'objets pour mon futur enfant. J'ai trouvé étrangement thérapeutique de les organiser. J'ai passé au moins une semaine à trier ma collection de Playmobil en lots complets. Dans le bureau de mon père largement inoccupé, j'ai vidé les boîtes en vrac et j'ai réparti les kits en plusieurs tas. J'ai compté huit tasses de thé bleu sarcelle de la taille de grains de maïs que j'ai réunies avec les autres éléments du stand à hot-dogs. J'ai trouvé deux anneaux de flammes et je les ai remis dans le cirque. J'ai étalé les articles du manoir victorien sur la moquette beige et j'ai passé mes mains sur les minuscules pièces en plastique, en quête de la toute petite casquette indigo du garçon blond qui y vit avec la fillette châtain en chemisier rose et pantalon blanc.

Ma mère m'aurait tuée si elle avait vu tout ce que j'ai jeté. Les devoirs d'école et les vieilles cartes de mutuelle, les cassettes VHS de mon apparition dans une émission pour enfants en Corée et les dessins animés qu'a doublés ma tante. J'ai revendu les peluches Ty qu'on avait achetées comme tout le monde à l'époque, dont l'édition spéciale Princess Diana encore dans sa boîte sous blister. J'ai mis en vente sur Craiglist la poupée Samantha aux longs cheveux châtains que je l'avais suppliée de m'offrir, avec ses vêtements d'origine et les tenues complémentaires que ma mère avait commandées en solde. Ce délestage effréné, comme si la maison partait en flammes, me donnait l'impression d'être possédée. Le tri de cette montagne d'affaires pour parvenir à une collection de souvenirs d'un volume raisonnable a pris les proportions d'un travail pénal, et le bout du tunnel apparaissait comme une issue amplement méritée, la fin d'une sentence.

Tous ces effets semblaient rendus orphelins par sa mort, ou simplement réduits à l'état d'objets, de matière, d'impedimenta. Ce qui autrefois avait une utilité s'était transformé en obstacle. Les grands bols qui servaient chacun à un plat spécifique n'étaient maintenant plus que de la vaisselle à trier, des embûches sur mon chemin vers la sortie. Le bougeoir magique de mon enfance, la clé de l'intrigue de mes récits imaginaires, n'était plus qu'une babiole de plus à jeter.

J'ai rempli un rouleau entier de sacs-poubelle avec ses vêtements, en les organisant en piles à l'étage, épargnant ainsi à mon père ce processus long d'une semaine. Un tas pour les dons, un tas pour ce que j'allais peut-être garder, un pour ce que j'étais sûre de vouloir conserver. Avec toutes ses tenues étalées au sol, on aurait dit que des versions multiples de ma mère s'étaient dégonflées et évaporées.

J'ai essayé tous ses manteaux et ses magnifiques vestes en cuir, regrettant amèrement qu'elles soient deux centimètres trop larges pour mes épaules. J'ai récupéré les chaussures qui m'allaient et je me suis débarrassée sans la moindre hésitation de ses baskets à talons compensés. Sur la table, j'ai aligné les sacs à main en cuir orange souple, en peau de serpent rouge vernis, les précieuses minaudières qui pouvaient à peine contenir un téléphone. Un rond parfait en fourrure noire toute douce avec un petit fermoir en argent et un intérieur en satin. Tous dans un état impeccable, comme s'ils n'avaient jamais été portés.

Il y avait un faux Chanel de très bonne qualité, modèle classique en cuir matelassé, et un vrai, encore dans sa boîte d'origine.

J'ai invité Nicole et Corey à venir piocher à leur tour. Je les ai encouragées à essayer quelques affaires et à prendre tout ce qu'elles voulaient. C'était un peu gênant au début, mais après beaucoup d'insistance elles ont finalement cédé. Après elles, j'ai proposé à quelques amies de ma mère à faire de même, puis j'ai séparé le reste en plusieurs cargaisons que j'ai livrées en voiture dans différents centres de dons de la ville.

Je sentais mon cœur s'endurcir – sur la plaie se former une croûte, une nouvelle couche de peau, de la corne. J'ai effacé les photos prises à l'hôpital, dans son lit, en pyjamas assortis. J'ai supprimé celle qu'elle m'a envoyée quand elle s'est coupé les cheveux à la Mia Farrow, où elle posait timidement comme si le plus dur était fait. En organisant les placards près du téléphone de la cuisine – il fallait rassembler les piles qui traînaient, jeter les clichés de paysages flous, mettre de côté les pellicules jamais développées –, je suis tombée sur le carnet vert à spirale dans lequel j'avais consigné le détail de tous les médicaments et de son apport calorifique journalier. Additions désespérées, inventaire optimiste, registre de la moindre lampée et béquetée pour lesquelles il avait fallu argumenter et amadouer dans un effort tragique de persévérance. J'ai arraché les pages, la spirale en fer, et j'ai hurlé en déchirant mes calculs stupides et vains pour les réduire en morceaux.

Peut-être étais-je hantée par la destruction de toutes les cuillérées de jatjuk notées dans ce carnet, mais je me suis retrouvée plus tard avec une inexplicable envie de cette bouillie. Le repas que Kye préparait le plus souvent à ma mère, une des rares choses qu'elle parvenait à garder.

Je suis allée voir sur Google si Maangchi, dont j'avais suivi la recette de la soupe de pâte de soja, en avait une pour le porridge de pignons de pin. J'en doutais, car c'est un plat bien moins populaire que le doengjang jjigae. Pourtant elle y était.

En description, on pouvait lire : « Je dois dire que la bouillie de pignons de pin est la meilleure de toutes !... Elle a l'air très liquide, mais je recommande de la manger à la cuillère et non pas de la boire, car je veux que vous en dégustiez l'arrière-goût. Une cuillère, et après, pause ! Et fermez les yeux comme moi dans la vidéo, pour savourer. Oh miam, oh miam, puis une nouvelle cuillère ! Lol. »

Son style me rappelait celui des SMS de ma mère, jusqu'à la manière dont elle micromanageait la moindre expérience gustative.

J'ai posé mon ordinateur sur le plan de travail de la cuisine et j'ai lancé la vidéo. Maangchi portait un chemisier marron orné de dentelle en sequins sous le col, et ses manches étaient repliées sur ses avant-bras. Ses cheveux noirs étaient lisses et raides, coupés juste sous les épaules. La vidéo était plus récente que celle que j'avais déjà regardée, et la qualité de la production s'était améliorée. Le décor aussi avait changé, le mobilier était plus moderne et l'espace très lumineux.

— Bonjour tout le monde ! annonçait-elle d'une voix enjouée. Aujourd'hui, nous allons apprendre à cuisiner le jatjuk !

La recette était simple : des pignons de pin, du riz, du sel et de l'eau, que des ingrédients que j'avais sous la main. Suivant les instructions de Maangchi, j'ai fait tremper un tiers de volume de riz pendant deux heures. J'ai mesuré deux cuillérées à soupe de pignons de pin que j'ai entrepris d'écaler, pour jeter ensuite les noyaux tendres dans le mixeur. Quand le riz a fini de tremper, je l'ai rincé sous le robinet et je l'ai ajouté aux pignons avec deux volumes d'eau. J'ai fermé le couvercle et j'ai mixé à pleine puissance, puis vidé le liquide obtenu dans une petite casserole sur la cuisinière.

— Vous n'avez pas besoin de beaucoup d'ingrédients, mais comme vous le voyez, ça prend du temps. C'est pour ça que le jatjuk est très précieux. Si par exemple un membre de votre famille est malade, il n'y a pas grand-chose que vous puissiez faire. Quand on rend visite à des proches à l'hôpital, on prépare souvent ce jatjuk, parce que les malades ne peuvent pas manger des plats normaux. Les pignons de pin sont pleins de protéines et de bon gras pour le corps, ce qui en fait le repas parfait pour les patients en convalescence, expliquait Maangchi.

La mixture avait une magnifique teinte laiteuse. Je remuais à feu moyen avec une cuillère en bois. Au début, impatiente de la voir s'épaissir, je craignais d'avoir utilisé trop d'eau. Puis, alors que sa consistance passait du lait écrémé à celle du beurre de cacahuète, j'ai eu peur de ne pas en avoir versé assez. J'ai baissé le feu et j'ai continué à remuer, en espérant que l'appareil devienne aussi lisse que celui de Maangchi. Quand la casserole s'est mise à grésiller, je l'ai ôtée du brûleur et j'ai ajouté le sel, puis j'ai transvasé la bouillie dans un bol.

J'ai coupé du chonggak kimchi en fines rondelles et je l'ai arrosé d'un peu de saumure. Le velouté avait une saveur ronde en bouche, douce et apaisante à chaque gorgée. J'ai mangé encore quelques cuillérées avant de croquer dans le kimchi de radis blanc pour casser l'onctuosité avec quelque chose d'épicé et d'acide. Ce n'était pas si difficile, ai-je pensé, heureuse d'avoir conquis le plat mystifié par Kye.

C'était ce qu'il me fallait depuis le début, ai-je réalisé, après tant de jours de filets juteux et de crustacés onéreux, de pommes de terre noyées sous toutes les glorieuses combinaisons possibles de ratios de beurre, fromage et crème. Cette simple bouillie était le premier plat à me rassasier vraiment. Maangchi avait dévoilé les secrets de sa confection pas à pas, comme un ange gardien d'internet vers lequel je pourrais toujours me tourner, pour me transmettre le savoir dont j'avais été privée, auquel ma naissance me donnait droit. Paupières closes, j'ai refermé ma bouche sur la dernière cuillère, visualisant la mixture douce tapisser la langue abîmée de ma mère, le liquide chaud descendre lentement jusqu'à mon estomac alors que j'essayais d'en savourer les notes finales.

17

La hachette

— Plus que deux parts de Vegan Spiral ! a annoncé une serveuse en se pavanant devant le plan de préparation des salades qui faisait office de zone démilitarisée entre l'avant et l'arrière du restaurant.

Elle s'est arrêtée pour renifler et a fait la grimace.

— Y a pas un truc qui crame ?

— Barre. Toi. D'ici. Tout de suite ! ai-je grogné, la tête encore à moitié dans le four à pizza où je grattais un tas de fromage brûlé récalcitrant.

En équilibre sur un marchepied, les yeux plissés pour voir à travers la fumée grise qui s'échappait du centre troué d'une pizza que j'avais passé les dix dernières douloureuses minutes à assembler, je luttais pour garder mon sang-froid et sortir des mauvaises herbes. C'était mon premier service seule aux fourneaux en pleine heure d'affluence, et soudain je comprenais pourquoi tous les cuistots avec qui j'avais travaillé détestaient les cuisines ouvertes. Il m'en coûtait un effort considérable de ne pas lui balancer ma roulette à pizza façon ninja.

Après Noël, j'avais postulé dans ce fast-food hipster, attirée par l'idée du travail manuel sans avoir à gérer les clients. Je pensais que bosser dans une pizzeria serait apaisant, que je passerais des heures à écouter tranquillement de la musique en malaxant de la pâte moelleuse – je me voyais psychiquement au niveau de zen des tortues Ninja ou de Julia Roberts dans son t-shirt floqué Mystic Pizza. Je me disais, comme pas mal de monde, que pizzaiola serait un job facile, une bonne manière de rentrer à la maison avec de l'argent plein les poches en échange d'un peu de farine sur la joue.

Sizzle Pie avait autre chose en tête pour moi. Comme pour suivre une sorte de rituel de bizutage sadique, on m'avait mise en première ligne pour le service de nuit du week-end, histoire de me roder. Je commençais à vingt-deux heures et je terminais à six heures. À deux heures, quand tous les bars tiraient le rideau en centre-ville, une horde d'étudiants bourrés affluait, et tout le rush consistait à balancer des parts de pizza et à soulever d'immenses pelles dans des fours brûlants jusqu'à quatre heures du matin, heure de la fermeture tant attendue. Deux heures plus tard, après avoir récuré toute la farine de la journée dans les moindres recoins de la cuisine, j'avais enfin le droit de m'échapper à l'aube.

Peter venait me chercher. Les nuits où je travaillais, il veillait à la maison en traduisant des documents du français vers l'anglais, un job free-lance qu'il avait trouvé sur Craigslist. Je me glissais sur le siège passager, tous les muscles endoloris, des brûlures le long des bras, mes lentilles de contact recouvertes d'un centimètre de farine, et, entre deux bouchées de restes de pizza pepperoni, il me suppliait de démissionner.

— Le salaire ne vaut vraiment pas le coup, a-t-il dit.

Ce n'était pas une question d'argent. Je voulais rester aussi active que possible. Je voulais pousser mon corps au maximum pour ne pas avoir le temps de m'apitoyer sur mon sort, pour me coincer dans une routine qui me permettrait de tenir ancrée durant les derniers mois ici avant que Peter et moi ne quittions Eugene pour de bon. Peut-être que je me punissais de mon échec d'aidante, ou peut-être avais-je simplement peur de ce qu'il adviendrait si je ralentissais.

Le temps que je ne consacrais pas à la pizzeria, à cuisiner de nouveaux plats ou à trier des affaires, je le passais au petit cottage au fond de la propriété où je composais des chansons. J'écrivais sur Julia, toute confuse, qui flairait et attendait devant la porte de la chambre de ma mère, sur le tapis de course de la salle de sport, sur les banquettes d'hôpital, sur son alliance et la solitude des bois. Toutes ces chansons étaient des conversations que j'aurais aimé avoir mais que j'étais incapable de tenir. Elles étaient des tentatives d'exprimer les six derniers mois, quand toutes mes certitudes s'étaient effondrées.

Une fois les paroles terminées, j'ai demandé à Nick, qui faisait l'aller-retour entre Eugene et Portland, s'il voulait bien ajouter un peu de guitare aux mots. On était restés en bons termes après le lycée, et il était très enthousiaste à l'idée de m'aider à composer un album. Nick m'a présenté Colin, un ami pansexuel venu de l'Alaska, qui collectionnait les fusils, jouait de la batterie et louait un studio où l'on pouvait enregistrer. Avec Peter à la basse, à quatre, on a enregistré un album de neuf titres en deux semaines. Je l'ai appelé *Psychopomp*.

Vers fin février, presque toute la maison tenait dans des cartons. Mars marquerait mes dix mois de captivité, et il était temps de passer à autre chose. Peter et moi avions des vues sur New York, où on avait l'intention de dégoter chacun un poste classique avec des horaires de bureau, et enfin s'engager sur la voie normale de la vie d'adulte. Mais avant de nous restreindre à des jours de repos limités en échange d'une mutuelle d'entreprise, il fallait profiter une dernière fois. Avec l'argent reçu pour notre mariage, Peter et moi avons planifié une lune de miel en Corée. On allait visiter Séoul et Busan, et rattraper le voyage qui n'avait pas pu se faire sur l'île de Jeju.

Sur l'application de messagerie Kakao, bien aidée par Google Traduction, j'ai fait de mon mieux en petites phrases courtes d'un méli-mélo d'anglais et de coréen pour informer Nami que Peter et moi avions l'intention de venir. Nami rédigeait ses réponses en coréen, puis les envoyait à Seong Young ou Esther (la fille d'Emo Boo), qui les traduisaient en Anglais, et me les copiait-collait ensuite. Elle insistait pour qu'on séjourne dans la chambre d'amis de son appartement.

J'hésitais à accepter son invitation. J'avais l'intention de reprendre contact avec Nami depuis qu'elle avait quitté Eugene, mais la barrière du langage était un défi presque insurmontable. Les nuances des émotions que je voulais désespérément lui communiquer me semblaient impossibles à exprimer. Plus que tout, je craignais d'imposer ma présence. Pendant les quatre années qui s'étaient écoulées, l'appartement de Nami et Emo Boo avait servi de portes tournantes pour les invités mourants. Maintenant que ma mère était partie, la dernière chose que je voulais, c'était de lui rappeler ces moments sombres, être un fardeau que Nami se sentirait obligée de porter.

Je pensais souvent à elle quand je parcourais les vieilles lettres et photos des affaires de ma mère, et je ne savais pas s'il fallait partager avec elle ces souvenirs ou l'en protéger. Les albums dont elle avait hérité après la mort d'Eunmi étaient nouveaux pour moi. C'était fascinant de la découvrir enfant, avec les cheveux courts, baskets aux pieds, en sépia, et de voir les trois sœurs petites, mes grands-parents jeunes et séduisants.

Mais je me demandais si pour Nami ce serait différent. Une photographie en couleur prise sur le vif dans une sorte de salle des fêtes montrait les filles rangées de l'aînée à la benjamine qui faisaient la chenille avec leurs parents. Tous apprêtés, comme pour un mariage. Dans le fond, on voyait un papier peint à motifs élégants et des rideaux assortis. Mon grand-père menait la danse en cravate blanche et costume beige à la mode. Halmoni, vêtue d'un blazer rose, le tenait par la taille. Nami était au centre, les yeux fermés en plein éclat de rire, accrochée aux hanches de sa mère, elle portait d'immenses perles aux oreilles et une robe turquoise vif. Ma mère était derrière elle, la frange gonflée par une permanente, toujours aussi sophistiquée en tailleur noir. Eunmi, qui fermait la marche, était pudiquement habillée d'une robe bleu marine à fleurs. Toutes les trois regardaient devant elles, et apparaissaient de profil. C'était l'unique photo sur laquelle j'aie jamais vu Halmoni sourire.

Des fantômes, à présent. Seule la sœur au milieu était encore là. J'ai essayé d'adopter le point de vue de Nami, d'imaginer leurs corps s'effacer progressivement du cadre dans un fondu en postproduction, comme dans les films où un personnage remonte le temps et change les circonstances de son présent.

Ma mère m'a raconté une fois que Nami était allée consulter une diseuse de bonne aventure. Elle lui avait expliqué qu'elle était un arbre généreux. Gardienne de la stabilité, elle avait pour destin de protéger, de nourrir et d'apporter de l'ombre à qui voudrait s'abriter, mais à sa racine il y aurait toujours une petite hache pour entamer lentement son tronc et l'épuiser peu à peu.

Je ne pensais plus qu'à une chose : étais-je la hachette qui la rongeait ? Nami méritait son espace et une maisonnée calme, apaisée. J'avais des réticences à imposer ma présence, mais je me disais aussi qu'elle était la seule personne qui pouvait comprendre ce que je ressentais.

Fin mars, quelques jours avant mon vingt-sixième anniversaire, mon père m'a conduit avec Peter à l'aéroport. Je l'ai serré dans mes bras, pétrie d'émotions contradictoires. Notre départ marquait le terme du premier chapitre de notre deuil. Et si mon père et moi étions inquiets à l'idée de poursuivre chacun notre vie, de tenter de recoller les morceaux, nous étions également soulagés de nous séparer enfin.

C'était la première fois que Peter voyageait en Asie et j'avais hâte de lui faire vivre le pèlerinage de mon enfance. Ma mère et moi volions toujours avec Korean Air pour rejoindre Séoul. Elle s'emparait d'un journal coréen dans les piles nettement alignées près de la porte d'embarquement et attachait sa ceinture, pressée de parcourir le texte familier auquel elle n'avait quasiment pas accès à la maison. Les hôtesses de l'air, toutes de magnifiques Coréennes aux longs cheveux noirs et au teint laiteux parfaitement lisse, faisaient un dernier tour dans les allées, et peu à peu, comme pour le pèlerinage à H Mart, l'espace transitoire que nous traversions prenait forme et couleur, et l'ambiance de notre destination nous imprégnait bien avant la descente finale, comme si elle était produite par la cabine pressurisée.

Nous étions déjà en Corée – les inflexions et le rythme de cette langue jaillissaient des sièges voisins, des stewardesses à la posture irréprochable dans leurs vestes bleu poudré et foulard assorti, jupe beige et escarpins noirs. Je partageais un bibimbap avec ma mère, que l'on pimentait de gochujang fourni en format voyage comme un minitube de dentifrice, et on entendait les appels de ceux qui avaient encore faim pour des nouilles instantanées Shin Cup.

En m'installant à bord de l'avion avec Peter, les premiers signes de l'illusion me sont revenus, et par-dessus le vrombissement des turbines, les sons familiers du coréen m'ont submergée. Contrairement à toutes les langues étrangères que j'ai tenté d'apprendre au lycée, il y a des termes en coréen que je comprends naturellement, sans jamais avoir mémorisé leur définition. Il n'y a pas de traduction instantanée qui fait l'intermédiaire entre une langue et une autre. Des petits bouts de coréen existent simplement quelque part dans mon esprit – des mots imprégnés de leur sens pur, pas de leur substitut en anglais.

Dans ma première année de vie, j'ai probablement entendu bien plus de coréen que d'anglais. Pendant que mon père était au travail, une maisonnée pleine de femmes fredonnait des comptines, me berçait de ses *jajang jajang* et roucoulait en hangul des *Michelle-ah* et *aigo chakhae*. La télévision en fond – les bulletins d'information en coréen, les dessins animés, les feuilletons remplissaient la pièce de plus de langue encore. Par-dessus tout ça, la voix d'Halmoni tonnait, ponctuant chaque voyelle longue au rythme chantant d'un son guttural typiquement coréen qui naissait au fond de la gorge pour s'amplifier ensuite, comme le bruit d'un chat qui feule ou le raclement qui précède un crachat.

Mon premier mot a été coréen : *Umma*. Même bébé, je sentais l'importance de ma mère. C'était elle que je voyais le plus, et dans les contours nébuleux de ma conscience émergente, je la reconnaissais. D'ailleurs, elle était mon premier et mon deuxième mot : *Umma*, puis *maman*. Je l'appelais dans les deux langues. Déjà je devais savoir que personne ne m'aimerait jamais autant qu'elle.

Le voyage qui m'avait d'abord remplie de joie me terrifiait maintenant alors que je réalisais que pour la première fois j'allais devoir parler à Nami sans Eunmi, ma mère, ou Seong Young pour traduire. Nous allions devoir trouver un moyen de communiquer sans intermédiaire.

Comment pouvais-je espérer maintenir une relation avec Nami sur la base du vocabulaire d'une enfant de trois ans ? Comment pourrais-je exprimer le conflit interne que je ressentais ? Sans ma mère, pouvais-je réellement prétendre être à ma place en Corée ou au sein de sa famille ? Comment disait-on « hachette » en coréen ?

Quand j'étais petite, mes tantes me taquinaient en me demandant si j'étais un lapin ou un renard.

Je leur répondais « un lapin ! *Tokki* ! »

Puis elles rétorquaient : « *Ah nee, Michelle yeou !* » Non, Michelle est un renard !

Non, non, j'insistais, je suis un lapin !

Et on continuait ainsi jusqu'à ce qu'enfin elles renoncent. J'étais intelligente et gentille, comme un lapin, pas rusée et roublarde.

Nami pensait-elle toujours à moi comme à une enfant gâtée et boudeuse que sa sœur lui amenait un an sur deux ?

La gamine qui faisait tout un cirque de la fumée dans un restaurant chic de barbecue coréen, et se plaignait qu'elle lui piquait les yeux et la gorge ? Celle qui forçait son fils à courir après elle dans l'escalier de l'immeuble, à tremper ses vêtements de sueur pour la rattraper par crainte qu'elle se perde en partant toute seule. Après tout, c'était à Nami que je devais mon surnom de « fameuse chipie ».

* * * *

— Fatigués ! Oui !

Nami nous criait des petits bouts de traduction.

— OK OK ! Relax ! Faim ? Manger ?

Elle portait une longue robe d'intérieur ample. Elle avait teint ses cheveux coupés au carré en un châtain foncé avec une touche d'auburn. Leon, le caniche orphelin d'Eunmi, jappait autour de nos chevilles sur les quelques mètres qui séparaient l'ascenseur de l'appartement. Nami nous a montré où ranger nos bagages dans la chambre d'amis. Elle a emmené Peter sur un des balcons où elle avait préparé un cendrier avec un mouchoir mouillé, même si elle avait arrêté la cigarette plus de vingt ans plus tôt.

— Fumer ici, a-t-elle dit. Pas problème !

Elle a placé une paume chaleureuse sur le dos de Peter et l'a guidé vers le fauteuil massant dans le séjour. On aurait dit un Transformer. Immense, high-tech, dans un plastique beige brillant et des LED qui changeaient de couleur sur le côté. L'assise était en cuir marron lisse.

— Relax ! a-t-elle dit en appuyant sur les boutons de la télécommande.

Le fauteuil s'est incliné et le repose-pied a soulevé ses mollets. Des petits bruits, comme des éternuements, s'en sont échappés alors qu'il comprimait et expulsait de l'air en pétrissant ses bras et ses jambes et que le mécanisme sous le cuir poussait sous son dos et sa nuque.

— Super ! s'est exclamé Peter poliment.

Emo Boo est rentré de la clinique de médecine orientale en costume gris. Il s'est précipité en se dandinant vers Peter pour lui serrer la main.

— Ravi de faire votre connaissance… Peter !

Il articulait fermement, les syllabes déferlaient puis s'interrompaient brutalement dans des pauses pleines de suspense, comme quelqu'un qui joue entre l'accélérateur et le frein, comme s'il lui fallait prendre le temps de chercher ses mots et de préparer leur prononciation.

— Vous avez mal ? Où… ça ? Je suis… médecin.

Il a disparu momentanément et Nami a étalé des couvertures pour nous à même le sol. Peter et moi avons relevé nos t-shirts pour nous allonger sur le ventre. Emo Boo est revenu, cette fois en pyjama bleu avec des petits motifs de renard, pour placer sur notre dos des ventouses dont la pompe intégrée ressemblait à un minuscule pistolet en plastique. Avec dextérité et agilité, il a inséré des aiguilles d'acupuncture dans notre nuque et nos épaules. Au bout de vingt minutes, Nami est intervenue, comme une infirmière, pour récupérer les ventouses et les aiguilles au fur et à mesure qu'il les ôtait.

Engourdie, percluse par le décalage horaire, je suis restée à plat ventre sur le sol du séjour, entre phases de sommeil et de conscience. J'avais les paupières lourdes et j'ai senti que ma tante me drapait d'une couverture légère. L'anxiété que j'avais ressentie a fondu en sa présence maternelle. J'étais soulagée qu'on s'occupe de moi.

Quand je me suis réveillée le lendemain matin, Nami était déjà debout pour préparer le petit-déjeuner. Penchée sur la cuisinière, elle me tournait le dos.

— *Jal Jass-eo ?* ai-je demandé pour savoir si elle avait bien dormi.

Elle a fait volte-face, les yeux écarquillés, une paire de baguettes au bout graisseux dans la main, et elle a plaqué sa paume libre contre son cœur.

— *Kkamjjag nollasseo !* J'ai cru entendre ta mère.

Nami préparait un petit-déjeuner américain pour Peter et une spécialité coréenne pour moi. Pour Peter, des œufs sur le plat et des toasts beurrés sans la croûte, accompagnés d'une salade de tomates cerises, chou rouge et laitue iceberg. Pour moi, elle a sorti des tupperwares et réchauffé à la poêle des jeon. J'ai regardé par-dessus son épaule l'huile grésiller sous les pancakes coréens. Huîtres, petits filets de poisson, chair à saucisse, le tout mélangé à de la farine et des œufs battus, frits, puis trempés dans de la sauce soja. Elle les a servis avec une marmite fumante de kimchi jjigae. Elle a ouvert un sachet individuel d'algues séchées et l'a posé à côté de mon bol de riz, comme le faisait ma mère.

Mon anniversaire tombait le quatrième jour de notre voyage. Pour l'occasion, Nami a préparé du miyeokguk, une soupe copieuse à base d'algues, pleine de nutriments, que l'on encourage les jeunes mères à manger après l'accouchement. Traditionnellement, on vous la cuisine à chaque anniversaire en hommage à votre mère.

Cette soupe me semblait sacrée à présent, imprégnée d'un sens nouveau. J'ai bu le bouillon avec gratitude, mastiquant les petits morceaux d'algues gluantes dont la saveur m'évoquait l'image d'une déesse marine antique échouée sur le rivage, festoyant nue sur l'écume. Elle m'apaisait, comme si j'étais de retour dans le ventre de ma mère, en apesanteur.

Je brûlais de discuter avec Nami, mais les mots me manquaient. Nos conversations étaient interrompues par de longues pauses lorsqu'il fallait chercher des traductions sur notre smartphone.

— Vraiment, merci beaucoup, tata, ai-je dit en coréen un soir où nous partagions des bières et du gâteau à la table de la cuisine.

Puis j'ai tapé dans Google Traduction : « Je ne veux pas être un fardeau ». Je lui ai tendu mon téléphone pour qu'elle lise, et elle a secoué la tête en réponse.

— Non ! Non ! a-t-elle dit en anglais.

Puis elle a parlé en coréen à son application interprète. Elle a tendu l'écran pour me faire lire. En grandes lettres était écrit : « Ce sont les liens du sang » avec le texte coréen par-dessus. « Ce sont les liens du sang », a lu la voix robotique, dont le rythme était erroné, avec une pause entre *les* et *liens*, prononçant les syllabes indépendamment les unes des autres. Il y avait tant de choses que j'aurais voulu dire à Nami. J'ai pensé à toutes ces années où ma mère m'avait emmenée à l'école coréenne, et moi qui la suppliais chaque semaine de me laisser sécher pour profiter du vendredi soir avec mes amis. Tout cet argent et ce temps que j'avais gâchés. Toutes ces fois où elle m'avait prévenue que je regretterais un jour de ne pas prendre ces leçons au sérieux.

Elle avait raison sur toute la ligne. Assise en face de Nami, je me sentais si conne que j'avais envie de me cogner la tête contre un mur.

— *Uljima*, Michelle, a-t-elle dit alors que des larmes commençaient à embuer ma vision et à rouler sur mes joues. Ne pleure pas.

Je me suis essuyé les yeux avec la base de ma paume.

— Umma répétait toujours « Garde tes larmes pour quand ta mère sera morte », ai-je dit avec un petit rire.

— Halmoni aussi. Toi et ta maman, tout pareil.

J'étais stupéfaite. Toute ma vie j'avais cru qu'il s'agissait d'un dicton particulièrement cruel, né du modèle éducatif unique de ma mère, un adage à portée de main pour toutes mes crises de larmes, qu'elles soient causées par un genou égratigné, une cheville foulée, une rupture amoureuse, une opportunité gâchée, ou par la confrontation à ma médiocrité, à mes défauts, à mes échecs. Quand Ryan Walsh m'avait frappé à l'œil avec un marteau en plastique. Quand un ex était passé à autre chose avant moi. Quand le groupe se rétamait dans des salles sans public. *Laisse-moi pleurer si je veux*, avais-je envie de lui crier. *Prends-moi dans tes bras et laisse-moi ressentir ma peine.* Je me jurais intérieurement que, si j'avais un jour des enfants, jamais je ne leur ordonnerais de ravaler leurs larmes. Que quiconque avait été endurci avec cette injonction en viendrait à la haïr tout autant que moi. Et je découvrais maintenant que ma rebelle de mère avait été rabrouée avec cette même phrase depuis le début.

— Quand j'étais jeune, elle m'a dit qu'elle avait jeté un bébé, ai-je tenté dans un coréen simpliste, sans connaître la traduction du mot *avortement*. Elle avait tellement de secrets.

— Je sais, m'a répondu Nami en anglais. Je crois… Ta maman pense… Venir en Corée trop difficile avec deux bébés.

Nami a fait mine de bercer deux enfants, un dans chaque bras. Je n'avais jamais vraiment cru que j'étais la cause de l'avortement de ma mère, quand elle me l'avait balancé de rage quelques années plus tôt, mais je n'avais jamais non plus trouvé de preuves du contraire. Petite, accaparée par la joie de mes propres excursions, je n'avais jamais mesuré l'importance de ces voyages pour elle, combien ce pays faisait partie d'elle.

Je me suis demandé si les dix pour cent qu'elle nous cachait à nous trois qui la connaissions le mieux – mon père, Nami et moi – étaient tous différents, si en les rassemblant nous obtiendrions les fameux cent. Je me demandais si j'arriverais un jour à la connaître entière, quels autres fils elle m'avait laissés à détricoter.

* * * *

Pour notre dernière nuit à Séoul, Nami et Emo Boo nous ont invités au Samwon Garden, un restaurant chic de barbecue à Apgujeong, un quartier que ma mère m'avait une fois décrit comme le Beverly Hills de Séoul. L'entrée se faisait par un magnifique jardin fermé, où l'eau de deux cascades artificielles coulait sous des ponts rustiques pour alimenter le bassin à carpes koï. Dans la salle, de lourdes tables en pierre polie étaient chacune équipée d'un grill au charbon de bois. Nami a glissé vingt mille wons à la serveuse, et notre table s'est aussitôt recouverte des banchan les plus exquis : de la salade de courge, des bâtonnets de gelée de haricots mungo aux graines de sésame et oignons verts, de la crème d'œuf cuite à la vapeur, de délicats bols de nabak kimchi, du chou cuit et des radis dans un bouillon salé de couleur rose vif. On a terminé le repas avec des naengmyeon, des nouilles froides qu'on peut commander bibim, c'est-à-dire pimentées au gochujang, ou mul – servies dans un bouillon glacé de bœuf. J'ai choisi ce dernier.

— Moi aussi ! Je préfère le mul naengmyeon, a dit Nami. Ta Umma aussi. On est comme ça dans la famille. Lui, bibim.

Elle a désigné Emo Boo.

Quand les nouilles sont arrivées, elle a tapoté son bol en acier avec sa cuillère.

— Ça, Pyongyang.

Elle a désigné le bol d'Emo Boo.

— Ça, Hamhung.

Le naengmyeon est une spécialité nord-coréenne, où le climat glacial et les terres montagneuses sont plus adaptés aux plantations sinueuses de sarrasin et de légumes racines qu'aux vastes rizières qui bordent les rives rurales des vallées du sud de la péninsule. Nami faisait référence à ses deux plus grandes villes, Pyongyang, la capitale de la Corée du Nord, à trois cents kilomètres de Séoul, et Hamhung, sur la côte nord-est. Les deux façons de cuisiner ces nouilles froides avaient été popularisées par les rescapés de la guerre de Corée, qui avaient importé leurs préférences régionales. Les leaders des deux Corées, Kim Jong-un et Moon Jae-in, avaient partagé plus tard un bol de mul naenmyeon lors d'un sommet intercoréen. C'était la première fois qu'un leader nord-coréen traversait le trente-huitième parallèle depuis la fin de la guerre, soixante ans plus tôt, un événement historique qui avait provoqué de longues files d'attente devant les restaurants de naengmyeon dans tout le pays, éveillant un appétit collectif pour ce plat vu comme un symbole prometteur de paix.

J'ai essayé d'expliquer à Nami combien cela comptait pour moi de partager ce repas avec elle, d'entendre ces histoires. Comme j'avais tenté de renouer avec mes souvenirs de ma mère à travers la nourriture. Comme Kye m'avait fait comprendre que je n'étais pas une vraie Coréenne. Que je cuisinais du doenjang jjigae et du jatjuk dans une quête psychologique d'annuler mes échecs en tant qu'aidante, de préserver une culture qui était autrefois si enracinée en moi et que je sentais maintenant menacée. Mais je ne parvenais pas à trouver les mots, et les phrases étaient trop longues et compliquées pour n'importe quelle application de traduction. Alors j'ai abandonné à mi-chemin, je lui ai pris la main et on a continué toutes les deux à aspirer bruyamment nos nouilles froides baignées dans le bouillon de bœuf glacé et salé.

Peter et moi avons poursuivi notre lune de miel. Nous avons visité Gwangjang Market, un des plus vieux quartiers de Séoul, nous frayant un chemin dans la foule de gens qui circulait entre ses allées couvertes, un labyrinthe naturel spontanément relié et décuplé au fil des accumulations sur plus d'un siècle. Nous sommes passés devant des ajummas en tablier et gants de cuisine en caoutchouc qui s'affairaient à jeter des nouilles découpées au couteau dans d'immenses marmites bouillonnantes de kalguksu, à piocher dans des saladiers gigantesques des poignées de namul coloré pour le bibimbap, ou bien plantées derrière des flaques d'huile gargouillantes, armées de spatules en métal pour retourner les côtés croustillants des galettes de farine de soja. Des récipients en acier débordant de joetgal – un banchan de fruits de mer en saumure que l'on surnomme affectueusement « voleur de riz », car sa saveur intense et salée appelle à être équilibrée par la neutralité du féculent ; des crabes crus gorgés d'œufs qui flottaient dans la sauce soja, ventre tourné vers le haut pour témoigner du caviar onctueux qui formait une bosse sous leur coquille ; des millions de minuscules krills couleur pêche que l'on utilise pour faire du kimchi ou apporter la touche finale à une soupe chaude avec du riz ; et le préféré de ma famille : le myeongnanjeot – de la rogue de colin carmin nappée de gochugaru.

L'arôme âcre me rappelait les courses avec ma mère et ses sœurs dans une épicerie de luxe au rez-de-chaussée d'un grand magasin de Myeong-dong. Une ajumma aux cheveux enturbannés, tablier assorti, lançait « *Eoseo oseyo* » et tendait des cure-dents sur lesquels étaient plantés plusieurs types de jeotgal. Les trois sœurs testaient chaque échantillon pour débattre du meilleur. Le vainqueur finissait emballé dans cinquante couches de plastique jusqu'à faire la taille d'un ballon de football américain. Parfois ma mère achetait une valise supplémentaire, rien que pour le ramener à la maison, et, à chaque fois qu'elle nous servait les œufs de poisson avec du riz, assaisonnés d'un filet d'huile de sésame, je fermais les yeux et j'entendais à nouveau les délibérations méticuleuses de mes tantes.

Depuis Séoul, Peter et moi avons pris un train pour descendre à Busan, la deuxième plus grande ville de Corée du Sud. Une bouteille de champagne nous attendait sur notre lit d'hôtel avec une carte sur laquelle on pouvait lire : « Mr & Mrs Michelle, félicitations pour votre mariage ! » Il a plu les trois jours où nous y étions, mais, motivés, nous nous sommes baignés dans les piscines du rooftop de l'hôtel de luxe que Nami avait réservé pour nous en guise de cadeau de mariage. La pluie froide ricochait sur l'eau avec vue sur la mer de l'Est.

Nous avons visité le marché aux poissons de Jagalchi. L'averse tombait dru sur les parasols et les bâches qui composaient son toit en patchwork, ruisselait dans des bassines en plastique rouge et des passoires bleu turquoise remplies de merveilles de la mer, éclaboussait les piles de mollusques et Saint-Jacques encore protégés par leurs coquilles côtelées, et les longs sabres argentés posés mollement comme des cravates sur une palette en bois à même le trottoir mouillé.

Nous avons ramené du hoe du marché et disposé les récipients en plastique transparent sur le dessus-de-lit immaculé de l'hôtel. Nous avons mangé des tranches de sashimi de poisson blanc, à la coréenne, fraîchement abattu, encore ferme, emballé dans une feuille de laitue rouge et trempé dans du ssamjang et du gochujang avec du vinaigre, et, pour faire passer le tout, de grandes bouteilles de Kloud et des shots de Chamisul.

Nous avons pris l'avion pour l'île de Jeju et randonné jusqu'à la cascade de Chonjiyeon et son bassin limpide, pour regarder l'eau mousser sur les rochers. Nous avons gravi les escaliers raides collés aux parois de basalte noir, dévorant un sac de mandarines vertes, puis nous avons marché le long des plages, où la mer était trop froide pour nager. Nous avons mangé encore plus de produits fraîchement pêchés : nakji bokkeum, du calamar frit ; maeuntang, un ragoût de poisson épicé ; et la spécialité de Jeju, le cochon noir au barbecue.

D'épaisses lamelles de samgyupsal grésillaient sur les charbons ardents, accrochant à la grille en fer, jusqu'à ce qu'une ajumma vienne les découper en petits morceaux à l'aide de ciseaux pour que l'on puisse les déguster enveloppés dans des feuilles de sésame. J'ai pensé à ma mère et à son réchaud à butane, à sa robe d'été bleue avec les bretelles nouées sur les épaules, quand elle cuisinait de la poitrine de porc pour le ssam ou faisait griller des steaks et du maïs sur la terrasse en bois qui dominait la propriété. Une fois le repas terminé, mon père récupérait les feuilles des épis, et par habitude les balançait joyeusement par-dessus la rambarde, loin sur le terrain, alors que ma mère grognait ouvertement, se plaignant d'avance pour le mois à venir où elle serait forcée de les voir se décomposer.

— C'est biodégradable ! s'écriait mon père pour sa défense en contemplant l'horizon où s'élevaient les pins sur les hectares d'herbe brûlée par le soleil.

Voilà les paysages que ma mère voulait voir avant sa mort, les endroits où elle avait prévu de m'emmener avant que notre voyage en Corée ne finisse confiné dans un service d'hôpital. Les derniers souvenirs qu'elle avait voulu partager avec moi, la source des choses qu'elle m'avait appris à aimer. Les saveurs dont elle voulait que je me souvienne. Les émotions qu'elle voulait que je n'oublie jamais.

18

En tête à tête avec Maangchi

Chaque fois que ma mère rêvait de merde, elle achetait un jeu à gratter.

Le matin, sur la route de l'école, elle se garait sans un mot sur le parking du 7-Eleven, m'ordonnait de l'attendre et laissait le moteur tourner.

— Qu'est-ce que tu fais ?

— Rien, disait-elle en attrapant son sac à main sur la banquette arrière.

— Qu'est-ce que tu vas acheter au 7-Eleven ?

— Je t'expliquerai plus tard.

Puis elle revenait avec une poignée de cartes à gratter. On repartait sans rien dire et, une fois garée devant l'école, elle s'appuyait sur le tableau de bord pour racler la surface en gomme avec une pièce.

— Tu as encore rêvé de caca, c'est ça ?

— Umma a gagné dix dollars ! s'exclamait-elle. Je ne pouvais pas te le dire, sinon ça ne marche pas !

Les songes qui impliquaient des cochons, le président ou serrer la main à une célébrité, portaient chance. Mais un rêve d'étrons, en particulier si on les touchait, valait comme un permis de parier.

Chaque fois que je rêvais de merde, je n'attendais qu'une seule chose : demander à ma mère de m'acheter un jeu à gratter. Si une nuit je rêvais que je faisais accidentellement caca dans ma culotte ou que j'entrais dans des toilettes publiques pour y trouver une crotte extraordinairement longue et enroulée sur elle-même, alors au moment d'aller à l'école je restais sagement assise sur mon siège, mobilisant toutes mes forces pour ne rien laisser paraître jusqu'à l'approche du 7-Eleven de Willamette Street, où je déclarais :

— Maman, gare-toi. Je t'expliquerai après.

Peu de temps après notre retour aux États-Unis, j'ai commencé à faire des rêves récurrents au sujet de ma mère. Ça m'était déjà arrivé une fois, quand j'étais enfant et parano, obsédée par la peur morbide de la mort de mes parents. Dans ce premier cauchemar, nous sommes en voiture sur un pont. Afin d'éviter un embouteillage au loin, mon père emprunte la bande d'arrêt d'urgence et fonce à travers un fossé en construction pour sauter du pont et rejoindre un quai en contrebas. Le regard fixé sur l'objectif, il se penche sur le volant et accélère, mais loupe l'atterrissage d'au moins un mètre. La voiture plonge dans les torrents d'eau de la rivière Willamette, et je me réveille, haletante.

Plus tard, ado, Nicole m'a répété une histoire que lui avait racontée sa mère au sujet d'une femme hantée par un cauchemar similaire. Son rêve était si réaliste et traumatisant qu'elle avait fait appel à une psychologue. « Et si, après l'accident, vous essayiez d'aller quelque part ? avait suggéré la psy. Peut-être que si vous parveniez à vous rendre à l'hôpital ou en lieu sûr, le rêve aboutirait à sa conclusion naturelle. » Alors, toutes les nuits, la femme s'efforçait de s'extraire du véhicule et de ramper toujours plus loin sur l'autoroute. Mais le cauchemar revenait. Jusqu'au jour où la femme a véritablement eu un accident de voiture et où on l'aurait retrouvée en train de se traîner sur l'asphalte pour rejoindre une destination nébuleuse, incapable de distinguer la réalité de son rêve lucide.

Mes rêves présentaient quelques petites variantes, mais globalement ils étaient tous les mêmes. Ma mère apparaissait, encore en vie mais immobilisée, abandonnée quelque part où on l'avait oubliée.

Dans un de ces rêves, je suis seule, assise sur une pelouse parfaitement entretenue par une belle journée ensoleillée. Au loin, je vois une maison sombre et menaçante. Elle semble moderne, l'extérieur est entièrement composé de vitres en verre noir soudées par des cadres en acier argenté. L'édifice est large, presque un manoir, et découpé en carrés, comme plusieurs Rubik's Cube monochromatiques empilés les uns à côté des autres. Je quitte mon petit bout d'herbe pour me diriger vers la drôle d'habitation. J'ouvre sa lourde porte. À l'intérieur, il fait sombre et le mobilier est rare. Je m'aventure dans les pièces, pour finalement descendre au sous-sol. Ma main glisse le long du mur alors que je m'enfonce dans l'escalier. Tout est propre et silencieux. En bas, ma mère gît au centre de la cave. Les yeux fermés, elle est allongée sur une sorte d'estrade qui n'est pas vraiment une table, mais pas un lit non plus, un piédestal bas, comme celui sur lequel dort Blanche-Neige après avoir croqué la pomme empoisonnée. Quand j'arrive à son niveau, elle ouvre les yeux et sourit, comme si elle attendait que je la trouve. Elle est chétive et chauve, toujours malade mais encore en vie. Au début, je ressens de la culpabilité – d'avoir renoncé à elle trop tôt, alors qu'elle était là depuis tout ce temps. Comment avions-nous pu la perdre ainsi ? Puis le soulagement m'inonde.

— On croyait que tu étais morte !

— J'étais ici depuis le début, me répond-elle.

Je pose ma tête sur sa poitrine et elle pose sa main sur ma tête. Je sens son odeur et son corps, et tout semble si réel. Même si je sais qu'elle est malade et que nous allons la perdre à nouveau, je suis tellement heureuse de découvrir qu'elle est encore en vie. Je lui dis de m'attendre. Il faut que j'aille prévenir papa ! Puis, alors que je monte l'escalier pour aller le chercher, je me réveille.

Dans une version alternative, elle débarque à une soirée sur un rooftop et révèle qu'elle habite dans la maison voisine depuis tout ce temps. Dans une autre, je me promène sur la propriété de mes parents. Je descends tranquillement une colline, dérape sur l'épaisse argile pour rejoindre l'étang artificiel. Dans le champ en contrebas, je découvre ma mère qui gît seule en chemise de nuit, entourée d'herbes hautes et de fleurs sauvages. Le soulagement à nouveau. Ce qu'on a pu être bêtes de croire que tu étais partie ! Comment a-t-on pu commettre une erreur si monumentale ? Alors que tu es là, tu es là, tu es là !

Chaque fois, son crâne est chauve, ses lèvres gercées, et elle est si fébrile que je dois la porter pour rentrer à la maison et la montrer à mon père, mais dès que je me penche pour la prendre dans mes bras, je me réveille, dévastée. Je ferme les yeux immédiatement et j'essaie de revenir auprès d'elle. De sombrer à nouveau dans le sommeil et de retourner au songe pour savourer juste un peu plus longtemps sa présence. Mais je reste parfaitement éveillée, ou bien je tombe dans un rêve qui n'a rien à voir.

Était-ce ainsi que ma mère avait choisi de me rendre visite ? Essayait-elle de me dire quelque chose ? Je me sentais stupide de céder au mysticisme, alors je taisais mes cauchemars pour analyser en secret leurs significations possibles. Si les rêves sont des vœux inconscients, pourquoi ne pouvais-je pas rêver d'elle telle que je voulais la voir ? Pourquoi fallait-il qu'elle m'apparaisse toujours malade, comme si je ne pouvais pas me souvenir d'elle, avant ? Je me demandais si ma mémoire était choquée, si mes rêves étaient confinés à la période du traumatisme, et l'image de ma mère coincée là où nous nous étions quittées. Avais-je oublié qu'elle avait été belle ?

Après la lune de miel, Peter et moi nous sommes posés chez ses parents, dans le comté de Bucks, en Pennsylvanie. Le programme de nos journées consistait à étoffer nos CV, postuler à des offres d'emploi et chercher des appartements en ligne. Je me suis attelée à ces tâches avec toute mon énergie. Je venais de passer l'année qui s'était écoulée en tant qu'aide-soignante et femme de ménage non rémunérée, et les cinq précédentes à échouer dans la musique. Il fallait que je me lance sérieusement dans une carrière, n'importe laquelle, au plus vite.

J'ai postulé sans discrimination à tous les jobs de bureau disponibles à New York City et j'ai envoyé des messages à tous mes contacts en quête d'une piste potentielle. Au bout d'une semaine, j'ai décroché un poste d'assistante commerciale au sein d'une agence de publicité. L'entreprise disposait de contrats d'exploitation longue durée pour une centaine de murs dans Brooklyn et Manhattan, et d'un département interne d'artistes capables de peindre à la main des réclames comme dans les années 1950. Mon rôle était de seconder les deux représentants principaux et de les aider à louer des murs à des clients potentiels. Si l'on cherchait à débaucher une marque de vêtements de yoga, je créais une carte qui répertoriait tous les studios de Vinyasa et les épiceries bio dans un rayon de cinq rues. Si l'on pitchait auprès d'une marque de chaussures de skate, je géolocalisais tous les skateparks et les salles de concert pour déterminer, parmi nos murs à Brooklyn, lesquels étaient susceptibles de voir passer des hommes âgés de dix-huit à trente ans. Mon salaire s'élevait à quarante-cinq mille dollars l'année, sans compter les avantages de l'entreprise. J'avais l'impression d'être millionnaire.

On a trouvé une location dans le quartier de Greenpoint, au nord de Brooklyn – un appartement ouvrier de la fin du XIXe siècle appartenant à une vieille Polonaise qui avait acquis la moitié du patrimoine immobilier de son mari après leur divorce. Les pièces se suivaient toutes en enfilade et il n'y avait pas de lavabo dans la salle de bains, rien qu'un énorme évier de style fermier qui faisait double usage, à côté d'un plan de travail minuscule dans la cuisine au sol en vinyle à motif damier.

Pour l'essentiel, je me sentais étonnamment équilibrée. Tout était si dépaysant – la vie à New York, un vrai métier d'adulte. Je faisais de mon mieux pour ne pas m'appesantir sur ce qui ne pouvait pas être changé et pour rester productive. Mais de temps en temps, j'étais assaillie par les flashbacks. Ils me revenaient en boucle, douloureux, et charriaient au premier plan de mon esprit tous les souvenirs que j'avais espéré réprimer. Les visions de la langue blanc laiteux de ma mère, les escarres violacées, sa tête lourde qui tombait de mes mains, ses paupières qui se soulevaient involontairement. Mon hurlement intérieur, qui ricochait contre les murs de ma cage thoracique et traversait mon corps sans s'en échapper.

J'ai laissé sa chance à la psychothérapie. Une fois par semaine, après le travail, je remontais la ligne L direction Union Square dans une tentative de mettre des mots sur ce que je ressentais, mais j'étais incapable de penser à autre chose qu'à l'aiguille qui tournait pendant une demi-heure – soit le temps de la séance. Puis je reprenais le métro jusqu'à Bedford Avenue, et je marchais trente minutes pour rejoindre notre appartement de Brooklyn. Ça n'avait pas grand-chose de thérapeutique et j'avais l'impression que le trajet à Manhattan me fatiguait plus qu'autre chose. Ma psy ne me disait rien que je n'ai pas déjà analysé et ressassé moi-même des millions de fois. À cent dollars la consultation, je commençais à me dire qu'il serait bien plus bénéfique de m'offrir un restau à cinquante dollars deux fois par semaine. J'ai annulé le reste de mes séances et je me suis engagée à chercher une autre manière de prendre soin de moi.

J'ai décidé de me tourner vers un visage connu et amical : Maangchi, la youtubeuse qui m'avait appris à cuisiner le doenjang jjigae et le jatjuk dans cette période difficile. Tous les jours après le travail, je préparais une nouvelle recette de son répertoire. Parfois je la suivais pas à pas, en mesurant minutieusement ; je mettais la vidéo sur pause et je rembobinais pour reproduire ses gestes à l'exact identique. D'autres fois, je choisissais un plat, me refamiliarisais avec les ingrédients, et je laissais la vidéo défiler en fond pendant que mes mains et mes papilles prenaient le dessus, de mémoire.

Toutes les spécialités que je cuisinais éveillaient un souvenir. La moindre odeur et le moindre goût me ramenaient pour un temps dans un lieu avant la dévastation. Les soupes de nouilles découpées au couteau me rappelaient les déjeuners chez Myeongdong Gyoja qui précédaient nos après-midi de shopping – un restaurant où la file d'attente est si longue qu'elle descend l'escalier, passe la porte et s'enroule autour du bâtiment. Là-bas, le kalguksu est si épais, grâce à son bouillon de bœuf généreux et ses nouilles maison, qu'il en est presque gélatineux. Ma mère qui se gavait de leur kimchi à volonté célèbre pour son assaisonnement chargé en ail. Ma tante qui lui reprochait de se moucher en public.

Le croustillant du poulet frit coréen m'évoquait les soirées entre filles avec Eunmi. Lécher le gras sur nos doigts en mâchonnant la peau craquante, se rincer le palais avec de la bière pression et des cubes de radis blanc, alors qu'elle m'aidait à faire mes devoirs de coréen. Les nouilles aux haricots noirs faisaient ressurgir la vision d'Halmoni en train d'aspirer le jjajangmyeon livré à l'appartement quand toute ma famille coréenne était agglutinée autour de la table basse du salon.

J'ai vidé une bouteille entière d'huile dans ma cocotte en fonte et j'ai fait frire des côtelettes de porc enrobées de farine, d'œuf et de panko pour le tonkotsu, un plat japonais que ma mère préparait pour mon déjeuner à l'école. J'ai passé des heures à essorer l'eau des pousses de haricots mungo bouillies et du tofu, et à répartir de la farce à la cuillère sur les disques fins et soyeux des raviolis, avant d'en pincer le bord pour les refermer et les rapprocher à chaque pli un peu plus des mandu parfaits de Maangchi.

Maangchi pelait une poire asiatique en tirant le couteau géant vers elle, et je revoyais ma mère trancher des pommes Fuji pour moi après l'école, sur sa planche rouge, avant d'en grignoter le trognon. Comme maman, baguettes dans une main, ciseaux dans l'autre, elle découpait le galbi et les nouilles froides du naengmyeon avec une précision ambidextre toute coréenne. Elle étirait agilement la viande avec sa main droite et coupait des petits morceaux de la gauche, se servait des ciseaux tel un guerrier brandissant une arme.

Très vite, je me suis retrouvée à faire le voyage dans le quartier de Flushing du Queens pour faire le plein de bocaux d'assaisonnement de crevettes saumurées, de flocons de piment rouge et de pâte de soja. Une heure d'embouteillage m'offrait l'embarras du choix entre cinq magasins H Mart. J'ai découvert celui d'Union Street en plein cœur de l'été. Il y avait une vaste installation extérieure sur le parking, avec différentes plantes et de lourdes jarres en céramique brune. J'ai reconnu l'onggi, le récipient traditionnel qui sert à conserver le kimchi et les condiments, même si ma mère n'en avait jamais eu un à la maison. Nami m'avait raconté que, dans le temps, chaque famille en possédait au moins trois au fond de la cour. J'ai soulevé une jarre de taille moyenne. Elle était lourde et il fallait la porter avec les deux bras. Elle semblait robuste et ancienne. J'ai décidé de l'acheter et de m'essayer au test ultime de la recette la plus populaire de Maangchi, le kimchi.

Je suis partie sur deux sortes de kimchi : le chonggak et le tongbaechu. Une tête géante de chou chinois ne coûtait qu'un dollar et faisait pratiquement la taille de l'onggi. Trois radis chonggak, reliés par des élastiques en caoutchouc bleu, valaient soixante-dix-neuf cents la botte. J'en ai acheté six. Leurs queues-de-cheval vertes dépassaient de mon cabas. J'ai récupéré le reste des ingrédients – farine de riz gluant, gochugaru, sauce de poisson, oignon, gingembre, ciboule, préparation de crevettes saumurées et un immense bocal d'ail – puis je suis rentrée à l'appartement.

J'ai calé mon ordinateur sur la table de la cuisine et j'ai lancé la vidéo. Couper le chou en deux. Il a émis un charmant couinement alors que le couteau tranchait sa base cireuse et ferme. L'ouvrir « doucement et poliment », comme Maangchi le conseillait. Les feuilles se sont séparées sans résistance, telles les strates d'un mouchoir froissé. Les moitiés de chou ont révélé un magnifique dégradé de couleur. Le cœur et l'enveloppe extérieure luisaient d'un blanc immaculé, et sur ses feuilles le vert pâle se diluait dans des nuances de jaune vers le centre. Le plus grand récipient que je possédais était une rôtissoire à dinde que Fran m'avait offerte pour notre mariage. Je l'ai remplie d'eau froide et j'y ai plongé les moitiés de chou pour les laver. J'ai vidé l'eau et saupoudré soixante grammes de gros sel entre les feuilles, puis j'ai lancé un chronomètre pour me rappeler au bout d'une demi-heure de les retourner.

Le seul ingrédient qui ne m'était pas familier était la farine de riz gluant. Il fallait en faire une bouillie qui servirait de liant. J'ai mélangé deux cuillérées à soupe de la poudre avec deux volumes d'eau dans une petite casserole, puis j'ai ajouté deux cuillérées à soupe de sucre quand la mixture a commencé à faire des bulles et à s'épaissir. La mienne semblait plus dense que celle de Maangchi, et d'un blanc gélatineux et laiteux qui n'était pas sans évoquer la consistance du liquide séminal.

J'avais peut-être été un peu trop ambitieuse à m'attaquer à plusieurs types de kimchi, mais je m'étais dit que, tant qu'à faire, autant utiliser la même marinade pour les deux. J'ai entrepris de laver les radis dans le couvercle profond de ma rôtissoire. J'avais beau frotter avec ma brosse à légumes, la saleté ne voulait pas partir. J'ai fini par les éplucher, quitte à perdre un bon centimètre de circonférence sur des racines déjà petites. Le processus a révélé un blanc lumineux. Quand le minuteur a sonné, j'ai retourné les moitiés de chou pour les faire macérer de l'autre côté dans le jus saumâtre apparu au fond du plat. Les feuilles commençaient déjà à flétrir.

Je me suis servie de mon blender pour émincer les oignons, l'ail et le gingembre, comme LA Kim l'avait fait pour la marinade de son galbi, et j'ai transféré mes radis dans la plus grande casserole que j'avais. J'ai rincé le couvercle du plat à rôtir et j'ai mélangé les aromates avec la sauce de poisson, les crevettes saumurées, les flocons de piment rouge, les ciboules émincées et le porridge façon sperme qui avait enfin refroidi. Le parfum de la mixture écarlate m'a aussitôt mis l'eau à la bouche. Quand le minuteur s'est déclenché, j'ai lavé tous les légumes soigneusement, dans cet unique mais si grand évier qui m'était finalement bien pratique.

Toutes fenêtres ouvertes, l'appartement était une fournaise. Je transpirais en brassière de sport, pour ne pas risquer de tacher mon haut avec du kimchi. Faute de place sur le plan de travail, j'avais fini par installer mes récipients par terre. La rôtissoire coincée entre les jambes, j'ai déposé le chou fraîchement rincé dans la mixture rouge pour tartiner la pâte entre les feuilles, comme le montrait Maangchi, inspirant profondément pour profiter de l'expérience. Je me suis servie de mon menton pour mettre la vidéo en pause, puisque mes doigts étaient désormais écarlates. J'ai replié le kimchi en un petit paquet tout propre, bien rangé au fond de mon onggi, et j'ai ajouté les radis par-dessus.

Nous n'avions pas de lave-vaisselle, alors j'ai passé la demi-heure suivante à récurer mon plat et mon blender à la main, puis à frotter à la serpillière les taches récalcitrantes de pâte à kimchi au sol. Au total, le processus entier m'avait pris un peu plus de trois heures, mais c'était un travail apaisant et plus simple que je ne l'aurais cru.

Après deux semaines de fermentation, le résultat était parfait. L'accompagnement idéal pour chaque plat, un rappel quotidien de mes compétences et de mon dur labeur. J'appréciais d'autant plus le kimchi que j'en avais éprouvé toute la préparation. Ado, s'il restait quelques morceaux de kimchi dans mon assiette après un repas, je les jetais par paresse. Mais à présent que je le faisais moi-même, je replaçais consciencieusement le surplus dans mon onggi.

Je me suis mise à préparer du kimchi une fois par mois, ma nouvelle thérapie. Je réservais la fournée la plus vieille pour les ragoûts, les galettes, le riz sauté, et je dégustais les fournées plus fraîches en banchan. Quand j'ai commencé à en produire plus que je ne pouvais en manger, je l'ai refourgué à mes amis. Ma cuisine s'est peu à peu remplie de bocaux en verre – chacun contenant un type de kimchi dans tous ses états de fermentation. Sur le plan de travail, des jeunes radis au quatrième jour fermentaient doucement. Au frigo, du daikon dans ses toutes premières étapes libérait encore son eau. Sur la planche à découper, une tête géante de chou chinois, séparé à la base, attendait son bain de sel. De ma petite cuisine de Greenpoint se dégageait une odeur de légumes lacto-fermentés dans un bouquet parfumé de sauce de poisson, ail, gingembre et gochugaru, et je pensais à ma mère qui me répétait souvent de ne jamais m'éprendre d'un garçon qui n'aimerait pas le kimchi. « Il le sentira toujours sur toi, transpirant de tes pores », affirmait-elle comme sa propre version du « Dis-moi ce que tu manges, je te dirais qui tu es ».

19

Le frigo à kimchi

En octobre, un an après la mort de ma mère, mon père a mis notre maison en vente. Il m'a envoyé l'annonce. Dans le coin supérieur, on pouvait voir les agents immobiliers, un homme et une femme, posant dos à dos sur un fond vert remplacé numériquement par une image libre de droits de la vallée de Willamette. Sur la vignette de la taille d'un timbre, leurs rangées de dents, deux traits blancs épais, avaient une allure de dessin animé. L'homme portait une chemise rose avec une cravate rouge, et la femme un haut violet à encolure dégagée qui tombait gracieusement juste à la naissance de ses seins. C'était ce couple qui était censé vendre la maison de mon enfance.

Les photos qui accompagnaient l'annonce étaient perturbantes, si familières et pourtant si étranges dans leur nouveau contexte. Les agents avaient conseillé à mon père de conserver l'essentiel des meubles pour les visites, et ils en avaient changé la disposition afin de permettre aux potentiels acheteurs de se projeter.

Mes murs orange et vert avaient retrouvé un blanc coquille d'œuf impeccable. La légende titrait « chambre #3 ».

La table basse de la chambre d'amis y avait été apportée pour que l'espace semble moins vide, et agrémentée d'une horloge et d'une peluche Ty solitaire qui avait vraisemblablement échappé à la pile des affaires à donner.

Sur tous les lits, les oreillers étaient encore enveloppés dans les taies en coton de ma mère. La nappe sous la plaque de verre de la table de la cuisine restait celle qu'elle avait choisie, cette même table dont le coin avait creusé une marque sur mon crâne quand j'avais cinq ans. La baignoire où ma mère avait perdu ses cheveux était toujours là, mais le miroir en pied, devant lequel elle avait passé tant d'heures à poser et avait aperçu son crâne chauve pour la première fois, avait disparu. Les surfaces étaient vidées de toutes ses crèmes solaires et hydratantes, remplacées par un seul et unique flacon de savon antiseptique pour les mains. Le lit dans lequel elle était morte trônait dans la chambre parentale. La photo de notre jardin, lieu de mon mariage avec Peter, avait été éditée avec une telle saturation des couleurs que la pelouse en devenait quasiment vert fluo. « Venez habiter ici ! » clamait l'annonce pour attirer une nouvelle famille anonyme.

J'avais dix ans quand nous avions emménagé dans cette maison. Je me souviens des premiers jours, où, scandalisée, je m'étais confrontée aux traces de ceux qui nous avaient précédés. Dans le placard de la chambre d'amis, sur les étagères brutes était gravé le nom d'équipes de sport au stylo-gel bleu. La statue en bois miniature d'une nonne s'élevait près d'un gros arbre au fond de la propriété – ma mère avait toujours refusé de s'en débarrasser, même quand mes copines et moi l'en suppliions en affirmant avec toute la conviction de la jeunesse qu'elle était hantée.

Je me suis demandé ce que les prochains occupants allaient trouver de notre famille. Ce que nous avions accidentellement laissé derrière nous. Si les agents immobiliers allaient tourner autour du pot pour cacher le fait que ma mère était morte dans une de ces pièces. Si son fantôme habitait encore la maison. Si la nouvelle famille la sentirait hantée.

Mon père avait passé ces derniers mois en Thaïlande et comptait s'y installer pour de bon une fois la maison vendue. Puisqu'il était à l'étranger, c'est son ami Jim Bailey qui a organisé le déménagement de quelques affaires d'Eugene à Philadelphie. Il y avait trois gros meubles : un grand lit bateau, un piano droit Yamaha, et le réfrigérateur à kimchi de ma mère, que nous n'avions pas la place de prendre dans notre appartement à Brooklyn et qui serait stocké pour le moment chez les parents de Peter.

Plusieurs semaines sont passées avant que je ne voie ledit frigo. Thanksgiving arrivait, le deuxième sans ma mère. J'ai préparé des tempuras de patate douce, ceux qu'elle apportait toujours pour l'occasion chez mon oncle Ron. Je me souviens que, pendant le trajet en voiture, je portais le lourd plat sur mes genoux, où s'empilaient haut les beignets de rondelles de patate douce recouverts de film plastique. Au retour le plat était vide, et ma mère se vantait de l'engouement de mes cousins américains pour ses tempuras.

J'ai acheté de la farine à tempura et un bidon géant d'huile de colza, ainsi que six patates douces japonaises, à la couleur violet foncé à l'extérieur et blanc à l'intérieur, plus fines et plus longues que celles vendues dans la plupart des supermarchés. Je les ai nettoyées et découpées en rondelles d'un demi-centimètre d'épaisseur. J'ai mélangé la farine à de l'eau glacée pour obtenir un appareil liquide. J'ai plongé chaque rondelle dans la pâte puis dans l'huile chaude, en faisant attention de ne pas trop remplir la poêle qui crépitait. À l'aide de baguettes, je les sortais une fois croustillantes et dorées, pour absorber l'excès d'huile sur une feuille d'essuie-tout. J'ai croqué dans une rondelle de patate frite et j'ai léché l'huile déposée sur mes lèvres. Du bout de l'index, j'ai tapoté les miettes tombées du beignet. Ma mère réussissait toujours à obtenir une bordure parfaitement craquante. Mes tempuras semblaient un peu inégaux, mais ils étaient suffisamment proches en goût, et j'étais heureuse de perpétuer la tradition familiale.

Chez les parents de Peter, mes tempuras sont restés largement ignorés, et se sont lentement détériorés jusqu'à devenir des rondelles molles et froides. J'ai essayé de les défendre un peu, les présentant dans des petits cornets fabriqués à partir de papier sulfurisé pour les rendre plus engageants, mais la famille de Peter préférait ses propres traditions – la farce et les haricots verts en cocotte. Seuls Peter et sa mère se sont joints lourdement à mes incitations.

— Essayez, c'est comme des frites de patate douce ! disait Peter à ma plus grande indignation pour encourager ses cousins.

— C'est quoi ? Des cookies ? a demandé son oncle.

Après le dîner, je suis descendue dans l'annexe au sous-sol pour y ranger les plats à rôtir. Dans un coin tout au fond de la cuisine, détonnant ridiculement parmi les bibelots de voiliers rapportés de Chesapeake Shore et les reliques de la région minière de Pennsylvanie, se trouvait le réfrigérateur à kimchi de ma mère. J'avais presque oublié que les parents de Peter le stockaient ici.

Il avait l'air d'un frigo normal qu'on aurait allongé sur le flanc, grand et gris, en plastique lisse. Il arrivait juste au-dessus de la hanche et ses portes s'ouvraient comme un coffre, par le dessus, pour offrir une vue plongeante sur son contenu. À Eugene, il était calé à côté de la machine à laver, et ma mère devait se contorsionner pour accéder au sèche-linge.

Dans chaque compartiment, des récipients marron étaient conçus pour stocker différents types de kimchi. J'ai inspiré profondément, espérant à moitié saisir le relent des banchan conservés pendant toutes ces années – mais priant tout de même pour ne pas y trouver des restes dont l'odeur âcre se répandrait dans cette annexe qu'occupait la grand-mère de Peter. J'aurais pu jurer que j'avais flairé une trace de piment rouge et d'oignon, même si je sentais surtout le plastique propre. J'ai jeté un coup d'œil à l'intérieur. Les contenants étaient remplis de quelque chose, mais impossible que ce soit du kimchi. Le frigo se trouvant ici depuis des mois, il serait complètement nauséabond et moisi. J'ai sorti un des bacs en le soulevant par ses anses marron, surprise par son poids. Je l'ai posé sur la table de la cuisine et j'ai déclipsé les côtés du couvercle en plastique.

À la place du chonggak et du tongbaechu, du dongchimi effervescent et terreux, du namul vivifiant, dans le réceptacle qui avait accueilli tous les banchan et pâtes fermentées conservés et choyés par ma mère, se trouvaient des centaines de vieilles photos de famille.

Il n'y avait pas d'ordre particulier de rangement, pas de tri par époque ou paysage. Des clichés de mes parents avant ma naissance. Mon père devant une sculpture de neige, le dos courbé dans le froid, mains dans les poches. Il est mince et arbore une chevelure épaisse et brune, et une moustache. En jean bleu et doudoune beige. La pellicule est une Fujicolor HR et les pigments ont une qualité magique et nostalgique.

Des photos de moi enfant, souvent toute nue – sur un tricycle rouge dans le jardin, perchée sur un tabouret de cuisine près de l'îlot, appuyée contre le chambranle de la porte avec une trousse de crayons de couleurs et un maillet pour xylophone étalés devant moi sur le tapis, ou accroupie dans l'herbe, la main plongée dans un bocal en plastique de Curly au fromage, le regard rivé sur l'appareil comme un chien sauvage.

Je savais que c'était ma mère derrière l'objectif, qui capturait mon image et me préservait. Immortalisait mes joies simples. Mes mondes intérieurs. Sur une des photos, je suis allongée sur une courtepointe déroulée dans le séjour, dans une flaque de lumière projetée par la fenêtre de la façade nord. Je me souviens d'avoir fait semblant de flotter sur l'eau, les objets disposés sur la couverture étaient mes uniques possessions sur mon radeau de fortune. Il y a une autre photo, prise de loin, et si elle ne montre qu'une fillette dans l'allée, assise sur une serviette dont on peut seulement deviner qu'il s'agit d'un tapis volant porté par une bourrasque, je vois aussi ma mère. Je peux la voir, même si elle est hors champ, en haut de l'escalier, l'appareil jetable collé contre son œil, elle me surveille depuis l'entrée. Je l'entends qui me demande de faire la révérence près d'un fauteuil à bascule pour enfant. Je porte la robe jaune qu'elle m'a enfilée en me disant « *Man seh* » pour que je passe la tête dans le col, les bras dans les manches, et je la vois réchauffer mes chaussettes hautes Mickey Mouse entre ses mains avant de les dérouler sur mes pieds. Je la cherche dans le décor – ses petites maisons hollandaises peintes à la main, ses ballerines en porcelaine et ses figurines d'animaux en cristal. Et sur mon visage, je lis mon estime pour elle en toutes situations – dans l'attente de son approbation, prise sur le vif, ou joyeusement accaparée par un cadeau qu'elle m'a fait.

En larmes devant cette montagne de souvenirs, j'ai appelé Peter pour les lui montrer. J'ai fait passer mes photos de bébé à sa grand-mère et à sa mère.

— Qu'elle est mignonne, cette petite Coréenne ! s'est émerveillée sa grand-mère qui plissait les yeux en approchant le papier glacé de son visage.

— Et, mon Dieu, cette robe ! s'est extasiée Fran en tirant un cliché de la pile amassée sur ses genoux. Ta mère devait adorer t'habiller.

Cette nuit-là, dans l'ancienne salle de jeu aménagée pour notre séjour, j'ai sorti les photos pour les parcourir à nouveau pendant que Peter dormait. Mes préférées étaient les ratées, celles où l'on voyait ma mère, et objectivement de piètre qualité. Celles où elle clignait des yeux. Celle prise sur le vif à la pharmacie du coin pour terminer la pellicule. Souriante, devant le décor en carton de la Saint-Valentin ; à côté d'un mini-manège automatique pour enfants ; au rayon vins ; à l'espace mobilier de jardin. Une photo prise par surprise depuis l'entrée du garage, alors qu'elle ferme le coffre de son Isuzu Trooper blanc. C'est comme si j'y étais de nouveau, je la regarde descendre du siège conducteur, faire le tour de la voiture pour décharger les courses dans la maison, ses immenses lunettes de soleil sur le nez, comme toujours, la bouche entrouverte, en pleine phrase, et je peux l'entendre me dire de ranger cet appareil.

J'aime les photos sur le vif, quand elle ne pose pas. Lorsqu'elle est installée sur le canapé, je peux voir son affection irradier vers moi, qui n'en suis pas consciente, qui ai le dos tourné car je déballe un cadeau d'Eunmi. Calée au fond de son fauteuil, elle s'apprête à boire une gorgée de bière. Assise sur le tapis du séjour de notre ancienne maison, elle regarde quelque chose hors champ, et sa chemise de nuit dévoile son épaule. Je scrute la cicatrice laissée par un vaccin sur son bras, celle qui ressemble à une brûlure d'allume-cigare et qui attisait sa peur qu'un jour moi aussi je me retrouve indélébilement marquée. Il en allait de son devoir de me protéger de tout ce que j'aurais pu regretter.

Elle était ma supportrice, mon archive. Elle avait pris le plus grand soin pour préserver les preuves de mon existence et de ma croissance, en me capturant en images, gardant tout ce qui documentait ma vie et mes possessions. Elle avait mémorisé toute la connaissance de mon existence. L'heure de ma naissance, mes goûts depuis son ventre, le premier livre que j'ai lu. Le développement de ma personnalité. Tous les petits bobos et les menues victoires. Elle m'observait avec un intérêt sans pareil et une dévotion inépuisable.

Maintenant qu'elle était partie, il n'y avait plus personne à qui demander toutes ces choses. Le savoir qui n'avait pas été documenté était mort avec elle. Ne restait plus que des papiers et mes souvenirs, et c'était à moi d'en tirer un sens, guidée par les signes qu'elle avait semés derrière elle. C'est finalement très cyclique et doux-amer, pour une fille, de retracer l'image de sa mère. Pour un sujet de se retourner et documenter la vie de son biographe.

Je croyais jusqu'alors que la fermentation était la mort sous contrôle. Si on la laisse seule dans son coin, une tête de chou moisit et se décompose. Elle pourrit, devient immangeable. Mais conservée dans la saumure, le cours de sa putréfaction est altéré. Les sucres sont cassés pour produire de l'acide lactique, qui empêche le légume de se gâter. Le dioxyde de carbone est libéré et la saumure s'acidifie. Le chou vieillit. Sa couleur et sa texture changent. Sa saveur devient plus aigre, plus âpre. Il existe dans le temps et se transforme. Alors ce n'est pas vraiment le contrôle de la mort, mais l'expérience d'une autre vie.

Tous ces souvenirs que j'avais en réserve, je ne pouvais pas les laisser moisir. Je ne pouvais pas laisser le traumatisme s'infiltrer et s'étendre, les gâcher et les rendre inutiles. Ils correspondaient à des moments que je devais entretenir. La culture que nous partagions était active, effervescente dans mes entrailles et dans mes gènes, il fallait que je m'en empare, que je la nourrisse afin qu'elle ne meure pas en moi. Afin que je puisse la transmettre un jour. Les leçons qu'elle m'avait enseignées, la preuve de son existence vivaient en moi, dans chacun de mes gestes et de mes actions. J'étais ce qu'elle avait laissé derrière elle. Si je ne pouvais pas être avec ma mère, je l'incarnerais.

Avant de rentrer à New York, j'ai pris la voiture pour me rendre à Elkins Park. Je voulais faire un gommage aux bains coréens où j'avais emmené mes parents et Peter au lendemain de leur rencontre. J'ai rangé mes chaussures dans un cagibi et, dans le vestiaire des femmes, j'ai trouvé le casier qui m'avait été attribué et je me suis déshabillée. Je voulais prendre mon temps pour plier mes vêtements soigneusement en une pile compacte, luttant contre le réflexe naturel de mon corps qui ne demandait qu'à se recroqueviller pour tenter de cacher sa nudité.

Quand j'étais petite, il y avait un jjimjilbang près de l'appartement d'Halmoni, où les Coréennes, toutes générations confondues, venaient se baigner nues dans des piscines à différentes températures et suer ensemble dans des saunas et des bains de vapeur. À chaque voyage, ma mère payait un supplément gommage, et, après une demi-heure de trempette, nous allions nous allonger sur deux tables de massage recouvertes de vinyle pendant que des ajummas employées du spa en soutien-gorge à armature et dessous distendus nous frottaient la peau méthodiquement, équipées seulement d'un savon et d'une paire de gants de crin, jusqu'à ce que nous devenions aussi roses qu'une souris à la naissance. Le processus total prend un peu moins d'une heure et culmine au moment de la confrontation avec votre propre crasse sous la forme d'un tas répugnant de raclures frisées grisâtres collées aux bords de la table. Puis l'ajumma balance un immense seau d'eau tiède pour tout rincer, vous ordonne de vous retourner, et recommence. Une fois la rotation complète, on a l'impression d'avoir perdu un kilo de peaux mortes.

À l'intérieur se baignaient quelques femmes âgées aux bourrelets distendus et ventre qui pendait. J'ai essayé de détourner poliment le regard, mais du coin de l'œil j'étais curieuse de ces corps vieillissants, moi qui ne verrais jamais celui de ma mère ramollir ou se rider.

Après m'avoir laissée une demi-heure dans l'eau, une ajumma en sous-vêtements blancs m'a appelée à sa table en vinyle. Elle m'a dévisagée, comme si elle n'était pas sûre de comment j'avais atterri ici. Elle est restée silencieuse en frottant, ne parlant que toutes les quelques minutes, seulement pour me dire : « Tourne », « Côté », « Sur le ventre ».

Je regardais les raclures grisâtres pelées de mon corps qui s'accumulaient sur la table et je me demandais s'il y avait plus de crasse qu'avec ses autres clientes. Alors que j'étais allongée sur le flanc gauche, juste avant la rotation finale, elle s'est immobilisée, comme frappée par une révélation.

— Tu es coréenne ?

— *Ne, Seoul-eseo taeeonasseoyo*, ai-je dit de la manière la plus rapide et fluide possible.

Oui, je suis née à Séoul. Ma bouche était détendue, à l'aise avec ces mots que je connaissais, que j'avais prononcés comme pour l'impressionner ou, plus vraisemblablement, pour tenter de masquer mes lacunes linguistiques. Du paysage auditif coréen de ma petite enfance, et de toutes mes années au Hangul Hakkyo, découlait un semblant de bilinguisme, et les mots que je maîtrisais s'échappaient de mes lèvres avec une tonalité copiée sur celle des femmes qui m'entouraient quand j'étais bébé, mais ma diction impeccable ne pouvait pas m'emmener beaucoup plus loin avant que je ne sèche complètement et me creuse les méninges pour trouver un simple verbe.

Elle a scruté mon visage, comme si elle y cherchait quelque chose. Je savais ce qu'elle s'efforçait de trouver. C'était la même chose avec les gamins à l'école qui me regardaient avant de me demander ce que j'étais, mais avec un angle opposé. Elle cherchait les indices de ma coréanité sur lesquels elle n'arrivait pas tout à fait à mettre le doigt. Des traits qui lui évoqueraient les siens.

— *Uri umma hanguk saram, appa miguk saram*, ai-je expliqué. Ma mère est coréenne, mon père est américain.

Elle a fermé les yeux et a ouvert la bouche avec un « ahhh », puis a hoché la tête. Puis elle m'a regardée à nouveau, comme pour détailler ce que je tenais de coréen.

Ironique, qu'après avoir si longtemps voulu ressembler à mes camarades blancs et espéré de tout mon cœur que ma coréanité passerait inaperçue, j'étais maintenant terrifiée à l'idée que cette inconnue des bains publics ne la voie pas.

— Ta maman est coréenne et ton papa est américain, a-t-elle répété.

Elle s'est mise à bavarder à toute allure, et m'a perdue. J'ai imité les marmonnements coréens d'approbation, je voulais tellement poursuivre l'illusion, feindre de comprendre encore un peu avec l'espoir de tomber sur un mot que je reconnaîtrais, mais elle a fini par poser une question que je n'ai pas saisie, et elle s'est rendu compte elle aussi que nous n'avions plus rien d'autre en commun. Rien de plus à partager.

— *Yeppeuda*, a-t-elle conclu.

Je suis jolie. J'ai un petit visage.

C'était ce même mot que j'entendais quand j'étais petite, mais à présent il sonnait différemment. Pour la première fois je me suis dit que ce qu'elle cherchait sur mon visage pouvait s'estomper. Je n'avais plus personne d'entier à côté de moi pour expliquer mon apparence. Je craignais que le contour, la couleur ou les traits qui caractérisaient cette précieuse moitié de moi commencent à s'effacer, comme si, sans ma mère, ces attributs de ma figure n'étaient plus légitimes.

L'ajumma a pris un grand seau, l'a soulevé contre sa poitrine et a déversé l'eau tiède sur mon corps. Elle m'a lavé les cheveux et m'a massé le crâne, puis a enroulé fermement une serviette sur ma tête, comme j'avais tenté de le faire et échoué un peu plus tôt pour imiter les femmes âgées dans les vestiaires. Elle m'a rassise, a martelé mon dos du plat de ses poings, et m'a claquée une dernière fois pour conclure.

— *Jah !* Fini !

Je me suis rincée sur un tabouret en plastique, séchée avec une serviette, et je suis retournée au vestiaire. J'ai enfilé les vêtements larges du spa, un t-shirt fluo trop grand et un short ample rose avec une taille élastique. Je suis passée dans la salle de jade qui revendiquait d'obscures vertus salutaires.

Il n'y avait personne à l'intérieur, rien que des oreillers en bois qui ressemblaient à des piloris miniatures sans leur moitié supérieure. Je me suis allongée près d'un mur et j'ai calé ma nuque dans le creux de l'appuie-tête. La lumière tamisée avait une teinte douce et orangée. Je me sentais détendue, propre – un renouveau, comme si l'on m'avait débarrassée de toutes mes strates inutiles, comme un baptême. Le sol était chauffé et la température de la pièce était parfaite, celle d'un corps humain en bonne santé, celle du ventre d'une mère. J'ai fermé les yeux et les larmes se sont mises à rouler sur mes joues, sans bruit.

20

Coffee Hanjan

Environ an après notre déménagement à Brooklyn, à ma grande surprise, le petit album que j'avais composé dans le cottage au fond du jardin de mes parents a commencé à faire parler de lui. Je l'avais signé sous le nom de Japanese Breakfast, imaginé plusieurs années auparavant, lorsqu'un soir, tard, j'étais tombée sur des photos de plateaux en bois sur lesquels étaient disposés de parfaits filets de saumon grillés, de la soupe miso et un bol de riz constituant le petit-déjeuner japonais. Un petit label basé à Frostburg, dans le Maryland, avait proposé de le sortir en vinyle. Le visage de ma mère en ornait la pochette. Elle avait vingt ans, à Séoul, et posait en blazer blanc et chemisier bouffant avec une amie. J'avais fait imprimer deux de ses aquarelles au centre des disques. Les chansons que j'avais composées en sa mémoire tournaient littéralement autour d'elles.

L'album est sorti en avril et, l'été qui a suivi, on m'a proposé de faire la première partie de la tournée de Mitski dans tous les États-Unis. Au même moment, un texte que j'avais écrit en quelques semaines, le soir après le travail, intitulé « Love, Loss, and Kimchi », a été élu essai de l'année par *Glamour*. Le prix comprenait la publication dans le magazine, un entretien avec un agent littéraire et cinq mille dollars. J'avais emménagé à New York pour mettre mes ambitions créatives sur la touche et concentrer mon énergie sur l'ascension des échelons de l'entreprise, mais tous les curseurs semblaient indiquer qu'il n'était pas encore tout à fait temps de raccrocher.

J'ai démissionné de mon poste au sein de l'agence de pub, et le buzz autour de *Psychopomp* a continué de prendre de l'ampleur, au point de me permettre de me consacrer entièrement à la musique pour la première fois de ma vie d'adulte. J'ai formé un groupe, et ensemble nous avons suivi la route I-95 sur la côte est, puis la I-10 à travers les marais de Louisiane et les déserts du Texas et de l'Arizona, nous avons remonté la I-5 le long des falaises majestueuses et des montagnes du Pacifique, puis sommes retournés dans les vallées brumeuses de l'Oregon, où j'ai fleuri la tombe dont la stèle avait enfin été corrigée pour qu'on puisse y lire « MÈRE ADORABLE ». On a joué dans une salle comble au WOW Hall, et plus tard dans l'année à la légendaire Crystal Ballroom, où des adolescentes de seize ans s'extasiaient de la même manière que je me pâmais à leur âge devant mes idoles. On a fait la première partie de groupes émergents avant d'avoir nos propres concerts, et on partait en vadrouille pendant de longues périodes de l'année, au quatre coins du pays.

Après le show, je vendais des t-shirts et des disques, souvent à des jeunes Américains métis et asiatiques qui, comme moi, avaient du mal à trouver des artistes qui leur ressemblaient, ou à des ados ayant perdu un parent, qui me confiaient que mes chansons les avaient aidés un peu, et que mon histoire leur parlait.

Quand l'engouement a pris assez d'ampleur pour nous permettre de devenir rentables, Peter a ressorti sa guitare pour rejoindre le groupe déjà composé de Craig à la batterie et Deven à la basse. On a fait Coachella. On a joué à Bonnaroo dans le Tennesse. On a voyagé à Londres, Paris, Berlin et Glasgow. On avait une fiche d'hospitalité et des réservations dans les Holiday Inn. Jusqu'au jour où, après un an de concerts en Amérique du Nord et trois tournées en Europe, notre manager m'a appelée avec une proposition : une tournée de deux semaines en Asie. Naturellement, elle se terminerait à Séoul.

J'ai envoyé un message à Nami sur Kakao pour la prévenir qu'on passerait fin décembre.

On avait gardé contact, mais la barrière de la langue rendait la précision difficile. La plupart du temps, je lui écrivais juste des « Je t'aime » et « Tu me manques », accompagnés de photos de mes efforts culinaires. J'essayais de lui expliquer que tout se passait bien pour moi, que le groupe commençait à marcher, mais je n'étais pas certaine qu'elle comprenne ou me croie, jusqu'au jour où je l'ai informée que nous avions un concert programmé à Séoul pour la deuxième semaine de décembre.

Un peu plus tard, j'ai reçu un appel.

— Salut, Michelle, comment tu vas ? C'est Esther.

Esther était la fille d'Emo Boo, de son premier mariage. Elle avait cinq ans de plus que moi et avait fait ses études de droit à NYU. Elle était en vacances auprès de Nami, puis retournerait en Chine où elle vivait maintenant avec son mari et son bébé.

— Nami me dit que tu vas chanter ici dans quelques semaines ? C'est vrai ?

— Oui ! On part en tournée dans toute l'Asie et notre dernier concert est à Séoul. Peter et moi allons louer un appartement pour quelques semaines après. Peut-être à Hongdae.

— Oh, Hongdae est un quartier très sympa. Très artistique, comme Brooklyn.

Elle s'est tue et j'ai entendu Nami lui dire quelque chose en fond.

— Mais… On ne comprend pas très bien. Est-ce qu'il y a… une agence derrière ? Une entreprise ?

— Une entreprise ?

— C'est juste… on se pose des questions. Qui te paie ?

J'ai éclaté de rire. Ce n'était certainement pas la première fois qu'on me demandait d'expliquer ma rémunération, et, après des années à devoir louer moi-même les salles pour me produire en amateur, j'avais encore du mal à en croire ma chance.

— Eh bien, un promoteur réserve le lieu et on touche un pourcentage du prix des billets vendus.

— Ah… je vois, a-t-elle dit, même si je sentais qu'elle ne voyait pas du tout. Bon, j'aurais vraiment voulu assister à ton concert, mais je rentre en Chine avant ça. Nami dit qu'elle et mon père ont hâte.

La tournée a démarré à Hong Kong et nous a ensuite conduits à Taipei, Bangkok, Pékin, Shanghai, Tokyo et Osaka, avant de finir à Séoul. Tous les soirs, on jouait devant trois cents à cinq cents personnes. Les promoteurs de chaque concert venaient nous chercher à l'aéroport et nous guidaient à travers leur ville, attirant notre attention sur les monuments que nous croisions sur le chemin du club et traduisant notre fiche technique pour les ingénieurs du son. Surtout, ils nous faisaient découvrir les spécialités culinaires de la région.

C'était un contraste frappant avec les repas auxquels nous étions habitués sur notre tournée en Amérique du Nord, les longues heures de route ponctuées par des encas industriels de stations-service et de chaînes de fast-food. À Taipei, on a mangé de l'omelette aux huîtres et au tofu puant au Shilin Night Market et on a goûté ce qui était certainement la meilleure soupe au monde : les nouilles au bœuf taiwanaises, des nouilles épaisses avec une mâche incroyable, accompagnées de généreux morceaux de jarret en ragoût et d'un bouillon de viande si dense que c'était quasiment une sauce. À Pékin, on a bravé deux kilomètres et demi à pied dans quinze centimètres de neige pour déguster une fondue chinoise. On trempait, pour les faire cuire, de fines tranches d'agneau, des rondelles trouées et spongieuses de racines de lotus, des tiges creuses et poivrées de cresson, dans le bouillon commun en ébullition, bourré de piments et de grains de poivre du Sichuan. À Shangaï, on a dévoré des tours immenses de paniers vapeur en bambou remplis de raviolis juteux. J'étais accro au goût du bouillon qui s'échappait du ballotin de pâte douce et gélatineuse en bouche. Au Japon, on a aspiré des tonkotsu ramen indécentes, mordu précautionneusement dans des takoyaki saupoudrés de katsuobushi, et on s'est soûlés aux highballs à base de whisky japonais.

La tournée approchait de sa fin. On a pris l'avion pour Incheon et on est allés récupérer nos guitares au retrait des bagages spéciaux. Dans le hall des arrivées, nous avons été accueillis par Jon, notre contact local. C'était lui qui avait organisé notre concert à Séoul dans un club de Hongdae, le quartier où il dirigeait une petite boutique de disquaire appelée Gimbap Records. Le magasin était baptisé d'après son chat, qui lui-même tirait son nom des rouleaux de riz coréens que ma mère préparait quand venait son tour de nourrir le Hangul Hakkyo. Il était grand et mince, propre sur lui, vêtu de manière neutre et classique en pantalon et caban noirs. Il avait davantage l'air d'un *salaryman* que d'un promoteur et propriétaire d'une boutique cool de vinyles.

Malgré l'heure tardive, Jon nous a emmenés dîner, et on a retrouvé son associé, Koki, un Japonais adorable avec un sourire de pitre, qui parlait couramment coréen et anglais. Communicatif et sincère, Koki complétait parfaitement Jon, dont nous avions du mal à déchiffrer l'expression pardessus le kimchijeon et les nombreuses chopes de Kloud qui tintaient pour fêter mon retour sur ma terre maternelle.

Le lendemain, la salle était comble au V Hall, un club d'une capacité maximale d'un peu plus de quatre cents personnes. Notre loge était remplie des encas de mon enfance, chips à la crevette et Chang Gu honey crackers, bâtonnets de patate douce et biscuits salés Curly à la banane, tranches de melon et même une boîte de poulet frit à la coréenne. Jon s'était assuré que Nami et Emo Boo auraient une place de balcon avec vue sur la scène. Tous les deux sont arrivés en avance avec des fleurs. Nous nous sommes étreints et nous avons posé sur des photos ensemble. Nami nous a appris la toute dernière mode qui consistait à croiser le pouce et l'index pour former un tout petit cœur du bout des doigts.

Face au public, j'ai pris un moment pour m'imprégner de la salle. Même au plus fort de mon ambition, je n'avais jamais imaginé un jour que je pourrais me produire en concert dans le pays de ma mère, dans la ville où j'étais née. J'aurais voulu que ma mère puisse me voir, puisse être fière de la femme que j'étais devenue et de la carrière que j'avais construite, de la réalisation d'un projet dont elle doutait depuis si longtemps de l'aboutissement. Consciente que notre succès tournait autour de sa mort, que mes chansons lui rendaient hommage, je désirais plus que tout, malgré ce paradoxe, qu'elle soit présente avec moi.

J'ai pris une inspiration.

— *Annyeonghaseyo* ! ai-je crié dans le micro pour lancer le début du concert.

Je ne croyais plus en Dieu depuis mes dix ans – et quand je priais, influencée par les programmes télé chrétiens, c'était plutôt la figure de Mr Rogers que je visualisais. Mais les années qui avaient suivi la mort de ma mère étaient étonnamment bénies. Je jouais dans des groupes depuis mes seize ans, j'avais rêvé de percer dans la musique toute ma vie et, en tant qu'Américaine, mes espoirs m'avaient semblé légitimes malgré les avertissements contrariés de ma mère. Je m'étais battue pour ce rêve sans aucune reconnaissance pendant huit ans, et c'est seulement après sa disparition que les choses s'étaient produites, comme par magie.

S'il existait un Dieu, visiblement ma mère lui tordait le bras pour le forcer à orienter mon destin dans la bonne direction. Puisque nous avions été séparées au tournant de notre relation, pile quand nos disputes commençaient à s'arranger, la moindre des choses était de concrétiser quelques-uns des rêves illusoires de sa fille.

Elle aurait été si contente d'être témoin de ces années de succès, de mes shootings photo – en belle robe – pour un magazine de mode, du premier réalisateur sud-coréen à remporter un Oscar, des chaînes YouTube aux millions de vues uniquement dédiées aux routines de soin du visage en quinze étapes. Et même si cela semblait contraire à mes convictions, il fallait que je croie qu'elle savait tout ça. Et qu'elle était heureuse que j'aie enfin trouvé ma place dans ce monde.

Avant notre dernier morceau, j'ai remercié ma tante et mon oncle de leur présence, et, en les regardant sur leur balcon, j'ai tendu le bras pour englober la foule et j'ai déclaré :

— Emo, bienvenue dans mon *hoesa*. Bienvenue dans mon entreprise.

Le groupe a pris la pause, avec les doigts en forme de cœur comme nous l'avait enseigné Nami, sur fond de salle comble. Des dizaines de jeunes sont ressortis avec un vinyle sous le bras, pour se disperser dans les rues de la ville avec le visage de ma mère sur la pochette, sa main tendue vers l'objectif comme si elle venait de lâcher celle de quelqu'un en contre-plongée.

Après le concert, Jon et Koki nous ont invités dans un bar à vinyles, le Gopchang Jeongol, pour fêter ça. Le nom du bar signifie « ragoût d'abats », qui n'apparaissait pourtant pas du tout à la carte. Au lieu de ça, nous avons commandé différents anju. De parfaits golbaengi muchim – des escargots de mer enrobés d'une sauce de piment rouge et vinaigre servis sur des nouilles somen froides –, du tofu au kimchi et des lamelles séchées de poisson-lime aux cacahuètes.

L'ambiance était tamisée par les guirlandes de Noël et les LED bleues qui dansaient sur les parois. Le plafond en voûte et les murs en briques apparentes créaient une atmosphère de loft underground. Sur la scène aux deux platines, un DJ passait de la pop, de la folk et du rock coréens des années 1960 devant des étagères de trois mètres de haut sur lesquelles s'entassaient les vinyles. Autour des tables en bois, les autres clients du bar chantaient à pleins poumons quand se diffusaient des mélodies familières.

Craig et Deven ont découvert la coutume locale – ne jamais se servir à boire en premier, servir d'abord ses aînés à deux mains – et Jon nous a appris le Titanic, un jeu qui consiste à placer un verre à shot vide en équilibre dans une bière pour chacun son tour y verser une goutte de soju. Celui qui fait couler le verre à shot doit engloutir le tout. Ce mélange fatal de soju et de maekju, le mot coréen pour « bière », s'appelle un somaek, coupable principal des gueules de bois coréennes.

On a bu de la Cass fraîche dans des verres miniatures, et sifflé bouteille après bouteille de soju, arrosant les verres des autres, et en particulier celui de Jon, dans une tentative de l'extirper de sa coquille. Plus tard dans la soirée, il y a enfin eu du progrès et il s'est mis à parler musique.

J'étais fascinée par sa description de la scène rock coréenne des années 1960. Ma mère ne parlait pas beaucoup des chanteurs de son enfance. D'ailleurs, je ne connaissais pas grand-chose à la musique coréenne en général, à part une poignée de groupes de K-pop qui commençaient à percer aux US et un girls band appelé Fin.K.L qu'écoutait Seong Young à la fin des années 1990.

Quand le bar s'est vidé, Jon a passé du Shin Junghyeon, une sorte de version coréenne de Phil Spector, qui produisait des tubes sirupeux et des riffs psychédéliques pour les girls bands de l'époque. La chanson s'intitulait « Haennim », et avait été écrite pour la chanteuse Kim Jung Mi. C'était un morceau folk qui s'étirait sur six minutes, commençait par un picking sur guitare acoustique et prenait ensuite de l'ampleur avec des accords mélancoliques. On l'a écouté en silence. Aucun de nous n'en comprenait les paroles, mais la musique était captivante, intemporelle, et nous étions bourrés, graves, émus.

Peter et moi nous sommes réveillés le lendemain, malgré une migraine violente, pour dire au revoir aux autres membres du groupe, et nous avons déménagé de l'hôtel à l'appartement où nous avions prévu de séjourner pour quelques semaines. Le plan était de passer du temps avec ma tante et mon oncle, et d'en profiter pour écrire sur la culture coréenne, les spécialités culinaires et leur évocation des souvenirs de ma mère que je voulais garder au plus près de moi.

Nami nous a gâtés comme elle seule sait le faire. Pour tout, elle avait le meilleur tuyau – les fruits de mer les plus frais, la viande de la meilleure qualité, la livraison de poulet frit la plus rapide, la bière pression la plus froide, le ragoût de tofu soyeux le plus corsé, le meilleur dentiste, ophtalmologue, acupuncteur. Il suffisait de lui demander, à tous les coups, elle connaissait quelqu'un. Son filon s'étendait des dim sum du penthouse d'un gratte-ciel de luxe, et du naengmyeon d'une contre-allée, au patio humide où une ajumma accroupie rinçait ses nouilles au-dessus d'une canalisation dans le ciment ; elle glissait automatiquement un pourboire avant, pour s'assurer qu'on ait droit aux meilleurs produits et au meilleur service.

À Myeong-dong, elle nous a emmenés dans le restaurant de kalguksu préféré de ma mère, qui proposait des nouilles découpées au couteau dans un bouillon de bœuf, des raviolis vapeur au porc gras et aux légumes, et un kimchi cru piquant et célèbre pour son assaisonnement particulièrement chargé en ail, qui vous laisse avec une haleine intense et détectable dans un rayon d'un mètre.

À Gangnam Terminal, un centre commercial souterrain relié à l'une des plus grandes stations de métro de Séoul, j'ai repensé à toutes les fois où ma mère et moi allions faire du shopping, l'unique forme d'encouragement qu'elle me donnait et qui me manquait douloureusement quand j'arpentais les rayons seule. Je me demandais si les vendeurs prenaient Nami pour ma mère. Je me demandais si cette même idée lui flottait en tête. Chacune de nous jouait un rôle, d'une certaine manière, un substitut tendre pour l'absente que nous voulions désespérément faire revivre. À chaque fois que je m'arrêtais pour regarder quelque chose, Nami insistait pour que je la laisse me l'acheter. Un tablier avec un motif floral et des lanières rouge, une paire de chaussons avec des petits smileys sur les doigts de pieds. Elle appelait Peter pour porter les sacs.

— Porteur ! lançait-elle.

Et nous éclations de rire. Elle nous surprenait parfois en employant un mot que l'on ne croise que dans une mini-série historique de la BBC. Des termes désuets comme *convoi* ou *barbare*, qu'elle avait probablement piochés dans une liste de vocabulaire vieille de plusieurs décennies, enregistrée quelque part dans un recoin de sa mémoire.

— Nami, vous avez déjà entendu parler de Shin Jung-hyeon ? a demandé Peter en récupérant nos sacs.

— Shin Jung-hyeon ? Comment tu connais Shin Jung-hyeong ? a répondu Nami, incrédule.

Peter lui a expliqué que Jon l'avait mentionné au Gopchang Jeongol.

— Ta maman et moi, on adorait les Pearl Sisters. C'est aussi Shin Jung-hyeon ! « Coffee Hanjan » !

Nami a sélectionné une vidéo YouTube de sa liste de lecture et l'a lancée sur son téléphone. La couverture de l'album était jaune vif et les deux sœurs posaient en minirobes vertes à pois assorties. Shin Jung-Hyeon l'avait enregistré à la fin des années 1960 avec un duo connu sous le nom des Pearl Sisters. C'était leur chanson préférée, m'a expliqué Nami. Petites, elle et ma mère la chantaient devant les invités quand mes grands-parents organisaient des soirées. Elles portaient des tenues coordonnées et chaussaient leurs bottes de pluie en caoutchouc, faute de posséder de véritables Go-go boots.

Pour notre dernier jour à Séoul, Emo Boo nous a conduits tous les quatre à Incheon pour un dîner au bord de la mer. Nami a glissé dix mille wons à l'ajumma et a commandé des nouilles découpées au couteau dans un bouillon salé rempli de Saint-Jacques, de palourdes, et de moules. Un plat de hoe frais – des tranches de poisson cru rose et blanc parfaitement uniformes – à déguster avec un ssamjang maison, de l'ail mariné au vinaigre, des feuilles de laitue rouge et des feuilles de sésame. Des ormeaux iodés qui ressemblaient à des petits champignons en coupe, servis dans leurs propres magnifiques coquilles holographiques. Des vers marins vivants, à l'allure de pénis dégonflés qui se tortillaient dans l'assiette.

— Nourriture pour l'énergie ! a expliqué Emo Boo. Bon pour la santé… des messieurs !

— Et qu'est-ce que c'est que ça ? a demandé Peter, partant pour tout.

Il tenait un banchan en équilibre entre ses baguettes, un morceau de pomme de terre bouillie mélangé à du maïs et de la mayonnaise.

— Juste de la salade de pommes de terre, ai-je répondu, hilare.

Après ce festin, Peter et Emo Boo se sont engouffrés dans la supérette voisine et en sont sortis avec des pétards qu'ils ont allumés sur la plage. Nami et moi les avons regardés depuis le restaurant, à l'abri du vent qui fouettait leurs vestes. Ces dernières semaines avaient été glaciales, même emmitouflée dans le long manteau en duvet que j'avais acheté ici et qui aurait pu passer facilement pour un sac de couchage.

Une fois tous leurs pétards grillés, Peter et Emo Boo nous ont rejoints le visage rouge et humide pour une ultime bière avant de rentrer à la maison. Le soleil a plongé dans la mer Jaune. Le ciel gris était strié de bandes orangées et citrin qui se sont amincies jusqu'à disparaître.

— Je crois qu'Halmoni, Eunmi et ta mère sont très heureuses, a affirmé Nami.

Elle a retourné le pendentif en forme de cœur du collier que je lui avais transmis pour le regarder dans le bon sens.

— Elles jouent aux hwatu au paradis. Beaucoup de soju. Très contentes de nous deux ici.

On a emprunté la sortie pour Mapo-gu, direction notre appartement. Emo Boo parlait du bon vieux temps de sa vie étudiante à Hongik University en traversant Séoul. Il voulait devenir architecte, mais en tant qu'aîné de la fratrie, c'était son devoir de reprendre le cabinet médical de son père. Le quartier de l'université avait beaucoup changé depuis, et ses rues étaient remplies de boutiques de cosmétiques et d'habillement, de stands de street-food qui proposaient des brochettes de pâte de poisson et du tteokbokki, des corn dogs et des beignets de crevettes. Les musiciens ambulants s'installaient avec des amplis portables pour chanter sur des trottoirs bondés de jeunes artistes, étudiants, et touristes.

Sur un coup de tête, Emo Boo a suggéré de conclure la soirée par un karaoké. Il s'est engouffré dans une ruelle où l'on pouvait apercevoir une enseigne en néons NORAEBANG. À l'intérieur, une boule à disco pivotait, diffusant des petits carrés de lumières dans toute la pièce sombre aux murs violets.

Nami a fait défiler les options sur l'écran tactile et a trouvé « Coffee Hanjan ». La chanson démarrait sur une lente cymbale traînante, la vibration de la gratte d'une guitare qui se fondait dans l'ensemble. Quand les premiers accords de la mélodie sont enfin arrivés, j'aurais juré les avoir déjà entendus. Peut-être l'entonnaient-elles en duo dans les noraebang de mon enfance. Les paroles sont progressivement apparues alors que la longue intro touchait à sa fin. Nami m'a passé le second micro sans fil. Elle m'a prise par la main, m'a attirée vers l'écran et s'est mise face à moi pour commencer à chanter. J'ai ondulé avec elle, plissant les yeux pour déchiffrer les syllabes tout en suivant la mélodie, une mélodie que j'ai cherché à puiser loin dans des souvenirs véritables, fictifs, ou appartenant à ma mère et auxquels j'avais mystérieusement accès. Je sentais que Nami cherchait en moi quelque chose que j'avais passé la semaine à chercher chez elle.

Pas tout à fait ma mère, et pas tout à fait sa sœur, nous existions chacune dans ce moment comme le meilleur second choix de l'autre.

Peter et Emo Boo frappaient dans leurs mains au rythme des tambourins qui, à chaque retentissement, allumaient des LED multicolores. J'ai fait de mon mieux pour suivre la mélodie et les paroles. Je voulais à tout prix ressusciter son souvenir. J'ai couru après les lettres coréennes qui s'illuminaient à la vitesse fulgurante d'une bille de flipper. J'ai laissé les mots s'échapper de mes lèvres en léger décalé, avec l'espoir que ma langue maternelle me guiderait.

Remerciements

Je dois avant toute chose remercier Daniel Torday, un mentor essentiel qui s'est coltiné de nombreux, si nombreux textes atroces pendant mes années d'études à la fac, et qui a pourtant continué de croire en moi après ça. Je dois vraisemblablement tout ce que je sais de l'écriture à tes enseignements.

Merci à Brettne Bloom, la plus merveilleuse des agentes, soutien et amie. Tu as véritablement changé ma vie et l'as rendue beaucoup plus drôle en cours de route.

Merci à mon éditeur, Jordan Pavlin, dont les conseils avisés et le soutien attentionné m'ont aidée à terminer cet ouvrage.

Merci à Robin Desser d'avoir donné à cette histoire un foyer chez Knopf. Ton immense sagesse et ta sagacité ont modelé mon texte en un bien plus grand livre que je n'aurais pu le faire seule.

Merci à tous ceux chez Knopf qui m'ont fait me sentir chez moi parmi de si prestigieux résidents. Votre enthousiasme et vos encouragements m'ont beaucoup émue.

Merci à Michael Agger, et au magazine *The New Yorker* pour l'incroyable opportunité qui a lancé *Pleurer au supermarché*.

Merci à Ryan Matteson pour ta foi infatigable en ma valeur.

Merci à Maangchi d'avoir partagé votre riche connaissance avec le monde. Vous êtes la lumière qui a guidé tant de personnes en quête de lien et de sens. Merci pour votre chaleur et votre générosité.

Merci à Adam Schatz et Noah Yoo pour votre temps précieux et vos retours pertinents.

Merci à Nami Emo, tu m'as ouvert les bras même quand il aurait été plus facile pour ton cœur de me tourner le dos. C'est un véritable cadeau que d'avoir pu me rapprocher de toi ces dernières années, même si cette proximité prend racine dans notre deuil commun. Je suis consciente de tout ce que tu m'as donné, et je chérirai les souvenirs que tu as partagés avec moi pour toujours. Ce sont les liens du sang.

Merci à Emo Boo, Esther et Seong Young, la famille coréenne qu'il me reste. Merci à Fran et Joe Bradley, ma nouvelle famille.

Et par-dessus tout, merci à Peter Bradley, qui a supporté tant de sautes d'humeur durant l'écriture de ce livre, et a tempéré et toléré les nombreux accès de mégalomanie et de désespoir profond qui l'ont accompagnée. C'est un privilège de t'avoir comme premier lecteur et éditeur, et tu es le plus parfait des compagnons. Comment ai-je pu avoir la chance de faire en sorte que tu m'épouses ? J'aime absolument tout chez toi. Merci surtout à toi.

Table des matières

Composition et mise en pages
Nord Compo à Villeneuve-d'Ascq

Achevé d'imprimer par Normandie Roto Impression s.a.s.
Dépôt légal : mai 2024
N° d'édition : 2648 – N° d'impression : 2401169
Imprimé en France